坂本忠雄

小林秀雄と河上徹太郎

慶應義塾
大学出版会

小林秀雄と河上徹太郎　目次

「厳島閑談」をめぐって

私は昭和三四年（一九五九年）四月に新潮社に入社し文芸雑誌「新潮」の編集部に属して、まず河上徹太郎の担当になり、やがて上司の異動に伴って小林秀雄の担当にもなった。その後お二人とは亡くなられるまで付き合いがあり、退職してすでに十五年経つが、お二人が念頭から去ることはない。この近代日本文学に創造的文芸批評を確立したお二人を担当したのは、身に余る僥倖と日々感謝している。そのうち私はお二人の業績を私なりに辿りたいと願うようになり、此度その機会を与えられた。

河上さんから始まった付き合いは四半世紀に及んだが、当然ながらそれ以前のお二人は若い頃からの読書でしか知らない。そのため私が実際原稿を掲載した作品の、その折々の思い出など交えながら再検討することから始めさせていただきたい。それ以前の作品は読書によって遡り、結末だけはお二人の最晩年を身近にいた私が伝えて終えたいと願っている。こういう「倒叙二人史」は変則かもしれないが、御了承下されば幸いである。

第一回を「厳島閑談」（「新潮」昭和五四年十月号）から始めたのは、前年河上さんの喜寿のお祝いをした頃から、私はこの辺りで是非とも御自身の人生を振返っていただきたいと願い、それが実現したからである。

その間のいきさつは本篇の「まえがき」で御本人が語っている。「私は昨五三年春『徹太郎行状記』という随筆を本誌に連載した。徹太郎というのは私の祖父と私に共通する名であり、私は父祖四代の生き方を祖父中心に書きたかったので、この表題を使って読者の眼をたぶらかそうとしたのである。若干の読者は私の手に乗って、私がいよいよ私生活の泥を吐こうとするのだと思ったらしい。ところが連載は御覧の通りで内容は散らかっている。編集部は締めくくりをつけるために、小自叙伝みたいなものを書いたらといってくれるので、私はインタヴュー形式ならと応じた。……本篇は寺田君と本誌坂本君の発言によるインタヴューである。しかしその録音に二人が手を入れて、私の独白の文体によることにした。そして私がここでも『私生活的な泥を吐かなかった』ことは、企画者の趣旨に沿わなかったかも知れないが、これは私の性分だから仕方がない」と言っている。

私と一緒にインタヴューした「寺田君」とは言うまでもなく寺田博で、当時「文藝」編集長を辞して無職だったので、私がインタヴューの応援を頼むと快諾してくれた。

この独白体は以下順次紹介していくが、時に飛躍があり、その欠落部分は私の手許の資料や私自身の感想を交えて、自在に加筆して進めたいと思っている。

我々は昭和五四年七月八日に厳島神社を真正面にのぞむ、宮島口の「一茶苑」で、河上さんと落合った。この純和風旅館は河上さんが岩国に帰省した時立寄る定宿で、毎年夏になると、河上さんと親しい作家の安岡章太郎や阿部昭とともに我々担当編集者が合宿して、ヨットや水泳を楽しんだ。

阿部昭は「風光明媚」(「新潮」昭和四九年二月号)で河上さんの水泳やヨットについて、「氏の浮身がその文章に似ているように、向ってくる波と風にも逆らうのではなく、その力を巧みに手なずけて前へ前へと進む帆のしくみも、氏の批評に似ている」と名評を遺している。

『厳島閑談』はいきなり河上さんの持論「オーソドクシイ(正統)」の問題から始まる。最近自分は英国のヴィクトリア朝期の作家で批評家のG・K・チェスタトンが説く「正統」に関心があり、「日本はキリスト教国じゃないから、頭の中で自分の正統を作っていなければならず、つらい」と言っている。それを聞いて、私は若き小林さんが「芥川龍之介の美神と宿命」を、チェスタトンのB・ショー批判を参考にして書いたと、私に語ったことがあるのを思い出していた。お二人は共に「頭の中で自分の正統を作っていなければなら」ない要請をすでに自ら引受けていたのである。

私も現役編集者時代しきりに「文学の正道を目ざす」と唱えたりしたのは私の気質にもよるが、無意識裡にお二人の影響を受けていたためでもあるだろう。しかしこの問題は改めてじっくりと考えていかなければならないと思っている。

次いで河上さんは「これだけキリスト教に傾斜しながらなぜ入信しないのか」とよく聞かれるが、カトリックの作家たちが「何でも神様に預けて、あとは好きなことをしている」のがいやで、ぼくは「自力に頼りたい、……これはさむらい精神だ」と明言する。さらに父が傾倒したイギリス紳士は自らの「長州ざむらいの精神」に似ていて、「おふくろのクリスチャニズムよりも、おやじのジェントルマンシップの方がぼくにしみこんでいる」と告白する。この告白は河上さんがどんなに酔態を見せても、どこか一本芯が通った趣があったのを思い出させる。晩年は『吉田松陰――武と儒による人間像』から始まって、前原一誠などを描いた『歴史の跫音』まで続く歴史エッセーを、「彼らの行動や愚行の中に私の性癖を露わに感じた。……これは私の私小説でもあった」とまで言い切っている。

それから小林秀雄との交友を語り始める。府立一中の終り頃同年齢で一級下の小林秀雄との付き合いが始まり、「品行方正なお坊ちゃん」が文学の道に引きずりこまれた。「ぼくは小林と中原に強姦されたようなものなんだ。強姦されたらいい子供を生んじゃったんだよ」という過激なユーモアに、インタヴュアー二人は思わず哄笑したものである。続いて小林さんとの付き合いの深部を語る。ここは全文を引用しておきたい。

「ぼくの生涯の友人は小林です。彼のつき合いは癖があるけど、結局、全的に私を包摂してくれる。じゃ小林とは何者だというんですか？　ぼくはこの席で定義はしないけど、座興にその一面をいって見ましょうか。彼は御覧の通り独断の天才です。そして独断というものは主観的でひとりよがりのものだけど、彼の独断の鋭い切先にはえもいえず独特なニュアンスが漂っていて、即刻にその判断を本能的に修正する。だから美しい。過ちがない。完璧です。この作用に彼は天才的な魅力があるのです。だから彼の独断には正解も誤解もない。彼にはよく誤解めいた早合点がある。そこから彼独自の途を辿って正解に達する。この理解への途は見事です。実際彼の『誤解』のために日本文化はどんなに救われたか。『誤解』されてぼくはどんなに大切なことを悟らされたか」

私はこの引用文を引き写しながら、これほど小林さんの批評の本質を衝いた批評はないように思った。同時に或る時小林さんのお宅で江藤淳と一緒にいた時、小林さんが突然「本当の批評家は河上だよ。私なんか詩人みたいなもんだ」と呟いた声が蘇ってくる。小林さんが「詩人みたいなもの」と言っているところを、河上さんは「独断の天才」と言いながら、「彼にはよく誤解めいた早合点がある。そこから彼独自の途を辿って正解に達する。この理解への途は見事です。実際彼の『誤解』のために日本文化はどんなに救われたか」と結論づけていくところに「本当の批評家」の友情がある。二〇一三年没後三十年を経て、なおも新しい読者を獲得している小林さんの永続する影響力まで見届けているのにも感服する。お二人で永年培ってきた逆説的手法がここに結晶しているとも言えよう。

それから河上さんは一転して永年潜めていた本音を吐き始める。「日本文学で本当に好きなものはなく、「生きる上の糧にはならなかった」と言い、さらに「ぼくにとっての日本文学は、中原中也と小林秀雄だけでいい」、「ぼくのおやじの中には、明治の実行精神とさむらい精神とが結びついていた。ぼくもそっちの人間かもしれない」「文芸時評で……月々の文壇小説を読むなんていやでいやでしょうがなくて書いていたんです」とも。

しかし私は「読売新聞」で昭和三五年から三九年まで連載した「文芸時評」（垂水書房刊）を今度再読して、新米編集者時代にもらった小説群の時評が「いやでいやでしょうがなくて書いていた」とは思えなかった。私とほぼ同世代者の開高健、石原慎太郎、大江健三郎が切り拓いた新文学などを時代相とともに適確に捉えている。この発言は晩年の諸作を完成した後の大いなる余裕から「本音」として吐きたかったのだろう。

次いで「ぼくは美術というのもどうもわからないんです。……その道の大切な感受性が欠如しているんでしょうか。ところが音楽には関心がある。……音楽は観念的、造型的ですね。それがぼくのプラグマティック精神に合うんですね」と言う。河上さんは小林さんが没頭した骨董も分らないと私に話したことがあるが、小林さんからは「音楽は河上の方がずっと知っている」と何度か聞いたこともある。

河上さんの音楽批評の業績は「シューベルトの抒情味」翻訳のP・ベッカー「西洋音楽史」「ローエングリン幻想」「ドン・ジョヴァンニ」等々、枚挙にいとまがない。

一方、小林さんの美術批評は「ゴッホの手紙」「近代絵画」「ルオーの事」や「雪舟」「鉄斎」「梅原龍三郎」「地主悌助」「信楽大壺」等々、東西にまたがって、「美は人を沈黙させる」という名言が諸作のなかで開花していった。「モオツァルト」の冒頭に「亡き母の霊に捧ぐ」とあるが、若き日にさんざん苦労をかけた、歌舞伎や文楽が好きだった母から、河上さんが言う「大切な感受性」を受けついだのだろう。

これほど明らかな二人の資質の差違はいつも念頭に置いていた方がいいように思う。

「ぼくにとって日本文学は、中原中也と小林秀雄だけでいいんです」の中原中也との関わりは、彼の処女詩集『山羊の歌』所収の「ためいき」が河上さんに捧げられているのが私には大変面白い。「ためいきは夜の沼にゆき、／瘴気の中で瞬きをするであらう……」に始まり、終りに近づくと、「野原に突出た山ノ端の松が、私を看守《みまも》つてゐるだらう。／それはあつさりしてても笑はない、叔父さんのやうであるだらう。／神様が気層の底の、魚《さかな》を捕つてゐるやうだ。」とあるのに、私の見知っている河上さんの佇まいが見えてくるようである。河上さんが「死んだ中原中也」（「文學界」

昭和一二年二月号）で、「彼の面白い話といえば、……友人の風貌や性格を描いた話であるし、彼の詩は結局対人意識からのみ言葉が湧いて来ている」と回想しているのに、それは照応するだろう。そして本篇で「カトリシズムというのがぼくを惹きつけたのは、完全に中原中也に教えられたことですね。カトリシズムは全宇宙を包摂、包括するものであるという一つの議論と、もう一つは、のどやかな、無邪気な、いわゆる幼な児の心に生きるということ、この二つのことを中原に教わった」という回想も中原中也の世界の特質をよく把握している。同時にその人柄を「人に会うとすぐからんで来て、実に傍若無人のつき合いをした。常に興味と嫌悪の交錯した気持を感じないで彼の話を聞いていることは出来なかった」（同前）と伝えるのも忘れていない。

　これに対して今やよく知られているように、小林さんは長谷川泰子をめぐっての中原中也との「奇怪な三角関係」で「この忌わしい出来事が私と中原の間を目茶目茶にした。悔恨の穴は、あんまり深くて暗いので、私は告白をする才能も思い出という創作も信ずる気にならない」（「中原中也の思い出」、「文藝」昭和二四年八月号）と書いた通り、中也像は一生心の深部に住みついていた。

　河上さんの独白体はそこから一変して「『文學界』と〝配給された自由〟」と題して戦中戦後に飛ぶが、お二人の「文學界」時代はいずれ取組まなければならないので後に譲るとして、ここでは敗戦までの文壇の中心人物菊池寛への言及のみ記したい。

　河上さんはまず「菊池さんというのは魅力のある人でしたね。私にいわせれば、純文学の繊細な世界を大胆に壊してこれで現実の社会を塗りつぶした人です。この暴逆な文化破壊《ヴァンダリズム》が逆に文化・文学を救ったのだ。これは狂暴な文学の社会化です」と戦時中彼の「大胆」があればこそ「文化と文学」が救われたという指摘はやはり卓抜な逆説的感想である。小林さんも菊池寛に似ていて、「小林は思想の精緻な造型物を解体して、これで社会の人々のものの考え方を計る物差しにした」と評し、戦後「考えるヒント」などで「人生の教師」と呼ばれるようになる、その発端も見ている。

河上さんは「文學界」の編集を通じて菊池寛と親しくなり、昭和一八年八月東京で開かれた「大東亜文学者大会」では菊池議長、河上副議長となった。河上さんが小林さんに講演を頼むと、「『河上がいうなら、おれは何でもやる』ときいてくれて、いい発言をしてくれたな」と言っている。それが「文学者の提携について」という講演で、初期から変らぬ文学への姿勢を、アジア各国から集った文学者たちを前に大胆真率に語った。

河上さんの菊池さんへの話はまだ続き、敗戦直後省線のプラットホームで偶会すると、菊池さんはいきなり「『きみ、いやな時代になったね』とズバリといったから、ぼくはえらい人だと思ったんだ」と述べる。これは自分と同じ気持で、「『配給された自由』という一文を新聞に書いたら、えらく反撥されたんですよ。つまり、日本はアメリカの好意に乗っかってその後高度成長したけれど便乗の延長でしょう。〝配給された自由〟というのはそういうことに対する不満です。自立的、自主的でないということですね」と河上さんには珍しく戦後の日本人への批判をしている。

ついでに言えば「配給された自由」には後日談があり、ベトナム反米闘争時代にやはり「東京新聞」に「自主生産される自由」を載せ、敗戦時青年だった客が来て、「その後あなたの言った通りになりましたね」と言ったのに、「では今日の情勢は『私のいった通りになっている』だろうか？あの時の屈辱が今日の『坊主と共に袈裟まで憎い』反米感情にひっくり返ったのは、われわれの自覚であり、批判であろうか？　否、逆に私の恐れていたことがますます病膏肓に入り、救い難い事大主義になっている感がある。『憎米』の中に私は思想的不感症の顕著な症状を見るのである」と書いたが、先の小林さんの講演での発言と同様に、河上さんに根づく一貫した批評精神をも見直すべきであろう。

「厳島閑談」はこの辺りから、「過渡的人間」と題して、河上さんが影響を受けた西欧の作家を列挙しながら結末へ向っていく。

まず最近読まれなくなったジイドが登場し、彼こそ「過渡的人物の典型」とする。河上さんはわが文壇で最後までジイドを論じ続けた批評家で、「ジイドはむしろ自我を語らしめず、その一歩手前で色々ポーズを作っていたといえるのではないか。……彼はもっと『私』を語るべきであった。」（「アンドレ・ジッド再見Ⅱ」、「文藝」昭和四六年五月号）とその批判も寛容だが、小林さんは早くも昭和一五年一月に「ジイドの芸術論」を「朝日新聞」に載せて、「この頃の日記を読むと、今にも死にそうなことを言っている。死ぬと大きな穴がポッカリ開くだろう」と早くもジイド凋落の兆しを鋭敏に予告している。

そして河上さんは自分も「過渡的人物」だが、「小林は過渡の中で生きて、その姿勢を何とか形に止めた」と評価している。それは戦後小林さんがしだいに古典的世界を深めて、切り拓いていった道にも通じているだろう。

一方シェストフについては、自ら「悲劇の哲学」を訳した河上さんは「ぼくが性分で彼の哲学が本質的に好きだったんですね。それが時代と結びつけられたのは、これは問題が別ですよ」と一種のブームを批判した。小林さんは「シェストフは読む人によって解釈はまるで違っている様である。……独断家でも片寄った概念家でもないという証明であろう」(「シェストフの読者に望む」、「文藝」昭和一〇年一月号)と言うに留めている。ともにブームに足を取られていないのである。

続いて「日本のサンボリスム」に河上さんの独白は移るが、「本場のサンボリスムとはまた違う。……何か重大な誤訳から発生した、知的・道徳的雰囲気」と定義を避け、「われわれのサンボリスムは生き方のようなものが強く入っている」という独創的な発言が出てくる。

ヴァレリイについては「すべて容易《やさし》いことは私にとって面白くない」という言葉に、若い自分は「自恃を托して得意でいました」と省みている。「テスト氏」を自ら訳した小林さんが「こういう小説が日本で成り立つなら、自分はもっと小説を書いていたかも知れない」と私に言ったことがあり、その対比は面白いと思う。

ドストエフスキーについては、河上さんは「面白いな、いかに小説ぎらいのぼくといっても」と笑わせ、スタヴローギンは「思想的山師」で、「悪霊」を諷刺小説と位置づけている。一方、小林さんは「ヒットラアと悪魔」(「文藝春秋」昭和三五年五月号、『考えるヒント』所収)で「ヒットラアは十三階段を登らずに自殺した。もし彼が縊死したとすれば、スタヴローギンのように慎重に縄に石鹼を塗ったに違いない。その時の彼の顔は、やはりスタヴローギンのように、凡そ何物も現わしていない仮面に似た顔であったと私は信ずる。……二人の心の構造の酷似は疑う余地がないように思われる」と記したが、私は初めて雑誌でこれを読んだ時、小林さんの透視力に慄然とした。

「厳島閑談」の最終章は「ピアノ・鉄砲・ヨット・ゴルフ・酒」と多様な趣味が語られるが、自分はエピキュリアンといわれるが、それはストイックと全然同じだという逆説から始まり、「ストイックということは、さむらいということだと思う」と総括する。私は何度も河上さんの狩猟のお供を手ぶらでしたので、その体験からも、この総括はよく理解できる。

この章を題名通り辿っていくと、河上さんがピアノを始めたのが一高一年の時で、ロランジというデンマーク人につくが、「その頃の風習として男の子がピアノに没頭するのは青年期」であったために、「私のピアノ修業」（「私の詩と真実」所収）によれば、ロランジは速成のテクニックを教えたので、自分は大成しなかったと述べている。しかし「一つ一つの音を躓きながら辿っていったため」「その流れを堰きとめて味わう方が、微妙なニュアンスが捕えられ、その方が音楽を立体的に味わえるのである」と言っているのは河上さん流の批評の進め方にも通じているだろう。

一方小林さんの「ヴァイオリニスト」（「新潮」昭和二七年新年号）には、「私は昔、文学青年であるとともに音楽青年でもあった。文学熱の方が高まってきて、鋸の目立の方を断念した」、「私はヴァイオリンという楽器が文句なく大好きなのである。人の弾くのを聞いて楽しむ。楽しむ限り、パガニニの亡霊を追わざるを得ない」とあるのを読み返し、或る晩の演奏会で、D・オイストラフが突然一本の弦が切れても平然と弾き続けて演奏を終えた時、小林さんが立上っていつまでも拍手していた姿を懐しく思い出す。

河上さんのピアノ好き、小林さんのヴァイオリン好きは、言葉を探りながら立体的に積み上げていく河上さんの文体と、自ら言葉を直感的に創り出していく小林さんの文体との対照にも相通じるところがあるように思う。「猟・ゴルフ・酒・ヨット」については、河上さんはもう「書き厭きた」

と殆ど語らなかったので、私が新たに補うことにしよう。「私の猟」（「小説新潮」昭和三二年六月号）では「私は猟があらゆるスポーツの極致だと思うのだが、それがスポーツとしての興奮を喚び起すものは、犬と鳥に対する肉感的な愛情である。私はスポーツの感興をエロティックにあると思っている。……少なくとも高級なスポーツは皆エロティックである。ゴルフは球と芝との感触であり、ヨットは風と波に対する帆と船体の感触だ」。ここではエピキュリアンの面目躍如である。「ゴルフ談議」（「群像」昭和二五年十月号）では「飛んで来る球を打つより、止っている球を打つ方が遥かにむつかしい。何故なら前者では敵は人間だが、後者は自然だからだ。ゴルフの妙味は広漠たる原野でなされ乍ら、精緻を極め、しかも全体力を集中した、単一な動作から成る所にある」と、ゴルフの妙味を見事に捉えている。

小林さんは或る時私に、最上の文壇ゴルファーの丹羽文雄にスウィングの秘訣を質すと、実に精緻を窮めた手紙で教えてくれる。その文章は彼の小説より「ずっとマシだよ」と話してくれた。ゴルフの技術よりその文章に着目しての発言に、既成概念に捉われぬ自由闊達な批評家の存在を改めて思ったものだ。

ヨットに関しては既述したので省略するが、最後の酒については「小林が、酒飲めなくちゃだめだというので勉強したんです。これも強姦の口ですね」と河上さんは我々を笑わせ、最後に残ったのは「酒だけ」としめくくっている。

晩年のお二人との酒のつき合いを振返ると、深酔いすると、かつての音楽青年の河上さんは突然浅草オペラの一節を歌い始め、江戸っ子の小林さんは古今亭志ん生そっくりの語り口で笑わせた。

最高の知性と感性のお二人と酒席で晴朗に色々と教示を得たのは、私の編集者生活の中でも誠に充実したひとときであった。

ついでにつけ加えるならば、昭和一二、三年頃お二人の他に林房雄等が加わって「朝日新聞」の「槍騎兵」という匿名欄を担当し、小林さんはよく鎌倉に深夜泥酔して帰って書き送ったが、何を書いたかまるで覚えていなかった。だが新聞に出ると、ちゃんと書けていた。「あの頃は強かったな」と呟いたが、確かに酒は小林さんの方がはるかに強かった。

「厳島閑談」は早速読んだ中村光夫からこれほど密度の濃い独白体はないと褒められ、「半自伝風に」は成功したと、私は嬉しかった。

私は小林さんの前任担当者菅原国隆に、もし小林さんが自伝を書くなら「批評の悲しみ」だろうと聞かされていたので、時折話を向けたが、断じて引受けなかった。だが郡司勝義『小林秀雄の思ひ出』によれば、河上さんのお通夜の日、小林さんは野々上慶一に「野々上君、河上と僕のあいだは、君が実によく知っている。四十何年前からの事を詳しく知っているのは君より他に誰もいない。僕たちの間のことは、君がきちんと書き遺しておいて下さいよ」と手をとりながら頼んだとある。それが実現したのは小林さんの没後十年、「新潮」平成六年十月号に、私が掲載した「ある回想――小林秀雄と河上徹太郎」である。

野々上慶一は当時八十五歳で、自分の余命を慮り完成したのである。彼は二十一歳で本郷に文圃堂書店を開業、やがて初の『宮澤賢治全集』や中原中也『山羊の歌』を出したが、小林さんの依頼で「文學界」の発行も文藝春秋に移行するまで引受けた、私と同郷の下関出身の大先輩編集者である。

この回想はお二人が共に関わった、銀座の女給坂本睦子についての一夜の鮮烈なエピソードが中心となっている。彼女は昭和三三年自殺したが、その直後に親交のあった白洲正子が「銀座に生き銀座に死す——昭和文学史の裏面に生きた女」（「文藝春秋」同年六月号）で、「肉体に刻まれた男子の系譜は、直木三十五、菊池寛、小林秀雄、河上徹太郎、大岡昇平ｅｔｃ.」と記す。「ある回想」では彼女を「一種娼婦型の女性といわざるを得ないが、しかし性格は無欲恬淡、どこか投げやりで、その性的淫奔さはまるで感じられなかった。人間であるから、或る種演技的なところが仄見える時があり、また男では理解不可能な、女特有の魔性のような自分では知らない残酷さといったものは持っていたはずで、そのため傷つき、悩み苦しみ、狂った男がいたわけである。それはともあれ、私の知る限り、睦子は男女を問わず誰からも好かれていた」と述べている。彼女の「どこか投げやり」は「浮世離れ」にも通じ、誰からも好かれたのだろうか。

「小林秀雄と坂本睦子はこの店（ウインゾワ）で知り合い、下世話にいうい
い仲となる。皆も知るところとなり、一途な小林さんは結婚を決意する」のだが、突然彼女は若い男と駈落ちし、結婚話はなくなる。河上さんの方は戦時中彼女とアパートに住んでいたらしく、「彼女は自分のつくったタレを付けて（鰻を）焼いて蒲焼を食わせてくれたが、味のよさにビックリした」ことがあり、河上さんに頼んで「何日かして、また御馳走して貰ったことがあって忘れない」と「彼女の優しい面」を野々上さんは伝えている。この二つの挿話でもお二人の行動の特徴はよく分ると思うが、こ

れからは前述の「一夜の鮮烈なエピソード」を伝えねばならない。

昭和一二年、野々上慶一は出版業を廃業した。借金が重なり、一緒になりたかった女とも別れる羽目になり、嫌気がさした。借金の穴埋めに父に頭を下げて、父の事業を手伝うために大陸に渡って金山の仕事に従事することにした。翌年初夏の出発の前日、その送別会にお二人と吉田健一の親戚でピアニストの伊集院清三が集った。「文學界」で苦労したお二人とは別れ難く、気が付くと小林さんと二人明け方まで飲み明していた。行き場がなくなり、先に帰ったインジュさん（伊集院の愛称）の家に着くと、「トンデモナイ事」を目にするのである。「女中」が寝床を二つつくってくれたが、小林さんが何を思ったか、隣の襖を開けると、蒲団の中に男女が寝ていて、「同衾しているのは、なんと河上徹太郎と坂本睦子ではないか——。小林さんはサット襖をしめた。そして寝床にもぐり込んでしまった。」「私はどうするすべもなく、あわてて服を脱ぎ、床に入った」とある。「私」が東京駅で乗車する時、「律儀な河上さんが姿を見せた。いつもより一層むっつりした顔付に見受けられた。」そして列車が動き出すと、小林さんは動き出した列車に飛び乗った。「『大船まで俺も行く、君に話がある』と早口に言った。……『なあ、慶ちゃん』と静かに話しかけてきた。私は次の言葉を緊張して待った。『知っての通り、僕には女房も小さな児もいる。それでもムー公のこと忘れられない。好きなんだ。しかし僕はキッパリと諦める。僕にはムー公より、河上の方が大事なんだ。おぼえておいてくれ——』ハッキリした口調だった。私は、何も言えず答えず、黙ってうなずいたようだった。心中、決然とした男だなァ、と思った。強い感銘を受けたのだ。」「大船に着くと、……小林さんは『じゃあ元気でな、さようなら』と席を立った。『小林さんもお元気で……』と二人は握手をした。……小林さんの言った言葉は、五十数年経った今でも、私の胸に残って、消えることはない」以上長い引用文になったが、小林さんのこの言葉は河上さんへの友情の極致のように、私には思われる。「僕たちの間のことは、君がきちんと書き遺しておいて下さいよ」という小林さんの頼みは、没後十年目に実現したのである。

河上さんが昭和五五年九月二十二日に肺癌で亡くなって「新潮」は翌月追悼特集を組んだが、大岡昇平が「河上さんにはこの上なくすまないことをしてしまった。それはもうすぎ去ったが六月十日に最後の別れと思って見舞った日の辛さに繋がり、河上さんが亡くなったいま、新しい痛みとなって胸の中に巣食いはじめている」と書いた。これは河上さんの後坂本睦子と同棲を始めたことを指している。病院から一時帰宅中の河上さんのお宅に私が車でお連れしたのだが、二人は広い芝生の庭にウイスキーを真中に置き、実になごやかに飲んでいた。大岡昇平が『花影』を完成させたのはすでに二十年も前だが、「新しい痛み」は正直な告白であっただろう。作中葉子（睦子）と見た吉野の光景を「日は高く、風は暖かく、地上に花の影が重なって、揺れていた。／もし葉子が徒花《あだばな》なら、花そのものでないまでも、花影を踏めば満足だと、松崎はその空虚な坂道をながめながら考えた。」の条りを、福田恆存は「現代日本語の散文によってなし得る最高の表現」と絶讃し、「作者は最初にその歌を置いてからでなければ、安心して葉子を手離そうとはしなかった」とつけ加えている。（中央公論社刊『日本の文学第70　大岡昇平』解説所収）

河上さんは「厳島閑談」で「『私生活の泥を吐かなかった』ことは私の性分だから仕方がない」と語り、小林さんは自伝は断乎拒否しながら、野々上慶一に「河上と僕のあいだはきちんと書き遺しておいて下さいよ」と頼んだ。

お二人より七歳年下の大岡昇平は『花影』最終章で葉子がカルモチンを大量に飲んで死ぬまでの一日に、作家の想像力を極限まで駆使して寄り添い、鎮魂を果した。これで泉下の坂本睦子は自身が文学への昇華を遂げたのを、喜んでいるだろう。

彼女の存在が三人の家族の方々にもたらした受難は測り難いものがあっただろうが、女神エロスの矢が続けて三人に当ったのは日本文学史上でも稀有で、それぞれ自らの感受性の深淵を見たが故に、女神が地上から去ってからの立直りが晩年に豊かな成熟をもたらしたのも事実である。小林さんの『本居宣長』、河上さんの『吉田松陰』、大岡昇平の『レイテ戦記』が時代を超えた文学の生命力を保ちつづけているのもその証しである。

ここまで書いてきて、私は文学者の現場に寄り添い続ける編集者の習性をまだ痛感する。

最後の対談「歴史について」

「厳島閑談」を「新潮」に載せた一ヵ月後、「文學界」の創立五〇〇号記念号に当る昭和五四年十一月号に、お二人の最後の対談「歴史について」が掲載された。

お二人の対談は、三十六歳の時昭和一三年「『若い人』に就いて語る」(「新女苑」)から始まっているが、小林さん自身が「自選全一巻」として選んだ『小林秀雄対話集』(昭和四一年、講談社刊)には、「美の行脚」と「白鳥の精神」の二篇のみ載せているが、この二篇と「歴史について」の三篇で代表させていいと思う。

まずこの二篇から触れていこう。

「美の行脚」と「白鳥の精神」

「美の行脚」(「芸術新潮」昭和三〇年四月号)は小林さんが二年前今日出海と欧米旅行をした際の美術談義で、河上さんは専ら聞き役に徹している。オベリスク、コロシアム、ミケランジェロ、ゴヤ等の魅力を自在に一語で引き出す、小林さんの美への鋭敏な感性は初回でも記した通りである。

「白鳥の精神」(「文藝」昭和三八年一月号)は前年十月に八十三歳で亡くなった正宗白鳥への追悼対談で、この明治、大正、昭和の三代を生きた文学者へのお二人の深い敬意に満ちている。小林さんは戦後すぐの白鳥との対談「大作家論」(「光」昭和二三年十一月号)で、戦前二人で交わされた有名な「思想と実生活論争」を、「僕は今にしてあの時の論戦の意味がよく分るんですよ。というのは、あの時あなたのおっしゃった実生活というものは、一つの言葉、一つの思想なんですな、あなたの非常に大切な……」と省みているが、この対談ではさらに歩を進めて、白鳥を「たいへん日本的な、ほんとうのクリスチャンではないのかな。……外国のすれたクリスチャンよりも非常に純粋なんじゃないかというところまで考えるのだよ」と述べた。それを受けて河上さんも「(内村)鑑三がね、キリストが再臨するとしたら、それは日本という国だろうという信念をもって死んでいるだろう。その信念の一部を実現しているというもの、そういうものが白鳥にはあったのだ」と応じている。

私はこの対話を読んだ時、小林さんが或る時私に、「白鳥は『源氏物語』をアーサー・ウェリーの英訳で読み、大変面白かったと言っただろう。『入江のほとり』なんかそういう題で一つの歌物語を書いたようなものだ。小説家の才能を非常に持ちながら次第に観念に食われてしまったんだよ」と言われたのを思い出していた。その観念というものが「たいへん日本的な、ほんとうのクリスチャン」ということなら、私にもよく分る。

小林さんは白鳥を「文学者の立場から文学史的に考えると、大変つまらなくなっちゃうと思うのだね。で、日本の文学史というものがいまは専門化しているのだよ。昔からそうだけれども、たいへん間違っているのだね」と手厳しい。この対談にはお二人の創造的批評の面目躍如たるものが漲っている。

小林さんはさらに「私小説作家の一番いい定義は正直な人ということにしたらどうかしらん。私小説作家正宗白鳥。これは普遍的なものだけが問題であった、大変日本的な作家ではないか、私小説論もそこからやり直すことだな」と、型にはまった私小説批判からの脱皮を促す、貴重な提言もしている。

私は正宗白鳥には、一度きりだが会ったことがある。新潮社に入社したばかりの年の日本文芸家協会総会で、上司から、バーのマダムに腕をとられている白鳥に紹介された時、私の年齢を聞かれて答えると、「孫の代だな」とぽつねんと言われた。その小柄ながら端然とした佇まいに、新米編集者の私はこの老大家をたちまち好きになってしまった。後で調べると、私の祖父の一歳年下だった暗合も嬉しかった。

出会いの還暦

思わず前置きが長くなってしまったが、ここらで本題に入らなければならない。この最後の対談「歴史について」は「厳島閑談」と同じ月の昭和五三年七月二十三日に東京紀尾井町の「福田家」で行われた。「文學界」同号の「編集だより」では同誌創刊からの編集に携わったお二人への謝意を述べ、対談は三時間に及んだ、と記している。

ここで私が最初にお断りしなければならないのは、昨年（平成二五年）「小林秀雄没後三十年」を記念して色々特集があったが、私は新潮社の季刊誌「考える人」の平成二五年春号にこの対談の

「解説」を書いたので、重複が多くなりそうで、御諒恕いただきたい。

対談は河上さんが「君と対談すると聞いて、安岡章太郎君が『小林さんと河上さんとでは、ちょっとした源氏と平家だな』と言っていたそうだ」と切り出すと、小林さんは「しゃれは止めとけ」と強く否定し、河上さんが「出会いの還暦だ」と言いかえると、すぐ納得する。この対談の前に私が小林さんに会った時、「厳島閑談」の成立事情を早速質されたが、読後感は何も口にされなかった。だが河上さんの「ぼくの生涯の友人は小林です」という発言を読み、小林さんの予知能力はこれが最後の対談と察知したのではないかと私は思っている。この日が来るまで河上さんの著作を改めて色々と読み返した口吻も全体から伝わってくるし。

歴史という大海

歴史の話は小林さんの、河上さんの処女作「自然と純粋」への言及から始まるが、河上さんが「現代の歴史風潮には、歴史を自然のほうに振り向けようとする、よくない傾向が強い。歴史を自然に見たてて、これを合理的に辿っていれば片づくと思っている。それじゃ折角の歴史が死んでしまう」と言うと、小林さんは同意し、河上さんの『有愁日記』(昭和四五年、新潮社刊)に出てくるヴァレリーに話を移す。まずヴァレリー自身の文章を引用しよう。「『事件は私には面白くない。』すると人はいう。『何という興味津々たる時代だ、』と。私は答える。事件は事象の泡沫だ。しかるに、私に興味を感じさせるのは海なのだ。漁をするのも海中だし、航海するのも海上だし、潜るのも海中だ……。だが、泡沫では？……と」(「己れを語る」)。河上さんはそのヴァレリーに同調して、

「近頃の歴史家は歴史的事実を重んじて、歴史の生命を見ない。歴史的事実という泡沫をいかに巧みに操作しても、歴史という大海は作れない」と言う。小林さんはそれを受けて、「人間が歴史を作るんじゃなくて、歴史のほうが人間を作っているんだ、と。このパラドックスが生きている所以と感じる者は感じるが、感じない者にわからせるのは難しい」と答えている。お二人の歴史認識が同一の基盤で成り立っているのがありありと感知されるやり取りである。

その観点で河上さんは近頃の歴史小説家が歴史を作れると思い上がっている、つまらなさを衝き、小林さんは泡沫で上手に海の姿を作り出そうとする現代インテリの自負を衝いている、ともに生きた批評がある。

小林さんが「ああいう光景に接していると、いやでも『平家物語』という傑作に思いを致さざるを得ないな。歴史の魂を体得するには、どうしても詩人の魂が要るということになるようだな」と古典に向うと、河上さんも「同感だ。『平家』には海の重量がある」と絶妙な返答をする。それから河上さんが完成した「徹太郎行状記」が話題になり、小林さんは「歴史という実在との一種の接触感を、ぼくらは生き甲斐という言葉で呼んでいるのではないか。たとえば君がお祖父さんの歴史を書くことは、お祖父さんの生き甲斐のなかに身を投ずるということだろう」と、人間そのものにとっての歴史というものの価値を説く。これらの思考には誠に深遠なものがあると、私は思わざるを得ない。

それからお二人は外国の日本史研究家、ノーマン、サンソム、ライシャワー達の日本史研究には歴史に断絶はないとはっきり書いているのを賞讃する。それを河上さんは「彼らが見ると、藩政の日本というものと、明治の新政府の日本というものとが、われわれが心配するような摩擦がなく、直結しているんだ。その説明が、とても面白い。……われわれと違って、こだわりなく見ている」と、歴史の断絶をしきりに唱えるわが国の歴史家達の固定観念を皮肉っている。

小林さんが色々教わったという、ジョージ・ベイリー・サンソムの『日本文化史』（創元選書）の序文は「考える人」の私の「解説」でも引いたが、その具体例として再度引用しよう。

「一八六八年の維新までの日本歴史を通じて、社会倫理全体の傾向が、（中略）凡て個人の義務を強調して権利を軽視するものであったことである。（中略）この社会的規律に対する強い感覚は、十九世紀の中葉日本人が鎖国の孤立から抜け出た後でも、余りそこなわれることはなかった。それは一面には過去に非常に深い根底をもった行動の習慣から、又一面には日本の指導者がその国を近代国家に改めるに当って、その目的に都合のよい封建的伝統の特色を故意にこわさぬ方針を取ったが為に、よく保存されたのである」とも述べている。

ここまで来て、余談になるが、私は小林さんに激しく叱られた体験を告白したくなった。

或る日、連載中の「本居宣長」の原稿を受取った後で、前から読みたかった、アーノルド・トインビーの『歴史の研究』の縮冊版が出たのを有難く思っていると口にすると、「歴史は詳しければ詳しいほどいいんだ」と激しく一喝された。小林さんが常々歴史というものをいかに大切に思っているかを眼の前でありありと思い知らされた瞬間だった。幼い頃から歴史を暗記物として教えられてきた弊害が破砕された瞬間でもあった。爾来私は歴史書の縮冊版に全く手が出せない精神状態に陥っている。あの一言に歴史の魂というものに直に触れた想いがしているから。

もう一つ河上さんの歴史にまつわる余談を加えるなら、河上さんは既述の「私小説」と名付ける歴史エッセー『歴史の跫音』（昭和五二年、新潮社刊）を晩年に完成した。その中の「大内家の崩壊」は後に詳述するが、室町時代に大内氏が守護大名となって繁栄し、山口を「小京都」にすべく努めるが、その繁栄の絶頂期に臣下の叛乱によって、最後の守護大内義隆が長門国深川にある大寧寺で自刃するまでを描く名篇である。河上さんの短いエッセー「幻の故里」では、自分の祖先河上左京が吉川元春に破れてその臣下になった経緯を辿っている。士族の滅亡には深い関心がある所以である。私が取材にお供をした大寧寺の佇まいは鮮やかに脳裡に刻まれている。河上さんが酔ってくると、「明治の軍歌」と称して「滅ぼされたるポーランド」とよく歌っていたのも懐かしく思い出す。

『吉田松陰』と『本居宣長』

ここで対談の本文に戻ると、お二人の話はお互いの代表作『吉田松陰――武と儒による人間像』（昭和四三年、文藝春秋刊）と『本居宣長』（昭和五二年、新潮社刊）に入っていく。

まず小林さんが「松陰は非常に孟子が好きなのだね。そこのところがよく書けていると思った」と口を切ると、河上さんは「それは松陰のほうがやさしいよ、宣長より……。松陰は行動家だから、孟子の実践性にはすぐついて行く。話が簡単だ」と受けると、小林さんは「宣長は学者だから面倒はある」と答えながらも、ヴァレリーの「歴史は海の泡沫ではない」も援用しながら、宣長の徂徠直伝の孔子観から徂徠の「歴史体得」を精しく語り始める。ここの展開は非常に冴えていて、重要なので、長く引用させていただく。

「徂徠は歴史を体得することと、自然を理解することとを峻別した。しかし、これは困難なことで、この二つの認識の仕方は、ともすれば混同される。生きた人間を内容としている歴史事実のかわりに、内容を失った歴史事実という空言が横行しやすいことを、徂徠は実によく知っていたのです。生きられた歴史を知るには、生きている人が、これを体得するより他に道はない。徂徠は、これを『身ニ得ル』あるいは『心志身体、潜カニコレニ化スル』という言葉で言っている。当世の学者は、むしろ『心ニ得ル』と言いたいところだろうが、古くは『心ニ得ル』などとは誰も言わなかった。『身ニ得ル』とは古言だというのだな。昔はみんな『身ニ得ル』と言った。ものがわかるのを、『身ニ得ル』と言った。ところが『身』という言葉は、昔は『私』という意味だった、『心身』とわけて言ったことなど決してなかった。身というものが私ならば、私には心も身体もあるではないか、とそう言うのだ。従って、歴史を体得する道を行くことは、己れを知る難しさの問題の内部に踏みこむことになるのだな」

さらに「この先は鬼神が通じてくれることを信じなければならぬ。……『思惟』というものは、天地自然の理に適うように物事を『計算』することではない」とつけ加えてもいる。これは徂徠を語りながら、小林さんの歴史についての想念の根本を語ったものだと私は思う。ここで私が飛躍した物言いをすれば、いずれ非常に早い段階でコンピューターが思惟を代弁する時代が来る、と私に最初に言った人は小林さんだった。

次いで河上さんが「ヴァレリーのいう『歴史の海』を司るのは鬼神だというわけか」と問うと、小林さんは「そうだ。泡沫の扱いかたなどやさしいんだ」と応じる。それから高松塚古墳の出土に話が及び、「現代のジャーナリズムは、土のなかから何か出てこなくては、歴史なんかに見向きもしないのだ。現代の歴史風景のなかには、言語不信と結んだ唯物史観という俗論しかないように思うよ」と痛烈である。

「日本のアウトサイダー」の発明

前述したように、この対談は小林さんが河上さんの諸著作を再読して感想を述べながら進むが、ここで『日本のアウトサイダー』（昭和三四年、中央公論社刊）について、「アウトサイダーという言葉は、君の発明で、普通の意味ではないからな。明治という西洋文化の急激な輸入による混乱期は、文化人として、教養人として健全な生きかたをしようとすると、どうしてもアウトサイダーの役を演じなければならないという意味だからな」と、その着想を絶讃している。そして河上さんがその一人で「幻想家《ヴィジオネール》」と呼ぶ岡倉天心を、「西洋文明を笑殺する『茶道』というヴィジョンにあるというより、むしろこのヴィジョンの基底にある彼の眼力、物をはっきり直知する彼の眼力のリアリズムにある」と言って、河上さんの「発明」をさらに深化させている。また小林さんの『岡倉天心全集』の推薦文では、『日本のアウトサイダー』で「河上君は、岡倉天心、内村鑑三、河上肇の三人をあげていた」と注目しているが、ここでは河上肇のみ紹介しておきたい。

この戦前最も著名だったマルクス学者は実は河上さんの同族で、「やみがたい親近性」から「日本のアウトサイダーの系譜にどんな風に並ぶのかを考える」。河上肇は京都大学を追われ、労農党を結成して地下生活に入る。「この時期がアウトサイダーとして河上の面目が最も躍如としているのだが、それは彼が『特殊なマルクス主義者』であったためである。彼は『正しいと思った道は絶対に行き詰りまで行って見ないと引返さない』人だけに、その行動でも学説でも『清算』が無数にある。然し同時にその『清算』された過去が完全に否定されるのではなく、それによって彼の人間性が一本の道程としてつながり、彼はモラーリッシに成長してゆくのである。そこの所が『特殊なマルクス主義者』である所以」として、河上さん自身の発明とのつながりを証してもいる。河上さんの親友だった三好達治は河上肇を一流の歌人と言っているが、獄中では秀歌を輩出した。母を恋うる歌、「秋なれば母の待ちくらすふるさとの門辺の柿の葉落ちつくしけむ」もその一首である。

大佛次郎『天皇の世紀』

お二人が共に愛読した現代の歴史小説を挙げれば、幕末から明治維新を描いた大佛次郎最晩年の未完の大作『天皇の世紀』である。

私が司会した、今日出海を交えての「鼎談」（「新潮」昭和四六年十一月号〈創刊八〇〇号記念号〉）で、小林さんが「いま一番おもしろいと思って読んでいるのは、大佛次郎の『天皇の世紀』だよ」と言うと、河上さんも「おれは新聞で読んで、また単行本で全部読み返した」と応じている。小林さんは「豊富な史料がひしめき合って、とても手際のいい扱い方なぞ出来ない。まさしくそこに歴史の現実性があるなら、そのままさらけ出した方が増しだ。そういうところに感じられる筆者の手腕の自由なのだ。それが私には読んでいて一番惹かれる所だな」と非常に評価していた。

ドストエフスキーをめぐって

ここから先は音楽の「コーダ」のように結末へ向って加速していく。

小林さんのここでの河上さん再読は『近代史幻想』（昭和四九年、文藝春秋刊）中のドストエフスキー論を取り上げようとするが、その前に不意に自分の最近のドストエフスキー観を話し出す。「ぼくは『罪と罰』を再論しようとして、はっきりわかった、ドストエフスキーの作は、これでお終いなのだ。乱暴な言葉だが、そういう決定的な感じがあったわけだ……『白痴』をやってみるとね、頭ができない、トルソになってしまうんだな。『頭』は『罪と罰』にあることが、はっきりしてしまったんだな。『白痴』はシベリアから還ってきたんだよ」と語る。「『頭』が『罪と罰』にある」というのは、ラスコーリニコフが流刑地のシベリアから還ってきたのが『白痴』のムイシュキンで、ドストエフスキーの小説全体の究極の決定作を『罪と罰』と位置づけているのは意義深い。

私はこの発言で、久しぶりに小林さんの「罪と罰についてⅡ」（「創元」昭和二三年十一月号）を再読したくなり、読み終えて、これは小林さんの全作品論中でも傑作と感服した。小林さんはラスコーリニコフの老婆殺しの罪とは何か罰とは何かという深い主題や彼の行為を、合理的に解釈しようとする評家の試みは成功しない、何より考えるより見ることが必要だとして、それを徹底的に実施している。

『近代史幻想』では「ドストエフスキーの七〇年代」の章が面白いと小林さんは言い、なかでも特にすぐれているのは「おとなしい女」論で、十代の女の自殺が「スタヴローギンも及ばないほどの条理を尽して選んだ途」と捉えているのを評価する。河上さんが「歴史の『おそろしさ』を知り抜いた上での発言と解していいのだな」と聞くと、小林さんは「歴史に向ってはこれとエモーショナルに合体できる道はひらけている、とぼくは信じている。それは合理的な道ではない。端的に、美的な道だと言っていいのだ」と断言して、河上さんが「同感」と応じ、対談「歴史について」の主題の展開は終りを告げる。

ここで一つ付記するなら、『有愁日記』の冒頭は「歴史について」だが、最終章も「再び歴史について」で、河上さんがそこで「小林の戦争体験は（中略）彼の成熟とか完成とかいう点で決定的なものだったと私は思うのである」と述べているのも興味深い。

モーツァルトへの接近

ここから対談の終りまでのやり取りを非常に長く引用するのは誠に申し訳ないが、三時間に及ぶ対談で疲れと酔いが出たせいか、お二人の話し振りに一層地金が出てきたのを感得してもらいたいからである。そして「出会いの還暦」での語らいのような応酬はどこにも類がないと思うからである。

河上　小林、ぼくこの頃変になったんだ、音楽って嫌いになったよ。
小林　そうか。
河上　どういうことだろう。

小林　わかるよ。
河上　堅っ苦しくて厭なんだよ。ぼく、現代音楽というのが、好きになってしまった。
小林　わかるよ。わかるけれど……。
河上　いけないか……。
小林　いや……。それは年齢《とし》のせいだよ。
河上　もう、モーツァルトとか、ベートーヴェンが、堅っ苦しくて厭なんだ。
小林　それはあたりまえのことが起こってるんだ。君、さしみは好きだろう。ところが、年齢《とし》とってきて、この頃はさしみがちょっと生臭くなってきたっていうところがあるだろう。
河上　そうなってきた。
小林　それなんだよ。それ以外にない。
河上　こいつ、なんでも先きを知ってやがるから厭だ。
小林　先きも後もない、長い付合いがわからせるものがあるんだ。——ぼくは今日、『有愁日記』を読んでいたんだよ。
河上　そりゃ、どうも。……ここへ来るまで、ぼくは寝ていた。
小林　話のきっかけでも見つかるかと思ってね……。だんだん読んでいたら、君が、ぼくの『モオツァルト』に触れているんだ。忘れていたな。ところが、まったく偶然なんだが、前の晩、新しいレコードをもらったんでね、五一五番のクィンテットを聞いていたんだ。どうも、やっぱり大したものだ、と思っていたんだ。

河上　待てよ。おれも、忘れてた。
小林　「神さまは、バッハよりもモーツァルトの方がお好きだろう」とバルトが言った、と君は書いていたな。あれはおもしろい。
河上　ゲオン推賞のクィンテットの話となれば、もうおしまいにしてもいいな。
小林　おしまいにしよう。

この対談当日、小林さんが読んでいたのは「モーツァルトへの接近」で、河上さんの最後のモーツァルト論でもあるが、文中遠山一行から「モーツァルトは何故あんなに文学者に愛されるのでしょう」と聞かれて、「モーツァルトほど言葉の世界から脱出して、音の世界に純粋に立籠った音楽家はない」と答え、「中原中也にも『言葉なき歌』という題の詩がある。これは彼の一生を通じての憧れであり自戒であった」と述べている。

小林さんが言ったバルトの言葉は正確に引くと「天使たちが神を讃美しようとして、ほかでもないバッハの音楽を奏するかどうか、それには絶対の確信はもてない。……けれども、彼らが仲間うちで相集まったときには、モーツァルトを奏し、そのとき神様もまたその楽の音をことのほか悦んで傾聴なさるだろうこと、これは確かだ」である。（K・バルト『モーツァルト』〈小塩節訳〉、昭和五九年、新教出版社刊）

小林さんが前日聴いて「大したものだ」と褒めたのを、河上さんが「ゲオン推賞のクィンテット」と言ったのは、フランスの劇作家でモーツァルトの熱愛者だったアンリ・ゲオン（一八七五—

一九四四）が名著『モーツァルトとの散歩』（高橋英郎訳、昭和三九年、白水社刊）のなかで「死の五重奏曲《クインテット》」と呼ぶ第二番ハ短調と第三番ハ長調の後者のケッヘル五一五番の方で、ゲオンは「技量と、意図と、荘重さと、活気の結集した非凡の曲」と絶讃している。ケッヘル五一六番第四番ト短調は小林さんが「モオツァルト」でやはりゲオンの評語を「疾走する悲しみ」と訳して、「モーツァルトのかなしみは疾走する。涙は追いつけない」と述べ、読者の胸底まで感銘を届かせた名曲である。

私は実に久しぶりに五重奏曲を続けて聴き、ゲオンと小林さんの評語を感得できたが、モーツァルトの他に類のない伸びやかさと自在さに、独自の開放感を覚えた。

別れ

私がこの対談の「解説」を書いた「考える人」はCDを「特別付録」として添えていて、お二人の直接のやり取りが初めから終りまで聴けるようになっている。本来ならお二人が目を通して認めた本文のみ尊重すべきだろうが、御遺族のお許しを得て公にした以上、CDの発言のとても貴重な条りもここで書き残しておきたい。

本文では小林さんの「おしまいにしよう」で終っているが、CDでは実は河上さんが帰ろうとすると、「あんたこそ批評家だ」と引き留める。この述懐は私も直接聞いたのは初回でも書いた通りである。それから今度は河上さんの弟子筋に当る吉田健一が当時「新潮」に連載していた「ヨオロツパの人間」の「ランボオ」（昭和四八年三月号）を褒めだした。

実は私も小林さんは出たばかりの「新潮」ですでに読んでいて、「今度の健坊のランボオは自分のよりいい」とお宅で直接聞かされて驚いていたのである。小林さんが昭和五年に訳した「地獄の季節」に自らのランボオ論二篇を加えて刊行した同書は、それ以後多くの青年がこの天才詩人に狂喜して文学に目覚めたのは今さら言うまでもないが、小林さんが「健坊の方がいい」と自ら言った時、常々唱えている批評の無私ということを晩年になっても実行していると思った。CDからは「自分はリヴィエールに傾いていた」という声も聴きとれる。

小林さんは昭和一一年に新聞でフランスの批評家ジャック・リヴィエール（一八八六—一九二五）の『ランボオ』を書評して、彼の遺した仕事のうちでも傑作と言い、「ランボオの詩に関するあらゆる主観論的解釈を排して、真っ直ぐに、ランボオの視覚の実在性というものだけを目指して歩き出す」と評価しているが、吉田健一はランボオが詩を棄てた十九歳の時から三十七歳の亡くなるまでの十八年間の後半生を、ランボオの大家であるエニド・スタアキイの英仏語二冊の評伝を使って、アフリカでの生活を非常に詳細に辿っている。

そして「詩は人間にその生命を保証し、人間が生きていることを明かにするものであって生命が金に換算することが出来ないものである時にその生命を反映する詩を書くという行為もそれが幾らの金になるか測定することを許さないのであるよりもそういうことと全く縁がない」と述べ、「詩を書かない詩人というのが詩人の定義を混乱させるだけのことであるならばランボオは十九歳以後は詩人ではなかった」と断定し、それでもランボオの生き方は通貫していることを具体的に証していく。

そして死に臨んで、「ランボオは病院で（妹の）イザベルに対して本当に優しかったらしい。その優しさはランボオの詩の優しさでもあり、又ハラアルで白人の居留民達を喜ばせた皮肉はランボオの詩の辛辣な面でもあった。併しそういうことよりもやはりここには一人の人間がいて我々の心も離さずにいる」と、ランボオが一人の真っ当な人間であることを明証する結びは吉田健一の批評の真髄を示してもいるだろう。

やがて河上さんが去っていく時に、小林さんが口にする「さよなら」というCDに残っている声は非常に優しく美しい。

この時お二人の対談はこれが最後となることを小林さんははっきり確認しただろう。それに続く「来年死ぬ」という小林さんの呟きは翌年九月の河上さんの逝去によって現実となった。河上さんは対談の終りで「ここへ来るまで、ぼくは寝ていた」と言っているし、寺田博は『厳島閑談』のテープを整理していて、「どうも何度も咳をしているのが聞えるな」と言っていたが、すでに肺癌を発症していたようだ。

小林さんは帰途の車中でも「河上は死ぬ」と呟きつづけて、泣いていたと、この対談に同席していた文藝春秋の郡司勝義から後に聞いた。

私は小林さんのこの恐るべき予知能力をそれ以前にも聞いたことがある。

それはこの対談の二年位前に、小林さんが「この間健坊に会ったが、どうもよくないな」と不意に言われたことである。

その頃私は、歌手の佐藤美子が銀座に開いていた「ソフィア」というシャンソン・バーに毎週木曜日に訪れて、河上・吉田の師弟コンビの歓談に加わったり、原稿の打合せや受取りをしていた。木曜日に二人に会いたくなって訪れる作家や編集者も色々で、井伏鱒二や石川淳とも私は同席したことがある。これはわが国では珍しく雅致のある文学サロンとも言うべき所だった。

小林さんに吉田健一のことを言われた時、鈍感な私は相変わらず毎週聞いていた、あの独特な哄笑が蘇り、不可思議な想いがしたが、このお二人の対談が行われた年の一年前にはすでに亡くなっていた。

小林さんが或る時、「批評で批判するのは易しい。見えた通りをそのまま言えばいいのだから。しかし褒めるのは難しい。それは創造することだからね」と言ったことを私は肝に銘じているが、小林さんの予知能力は「見えた通り」を口にするのをしばしば控えさせていたのではないだろうか。しかし時に思い余ってそれを口にすると、いつも適中した。大常識たらんとする姿勢を常に貫かれたのはそれと裏腹な剛直な直知力の存在も自らに認めていたためだったろう。

岡倉天心と内村鑑三の足跡

明治の精神

小林さんは昭和五四年から平凡社より刊行が始まった『岡倉天心全集』の推薦文の冒頭で次のように述べている。

「二十年ほど前だが、河上徹太郎君が、『日本のアウトサイダー』という特色ある論を書いた事がある。文明開化という常套語を被せられた明治の知識人達の運動は、内に一種のパラドックスを秘めていたと言ってもいいほど面倒な思想劇であったという論であった。文化の激動期は、当然、多種多様の文化の批判や解釈を促したが、その不毛な饒舌の中で、己れを紛失して了うのが、先ず大多数の人達の社会的関心と称するものであったが、そういう世の趨勢にもかかわらず、己れの道を行き、而も決して孤立しなかった人はいたのである。これら抜群の人達は当時の文化圏で、アウトサイダーの立場に立たされた。河上君は、岡倉天心、内村鑑三、河上肇の三人をあげていた」

これは『日本のアウトサイダー』の核心を衝いているが、小林さんは前回の対談「歴史について」でもこの三人の名前を挙げた。その時私は河上肇のみ「同族」として触れただけだった。いずれ同書の全容は取り上げるにしても、私はこの際岡倉天心と内村鑑三という明治期の二人の巨きなアウトサイダーの足跡を、河上さんの文に則して、にわか勉強で荷は重いが、書き留めて置きたいと思った。

そう思っていると、小林さんの推薦文に続いて思い浮かんだのが、この二人を「二人の世界人」と賞揚した、保田與重郎の「明治の精神」（昭和一三年、東京堂刊『載冠詩人の御一人者』所収）であった。その所以を説いている、やはり冒頭を引用させていただく。「……明治芸文史を通観して、そこにある広大無辺の精神をとり出し、その過去を輝かせ未来を輝らす血統をさして、明治の精神と呼ぶのは、僕らの時代の誇らしい命名であるが、その文芸上の精神を最も奇削の極致で描いた人として、僕は岡倉覚三をあげ、次に内村鑑三をあげるのである。この二人の世界的精神を思い、いまも世界人と呼ぶのは、彼らが各々主要著述を外国語で発表しむしろ外国に知られた人というからではない。彼らの中に生きていた日本の伝統の、その新しい変革に対する二人の態度は殊に異るものではあるが、なおその日本の精神の伝統を変革実現したときの、むしろ世界的な態度と決意は充分に後世の若者を刺戟するものをもつからである。……二人の世界人、その呼び名が外形にも内実に於ても最もふさわしいまでに芸文史上に名を止めた天才は、彼らが最も深刻な伝統の人を思わせつつ、しかも日本の伝統を近世から回転させたのである。日本の近世の偉大な天才たちとは、全然異った方法で彗星のように我国の伝統の中枢に出現した二人である」と記している。

それから筆者は二人の足跡を辿る。

まず岡倉天心は「そもそもの初めに『世界史』と『世界』を発見していた」として、「法隆寺の発見」をあげ、それによって日本の「大昔にあった大いなる世界精神」が展けたとする。さらに中国や印度に出かけて「アジアは一也」のテーゼを見出してから大陸で失われた「アジアの太初からの芸術」を千五百年保持したのが日本であるとする。さらに「芸術批評に世界と歴史と血統を完全に描いたのは、あとにもさきにも天心一人のみであった」と感嘆する。彼が指導した日本美術派の「作家」は「日本絵」を新しく回転させ、「明治の創世期に、日本の絵工たちに芸術家としての自覚と誇りを教え鼓舞した唯一人の人であった」と彼の巨きな存在を跡づけている。そして当時の日本の学界が受け入れなかった「天心の学業に最大限の敬意と尊敬を献げたのはむしろ欧米の学界であった」と、その世界人性を位置づけている。

一方、内村鑑三については「いつも迫害妄想に迫られていたような鑑三の心に生きていたものも、武士の精神」で、しかも「この最も美事だった明治の精神界の戦士の文章は、その強烈な破壊力の中に人柄のあたたかさを示して、目にさえあざやかである。生涯同じ一貫したものをかき残した偉人であった」とこの宗教人の唯一無二性を捉えている。鑑三の無教会主義の基督教を「すきや作りのキリスト教を発案したのである」と譬えているのも面白い。「科学を学んだ彼は、如何にしてそれを神学と統一するかに苦しんだ」という指摘も鑑三の独自性をよく見据えていると思う。また彼の「日本主義」は世界のための日本であるために、一高不敬事件を起し、アメリカの排日法案を憤り、教会制度を攻撃しつづけたが、「彼の破壊力の強大さは、つねに破壊と建設が採算とれているところにあるのではなく、破壊が創造と合致したイロニーを体現していたのである」とするのは内村鑑三の全体像を見事に把握していると、私は思う。

天心、明治最大のロマンティスト

河上さんは『日本のアウトサイダー』の「岡倉天心」で、まずこの「教祖的」な人物には後世「定説」が出ないままで終るだろうと予想し、彼の存在を「ありのままに理想化することで、それが彼の正しい姿を知る最上の方法だと信ずる」と言う。また当世風な政治的意図で批判するのは戦後よく行われるが、かえって「あり合せの枠に嵌めることになる。天心は明治期を通じての大ロマンティストであった。されば彼を大いにロマンティックに扱おう」と言明する。これは前回の対談で語った「歴史という大海」に通じている。

そして「明治年代には、情熱の人岡倉天心が最も大きなロマンチックな素質を備えていた人であったと言えると思う」という島崎藤村の評価に共感する。

さらに河上さんは天心は「時代の中にいてそれに創られた人物であるよりも、その外にあって、自分の声でその精神を大きく歌っているような存在である。のみならず、時に時代の流れの自然的な歪曲を、自分一人の手で受けとめて、これを正しい方へ匡そうとする気魄も見える。つまり私のいうアウトサイダーとはそのような存在であって、それ故に私は天心をその中に数えたいのである」として、「天心は必ずしも独創的な思想家ではない。私には明治（の美術）という巨大なパイプオルガンのような楽器のあらゆる音栓《ストップ》を使って、最も微妙な音色を出そうとする名演奏家のような気がする」と、西洋音楽が心身に滲透している河上さんらしい名評をしている。

それから河上さんはこの「大ロマンティスト」の足跡を細分化して列挙していく。日本画制作の実際の指導、根岸派時代の乱行、古美術へと進んだ「易きにつかぬ在野性」の「アウトサイダーの真面目」、フェノロサとの出合い、美術学校校長失脚、日本美術院の結成、五浦隠棲。一方ボストン博物館東洋部長就任と『東洋の理想』『日本の覚醒』『茶の本』の三大英文書の刊行については「それは国粋主義者が海外宣伝に力を尽したというものではない。その動機が何であったにしろ、何のハンディキャップなしに世界を舞台に自分の信ずる美の体系を表現し得たことは、彼にとって最上の無償の喜びだったに違いない」と天心生涯の到達点を指摘しているのも、河上さん自身のアウトサイダー的視点も踏まえた、すぐれたヴィジョンの開示である。

この三大英文書は『東洋の理想』が一九〇三（明治三六）年にロンドンで、『日本の覚醒』は一九〇四（明治三七）年、『茶の本』は一九〇六（明治三九）年、ともにニューヨークで刊行された（他に『日本の覚醒』の前に書いた『東洋の覚醒』は昭和七年孫の岡倉古志郎によって原文が発見され、昭和十九年日本語に訳されて刊行された）。

天心の著作がいずれもなぜ英文で書かれたかについては、木下順二が『岡倉天心全集』第一巻の「解説」で、欧米人に語りかけるのだから当然英語だが、「幼年の頃から馴れ親んで自由に操れる英語を以て英語しか理解しない相手に語るという形」は「自分に意識されないほどにも自然の勢い」であったとも記している。

河上さんのこれらの著書への言及は『茶の本』では天心の道教愛好の挿話を引用し、さらに「西洋人は日本が平和な文芸に耽っていた間は、野蛮国とみなしていたものである。然るに満洲の戦場に大々的殺戮を行い始めてから文明国と呼んでいる」という黄禍論への彼の痛烈な諷刺を、『日本の覚醒』では「ヨーロッパの示せる奇怪な組合せは、何を意味するか——病院と水雷、キリスト教の宣教師と帝国主義、平和の保証としての巨大な軍備の維持？　かかる矛盾は、東洋の古代の文明に於ては存在しなかった。日本の王政復古の目的はかかるものではなかった」という彼の白禍論も引用した。さらに「現代の論者は、日本の明治をかかる侵略的目的を持つものと説いている。それならそれで天心は、誤ったわが理想を警《いまし》める先駆的予言者ではないのか！」と自身の現代批判も展開した。

今回私もこの四書を通読したので、私の感想も述べておこう。

『東洋の理想——日本美術を中心に——』は有名な「アジアは一つ」で始まり、中国、印度を中心とした天心のアジア俯瞰の巨きさにまず驚いたが、やがて二国が蛮族の侵入で破壊され、「日本をアジアの思想と文化という信託の真の貯蔵庫たらしめた」という視点で日本美術史を辿っていく。私はこの書で百済観音の「強烈な洗練と純粋さの精神」の在処を初めて納得した。足利時代は雪舟の「禅精神の典型である直截さと自制心」を称え、江戸時代の浮世絵を、日本美術の発展とは全く遊離したものと批判しているのはいかにも天心らしいと思った。終り近くに自ら創設した日本美術院を「この派の信条によれば、自由こそ芸術家の最大の特権」と自らの信条を語る。私は最近偶々横山大観の「屈原」を観る機会を得たが、「強烈きわまる詩想を画面に投入した」という天心の大観評価には自ずと説得力を覚えた。

『東洋の覚醒』は当時英国の植民地だった印度の若者に決起を促すために執筆したもののようだが、

作品としてはやや単調で、私には次の『日本の覚醒』の方がずっと面白かった。

この書は日露戦争が行われている際中に刊行され、西欧人に日本及び日本人を知らしめるために書かれた。天心はもともと「日本人にある自己の実現」能力がペルリ来航以後の変革をもたらしたとして、それ以前のミカドの存在、武家生活等を精しく辿り、殊に幕末から明治維新にかけての叙述が最も精彩を放っているのは、文久二（一八六二）年生れの天心が幼年時ながら時代の空気を吸っていたためだろうが、自らの詩心を抑えて、整然とした散文で歴史を描いている、彼の文業の多彩ぶりにも感服した。

『茶の本』は今度久しぶりに読み終えた後、茶室で主人の御点前を見守っている時の張りつめた沈黙が私にも蘇った。そして英語から各国語に訳されたこの天心の代表作は西欧人への茶の啓蒙書というより、彼の秘められた審美的感性が全開して、一篇の自立した文学作品となっているように私には思われた。殊に第三章の「花」は全てが美しい散文詩になっている。しかし天心は茶道の紹介にとどまらず、日本で茶道が完成されるまでの歴史を精細に叙述しているが、若松英輔が『岡倉天心『茶の本』を読む』（岩波現代文庫、平成二五年）で、「茶の湯の原理は、いわゆる審美主義ではない。それは、倫理、宗教と合して、天人に関するわれわれの一切の見解を表わしている」と自ら訳して、その霊性を多様に展開しているのも貴重である。

小林さんは冒頭の推薦文の終りに『茶の本』については、「近代化した美術思想を論ずる事が、何故天心には『茶の本』という表現に通じていたか。外来思想に引きつけられ、動かされ、識《し》らず識らずのうちに、それをあたかも一身上の痛切な出来事の如く迎えていたからだ。外来思想の漠たる力を、己れが親しく扱える具体的な形に仕上げていたからだ。近世、国民の日常生活の隅々にまで浸透して生きて来た黙々たる審美の智慧の広大な力に比べれば、これを促した茶の宗匠の表向きの教えなぞ殆ど取るに足らぬというのが『茶の本』の根本思想であった」とやはり天心の透徹したヴィジョンを把えている。

尚、河上さんの「岡倉天心」の真中あたりに「天心に英語で書いた『白狐』という音楽夢幻劇の台本がある。私は今度それを何気なく読んで、意外な感銘を受けた。それは安倍の保名に命を助けられた白狐が、保名の失踪した恋人葛の葉に化けて連れ添っているが、やがて真物の葛の葉が現れるに及んで、名残を惜しみつつ去るのである。(これらは恐らく天心の理想的な日本女性の型である。)……このように、天心のような孤独な天才には、その磊落を以てしても覆い切れぬ淋しさが、一生つきまとっていたに違いないのである」と書いているが、私は初めて『白狐』を読んで全く同感だった。

この「孤独な天才」は孤独なるが故に、かえって自分の業績も行動も巨きく飛翔させねばならなかったのだろう。

鑑三、実践的精神界の英雄

「さて今度は内村鑑三だが、私はかねがね彼を『日本のアウトサイダー』の最も典型的なものと目指していたのである」と河上さんは書き出して鑑三論を始めるが、彼の真価は日本的キリスト教は可能かという問題を生きた所にあると言う。鑑三は高崎の士族で、宣教師が文明の産物を携えて信者を獲得した「後進国」とは違い、日本は「天」という「思想の地盤」があって、それが開花して一神教の信仰と結びついたと考える。そして鑑三の生き方に深く関わった一高不敬事件、非戦論、無教会主義、キリスト再臨運動は、鑑三の発した言葉がたまたまその語られる機縁を異にしたために違った響きを発したという態の共通性があると言う。「一高不敬事件」では勅語に敬礼しないのと、勅語を実行しないのと、いずれが不敬かと官学派に迫り、「非戦論」ではキリスト教徒としての「殺すなかれ」が彼の愛国心に結びついていると言う。「無教会主義」では「教会がそれ自体の繁栄を目指して活動し、実績を上げることで満足する宗教的自慰を彼は最も嫌悪する」。いたずらに受洗者の数の累進を誇るアメリカの宣教師を嫌い、「汝は神の事を思わず人の事を思うなり」という聖書の言葉を引いて、伝道は福音の教えだと繰返す。「そこに無教会主義の真髄がある」と河上さんは断定している。

最後の「キリスト再臨説」は河上さんの文章が実に迫真力ある名文なので、非常に長いが、全文を引用させていただく。

「鑑三のキリスト再臨説は、その思想の根幹でありその頂点である。ここに至って彼の思想の奔流は、その豊かな水量を以て渦巻き泡立ち、見て壮観であるのみならず、われわれの足許をすくう勢で押し寄せてくる。大体鑑三という人は、明治という時代の突端に立って、二千年（或いは数千年）流れて来たキリスト教の歴史を横にガッシリ裸身で受け止めた人である。だから彼の中に、罪、十字架、復活、再臨の約束がすべてごまかしなしに活きている。彼はそれを一個人、一世代の異教徒の資格の下に身につけるのだ。『キリストわれにありて生く』の実感は、二千年前の改宗者パウロにおけるような悲劇的な現実性はなくとも、明治初期の文化人には異常な実存性を持っているのである。

さて私のような素人がいうのはおこがましいが、一応話に筋道をつけておくと、再臨とは贖罪の保証だと思っている。即ち我々の罪に対し、律法的道徳がその個別的な外傷癒法に過ぎない時に、全く無垢な『人の子』イエスが我々のあらゆる罪を背負って十字架についた。この生身の罪を贖った肉体は復活せねばならぬ。そしてこの傷つける肉体と愛の約束を交した現世は、必ずいつの日かそのすべての歴史的現実の保障のために、この肉体そのものの再臨を見なければならぬ。これが最後の審判の倫理であり、再臨の論理である。だからキリスト教を信じる以上、再臨まで信ぜねば不徹底だというのが、徹底主義者内村鑑三の説である」

この長文からは鑑三を踏まえた河上さん自身の信仰告白が底深く伝わってくるようである。

そして最後に全体の結語がくる。「彼は単なる代表的クリスチャンではない。わが国に近代の黎明と頽廃とが一緒に押しよせて来た時、これを身に受けて、キリスト再臨という思想で一挙にさばいた人だ。それは明治の思想的天才というよりも、実践的精神界の英雄であり、常に戦いに出て死を恐れぬ闘士であった」。

今日「実践的精神界の英雄」はほとんど見当らないが、鑑三の求心力はここで極まっている。

これから天心の時と同じように、鑑三の主要著作『基督信徒の慰』（明治二六年）『代表的日本人』（明治二七年）『余は如何にして基督信徒となりし乎』（明治二八年）の私の読後感を述べよう。

『基督信徒の慰』は一高不敬事件の三年後に刊行されたが、この間国賊扱いされ、窮乏に陥り、妻加寿子が心労のあまり亡くなるという、鑑三の一生での最暗黒期での処女出版だったが、亡妻への哀悼、非難された教会への批判、神への讃美等を見事な文語体で惻々と訴えて身に迫るものがあり、以後のおびただしい著作の原点としての特有の魅力を失っていないと思う。

以下の二作は英文で書かれたが（鑑三も天心と同様、私学校、東京外国語学校、さらに札幌農学校と英語を身につけて、自在に書けた）、『代表的日本人』は明治維新の原動力となった西郷隆盛が西南戦争で死ぬまで生涯貫いた「敬天愛人」の精神は「預言者の思想の集約」と称え、「道徳と経済を分けない考え方」で藩政改革をした上杉鷹山を称え、同様に「魂のみ至誠であればよく天地を動かす」との信念だけで荒蕪地を再生させた二宮尊徳を称え、陽明学で日本での最上の教育を施した中江藤樹を称えたが、この書で最も異彩を放っているのは、漁師の子に生れたが、仏教改革のために辻説法を始め、流刑になっても戦闘的情熱を失わなかった日蓮への讃美で、日蓮を否定する牧師への激しい批判に、鑑三のサムライの子としての独自性が最も発揮されているが、この書全体の凜冽さも稀有である。

『余は如何にして基督信徒となりし乎』は前二著にもまして鑑三にしか書けぬ傑作と私は感銘した。「緒言」で「私が書こうとするのは、私がいかにしてキリスト信徒になったか、であって、なぜなったかではない」（中央公論社刊『日本の名著38　内村鑑三』、松沢弘陽訳）とあるのがこの書を「世界的名著」にした。「過程だけ語っているために人間性が出ている」という、河上さんの評言に私は共感する。又札幌農学校での回心は「八百万の神に対する唯一神、個別に対する普遍。明治開化の児として合理主義に開明された、啓蒙性と結びついた教えは、どんなに安心してついてゆけただろう」にも納得する。

受洗後の札幌農学校の日々と自前の教会を建てる経過の叙述も鮮かだが、鑑三につきまとっている「私の魂の中なる真空」を埋めるために、「本当のキリスト教国を知りたい」と旅立ち、米国の第一印象での拝金主義、人種差別等で喚起された祖国愛は筆者の直情径行ぶりを生き生きと伝えているし、養老院の仕事での良心的な医師も活写されている。ニューイングランドでの大学《カレッジ》での信仰を深める思索、神学校の職業的宣教師への嫌悪、キリスト教国の偽りない実情を知ってからの帰国、両親との再会で終る。この書の傑作たる所以は自国と他国の基督信徒の日々の叙述を、徒らな観念的思考にとらわれず、「いかにして」に集中したために、日本人にして初めての生彩あるキリスト教文学の誕生があった。

正宗白鳥の『内村鑑三』

私は正宗白鳥が戦後すぐに書いた『内村鑑三』（昭和四〇年、新潮社刊『正宗白鳥全集　第九巻』所収）を前から読みたいと思っていたが、今回やっとその機会を得た。

まずこの白鳥の鑑三論を要約すると、鑑三から「いかに生きるか」の問題を感得。処女作『基督信徒の慰』を絶讃。講演会での彼の毒舌と詩人的素質。非凡な風采。自分の信仰への疑いから彼に離反。彼の日本の社会観察は好悪に捉われすぎ、海外での観察の方が正確。武士道精神による新大陸放浪。今度全集で読んだ「再臨説」と「復活説」への新たな関心。非戦論での彼の預言者的面目。絶えざる自分の死への恐怖。キリストを信じる以上、「再臨説」は当り前。「老いて信ずる者は災いなるかな」。年少の頃信仰者だった自分への郷愁。宗教的残虐性からの転向をよしとする。彼のむき出しの愛憎好悪。彼の頭の古さと福沢諭吉の頭の新しさ。共産主義の現世主義を批判。文学と宗教は相容れないが、自分はいかに生くべきか、死すべきかの問題から離れられない。新たに人生の不可解に思いを馳せる先覚者でなく凡人内村に親しみを覚える、等々。

駆け足の要約で申訳ないが、これらのさまざまな視点から白鳥が最も近々と鑑三に接近し、自己の讃嘆と懐疑を率直に吐露していて、内村鑑三論中の傑作ではないかと私は思った。しかし読了後、この全集での河上さんの「解説」をふと読むと、私の愚感など吹き飛ぶような出来映えなので、これまでと同じように長く引用させていただく。

「本書の中での圧巻は『内村鑑三』（昭和二四年）である。これは二百枚に及ぶ長篇論文だが、内村の信仰を縷々と述べながら、白鳥自身のキリスト教観を剰さず、しかも熱を以て語ったものである。彼は世に往々白鳥は信者なりやという問題が議せられるが、これを読めばその答えは明瞭である。彼は死の床でアーメンといったか否かに拘らず、信者である。但し私に限定させて貰えれば、異教徒としての信者である。彼はこの教えの権威主義を嫌った。だから時流の自然主義に走った。そしてこの権威が、殉教の場合などに見られるように、死や迫害を強要することを怖れた。それが彼には救いに見えなかった。少くともそんな抽象的な救いは認められなかった。そして彼流の救いを求めて迷った（棄教した）のである。

然しこの鑑三論の中で白鳥は次のように言っている。『ところが今度全集によって、彼の基督再臨説や、肉体復活説などを読み、そこに、彼に対して新たに新鮮な感じを抱くようになったのである。』……この言葉は大切である。白鳥は再臨を信じていないだろうが、そこに内村の信仰の頂点を認めたことは、彼が内村を理解したことであり、同時に白鳥が信仰を持ったことなのである」

白鳥はそのようにして死んだし、河上さんも同じようにキリスト者として死んだが、河上さんがこれほど白鳥に肉迫したこともない。

最晩年の小林さんが亡くなる前に中断したまま、没後刊行された『白鳥・宣長・言葉』（昭和五八年、文藝春秋刊）の「正宗白鳥の作について」は今回の主題である、岡倉天心と内村鑑三の問題に深く関わっているので、最後にそこを引用しておきたい。

「内村のこの英文の二作（『余は如何にして基督信徒となりし乎』と『代表的日本人』を指す）が書かれてから、十年ほどして、やはりこれも続けさまに、岡倉天心の『東洋の理想』『日本の覚醒』『茶の本』の英文の三作が書かれた事はよく知られているし、日本を海外に紹介した名著として、屢々内村の二作に比較されるが、これらの作で、語られているのは『日本の覚醒』ではなく、内村という個性、岡倉という個性の覚醒なのである。両人とも、海外文化という輸入品を処理する知識人たる事をきっぱりと辞め、海外文化の輸入を、驚くべき人間形成力として、全的に経験した作家なのだ。従ってこれらの作は、両者の自己発見を語る代表的作品であり、その本質的性質を想えば、これには英文で書かれたという事など関係して来ない」と書いている。小林さん独自のヴィジョンで二人の生き方を全的に捉えていて、今回のテーマもここに感慨深く結論づけられていると思ってもいいのではないだろうか。

岡倉天心は文久二（一八六二）年に生まれ、大正二（一九一三）年九月二日五十二歳で、内村鑑三は文久元（一八六一）年に生れ、昭和五（一九三〇）年三月二十八日に六十九歳で亡くなった。鑑三が一歳年上で全く同世代者であったが、二人の終焉にも余人の及ばぬ独自性が漂っているので、それを記して結びとしたい。

大岡信の書下ろし評伝『岡倉天心』（昭和五〇年、朝日新聞社刊）によれば、天心の最後の恋人は、タゴール一族の一員であるプリヤムヴァダ・デーヴィ・バネルジーという女流詩人で、戦後に公開された、英文の十七通の恋文がある。

彼女の詩を称え、自分を「臆病で小心な存在」と告白し、彼女を「宝石の声なるひと」と呼びかけ、出合いと別離の英詩を贈り、死が迫った時は「私が死んだら、／悲しみの鐘を鳴らすな、旗をたてるな。／……ひっそりと埋めてくれ――あのひとの詩を私の胸に置いて」と、河上さんの言う「明治最大のロマンティスト」の面目躍如ぶりが遺された。

最期が迫った時も天心は気だけは確かで、「これが人間の最期かな」、「神様、あなたのなさることには感心できないことがある」と呟いて、「十二万年名月の夜／訪ひこん人を松（待つ）の影」という句を詠じて墓場を五浦にと希望し、大観以下の弟子達を枕辺に招いて「よく勉強して芸術のために尽せ」と遺言して最期を迎えた。大岡信がこの句を「天心の最後の諧謔」と述べているのは至言である。

『父　岡倉天心』(平成二五年刊、「岩波現代文庫」)によれば、「やがて裾野の彼方に、屹立する斑尾山の肩から昇った旭日が、深憂に罪された(赤倉の)山荘をあまねく照らす時分、病床に横たわった天心は三寸息絶え、脈も止まった」と、長男の岡倉一雄は書き留めている。

内村鑑三の絶筆は昭和五年と推定される、無題だが、最後の無教会主義宣言である。別冊「環」(平成二三年十二月、藤原書店刊)では「無教会主義を……」と題して全文掲載されているが、抜粋しながら紹介する。

「私は無教会主義を唱えた。……私の無教会主義は主義の為の主義でなかった。信仰の為の主義であった。……先ず第一に十字架主義の信仰、然る後に其結論としての無教会主義。十字架が第一主義であって、無教会主義は第二又は第三主義であった。私が時に強く教会を撃ったのは其信仰に於て福音の真理に合わざる者があった故である。……私は残る僅少の生涯に於て一層高らかに十字架の福音を唱えるであろう、そして此福音が教会を壊つべきは壊ち、立直すべきは立直すであろう。私は教会問題に無頓着なる程度の無教会主義者である。教会と云う教会、主義と云う主義は悉く之を排斥する無教会主義たらんと欲する。

そは我れイエスキリストと彼の十字架に釘けられし事の外何をも知るまじと心を定めたれば也。

(コ、前、二ノ二)」

こういう自己の信念に徹底して殉じる、勁い文章を読むと、日頃無信仰者の私でも感銘を覚えざるを得ない。

志賀直哉の「内村鑑三先生の憶い出」（岩波書店刊、『志賀直哉全集　第七巻』所収）は志賀文学の人物伝中でも出色である。

「生来の怠けもので、如何なる先生にもよき弟子になる資格のなかった私は、聖書の研究でもさっぱり勉強しなかったから、その当時でも先生のよき弟子だと自ら思った事はなかった」と断りながら、「私は先生からどういう話を聴いたか覚えていないが、初めて本統の教えをきいたという感銘を受けた」と鑑三への傾倒ぶりを書く。さらに「先生程徹底した基督者（信者という言葉を嫌い、或時からこういう言葉を作って使われた。その後一般的な言葉になったようであるが）は余りないであろう」と言い、それからさまざまに鑑三像を的確に描写するが、最後に容態の悪い先生を見舞って寝まれているので帰ると、「『そうか、志賀が来たか』と言われたという話を聴き、胸のつまる想いをした」と深く哀悼している。

鑑三の終焉は小原信『内村鑑三の生涯』（平成九年刊、PHP文庫）に詳しく記されている。亡くなる二日前、「鑑三は病床に端座して、苦痛に耐えながら『人類の幸福と日本国の隆盛と宇宙の完成を祈る』と言った。……二十七日午後一時ごろ、また発作がきて苦しんだ。しかし、生命力はつよく、二時ごろ、鑑三はとつぜん讃美歌二十三（現讃美歌五十九）を歌いだした。三月二十八日の午前四時半ごろから変調が来た。そうして家族や弟子たちが見守るなか、八時五十一分、肥大した鑑三の心臓は鼓動をとめた」。

葬儀は、鑑三が死去の二日前伝言を托した古稀記念祝賀会の開かれた、今井館聖書講堂で三月三十日無教会葬で執り行われた。

私は或る時小林さんから「テレビの値打ちは人間の顔をよく見ることにあるよ」と言われたことがある。この言葉を思い出すと、岡倉天心と内村鑑三の足跡を慌しく辿っているうちに毎日見ていた二人の魁偉としか言いようのない風貌に、魁偉即精神と言えるものがしだいに感得されるようになった。

今日こういう風貌は絶無と言ってもいいだろうが、ますます均質化し卑小化していく現在の日本人の風貌とのあまりの格差に改めて驚く。たとい少数者でも、こういう風貌を思い浮かべながら二人の足跡を辿りなおしてもらえれば、と私は願っている。

『本居宣長』の世界

『本居宣長』と『吉田松陰』誕生の前に

小林さんが『本居宣長』に、河上さんが『吉田松陰』に取組む前に、お二人で交したやり取りを、河上さんが短いエッセーで書きとどめている。

「彼が『考えるヒント』を雑誌に書いた頃、私には徂徠論が一番面白かった……小林はそれよりも本居宣長が書きたいらしかった。彼には新潮社の『日本文化研究』の一巻として数十頁の優れた宣長論があるのを、たしか単行本に入れていないので、案外読者は知らないんじゃないかしら。私も近年、宣長を少し齧って異常に興味を覚えているので、——オレもそのうち書きたいな。といったら、小林は即座に、——オマエは宣長より吉田松陰を書け。と割り振られた。全く私のような野暮な長州っぽには、宣長などいう優雅な文人はお歯に合わず、松陰のような律義者の田舎侍の方がぴったりするのを自分でも感じるのである。評伝の対象は、惚れたとか感銘を受けたというだけでは足りない。合い性といったものが必要なのである」(「芸術院総会の一日」、「週刊読書人」昭和三九年十一月二十三日号)。『本居宣長』は昭和五二年に、『吉田松陰』は昭和四三年に刊行されたが、このやり取りがなければ、お二人の代表作はすっきりとは生れなかったかも知れない。因みに河上さんにも宣長の「排蘆小船《あしわけおぶね》」と「宇比山踏《ういやまぶみ》」の見事な現代語訳がある(『現代語訳　日本の古典21』所収、河出書房新社刊)。

『本居宣長』の成立過程

『本居宣長』の本文に入る前に、まず刊行までの成立過程を記しておきたい。

「新潮」で連載が始まったのは昭和四〇年六月号からで、昭和五一年十二月号をもって誌上では未完のまま終了した。その第六十四回目の原稿を私が受取った時に、小林さんからこれで連載は終りにしたいと言われ、その意向を受け入れたのである。

そして翌月の昭和五二年新年号に「読者へのお知らせ――『本居宣長』(小林秀雄氏)の連載について」と題して、私は次のように書いた。「十一年余にわたって断続的に掲載して参りましたが、……未完のまま連載を終ることになりました。今後は完結までを書き下ろして、単行本として、昭和五二年小社より刊行致します。長期に及んだこの連載において、読者に伝えんとする眼目はそれぞれほぼ書きつくしたので、掲載分を推敲、凝縮の上、結語を急ぎたい、という筆者の意向に基づくものであります」

「小林秀雄全集」は創元社から昭和二五年に初めて出たが、その後は新潮社が五回出している。その後半を担当した池田雅延君が『本居宣長』の単行本刊行も担当することになった。先日彼に改めて聞くと、小林さんは「新潮」掲載分を大幅に削り、逆に随所で新たに書き加えもして、約千五百枚の「新潮」掲載分を約千枚に凝縮した。さらにその上、校正刷に最後まで手を加え、その一連の作業は「新潮」連載終了後、翌年九月まで、実質十ヵ月だった由。

小林さんは連載中私に、「ブラームスの変奏曲のように何度も変奏を繰返しながらゆっくりと書きたい」と語っていた。私もそうして心ゆくまで書き進められるのが最上と思い、毎回その変奏を楽しんでいたが、かつて「文學界」の編集責任者でもあった小林さんはこの大作刊行に臨んでの編集作業では、厳しく推敲、凝縮、加筆をしながらの自己集中を楽しんでもいたのではないか、と私は思っている。

現代の古典となった『本居宣長』

小林さんが亡くなってから三十一年の歳月が過ぎた。私は元文芸編集者の困った習性で本の売れ行きがいつも気になるので、『本居宣長』の最新の新潮文庫の奥付を見たら、「平成二五年四月五日十三刷」となっていた。三十七年前の昭和五二年に初めて刊行された時、定価四千円の単行本が大方の予測をはるかに覆してわずか半年余りで十万部近くに達し驚嘆したものだが、四半世紀をはるかに過ぎてもなおこの増刷ぶりに、『本居宣長』は現代の古典になったと言ってもいいだろうと、私は思う。

私が実質的に小林さんの担当者となったのは、昭和四二年六月、前任者の菅原国隆が「週刊新潮」編集部副部長に就任したためである。ほぼ二ヵ月置きで連載第十四回から六十四回まで都合五十回原稿を受取ってきた私の今回の役割は、なぜ「現代の古典」になったのか、その所以を全体を俯瞰しながら跡づけていくことではないかと思う。その実質を伝えるためには、おびただしい引用が必要で、その点をお許しいただきたい。

「源泉」への希求

私は今度『本居宣長』を六年ぶりに読み返した。「文學界」平成二〇年二月号の「特集小林秀雄没後四半世紀」に短文を寄稿して以来である。あの時「『学者である事と創造的な思想家である事とが、同じ事であったような宣長の仕事、彼が学問の名の下に行った全的な経験、それを想い描く事が大変困難になったところ』を見据えて、それを読者が『想い描ける』ように晩年の全精力を傾注して辿られた軌跡に感銘を新たにした」と結んだ。

その感銘は全く同じだったが、今度私はさらに小林さんの初期から続いている「源泉」への希求がこの代表作で窮まったのではないかと思ったのである。

小林さんの愛読者なら諳《そら》んじている『ランボオ詩集』の「また見附かった／何が、永遠が、／海と溶け合う太陽が。」に「源泉」への希求は疼いているが、『本居宣長』最終章の一文「彼の世の死の像《カタチ》は、此の世の生の意味を照し出すように見える。宣長の洞察によれば、そこに、『神代の始メの趣』を物語る、無名作者達の想像力の源泉があったのである」に自ずとその到達点が示されているのではないだろうか。

遺言書と二つの墓

『本居宣長』は「何処から手を附けたものか、そんな事ばかり考えて、一向手が附かずに過ごす日が長くつづいた」或る朝、ふと列車に乗って松坂に行き、初めて宣長の墓を訪れる。ついで実に精しい遺言書を紹介して、叙述は始まるが、この大著の最後の文も遺言書に立ち戻り、「彼の最後の自問自答が、(機会があれば、全文が)、読んで欲しい、その用意はした、とさえ、言いたいように思われる」と結んでいる。

この遺言書は送葬、仏式の宣長夫妻の墓、山室の「本居宣長之奥津紀」等が図解で描かれて、地の文では息子達への指示が詳しく述べられている。その味わいは原文を緻密に辿らなければ伝わらないが、私が殊に宣長らしいと思ったのは、仏寺までは空送《カラダビ》で、遺骸は夜中に密《ひそ》かに山室まで送れ、という指示である。

仏式の葬儀は世間とのつき合いを決して疎かにしなかった律儀な生活人を彷彿とさせるが、遺骸を密かに運ばせたのは「古事記伝」の著者の孤独な真意の表れと私には思われる。小林さんが遺言書の「動機は、全く自発的であり、言ってみれば、自分で自分の葬式を、文章の上で、出してみようとした健全な思想家の姿が、其処に在ると見てよい」と述べているのは至言である。

私も三度ばかりこの「奥津紀」を訪れたが、その都度この山の上から「神つ世」へと広がってつながる、宣長の巨きな孤独を感得したものである。それは近現代の日本文学に現れた「孤独」とは別趣のものである。

家のなり　なおこたりそね

宣長は京都で堀景山に医術を学び、松坂に帰ってからは生涯小児科医で通した。「家のなり　なおこたりそね　みやびをの　書《ふみ》はよむとも　歌はよむ共」という、門人に与えた「晩年の詠」がある。小林さんは「宣長は、生涯、これを怠らなかった」と書いている。従って宣長の生涯は何の波瀾も見られないが、「或る時、宣長という独自な生れつきが、自分はこう思う、と先ず発言したために、……非常に生き生きとした思想の劇の幕が開いたのである。……わが国の思想史の上での極めて高度な事件であった。……私は宣長の思想の形体、或は構造を抽《ひ》き出そうとは思わない。実際に存在したのは、自分はこのように考えるという、宣長の肉声だけである。出来るだけ、これに添って書こうと思うから、引用文も多くなると思う」とこの大作執筆の動機を明らかにする。私もこれからそれに倣って、宣長の言葉を中心に小見出しに生かして、進めさせていただく。

契沖の「大明眼」

宣長に初めて歌の道を覚醒させたのは契沖であり、その「大明眼」とは「古歌や古書には、その『本来の面目』がある、と言われて、はっと目がさめた」、「直かに対象に接する道を阻んでいるのは、何を措いても、古典に関する後世の註であり、解釈である」、「歌とは何か、その意味とは、価値とは、一と言で言えば、その『本来の面目』とはという問いに、契沖の精神は集中されていた」と小林さんは記している。

「二十三歳の宣長が契沖の著作に出会って驚き、抄写した最初のもの」は「勢語臆断」であるが、その「本来の面目」を発揮していると、私には思われる文章を、以下全文引用する。「むかし、をとこ、わづらひて、心ちしぬべくおぼえければ、『終《つひ》にゆく　みちとはかねて　聞しかど　きのふけふとは　思はざりしを』――たれ〳〵も、時にあたりて、思ふべき事なり。これまことありて、人のをしへにもよき歌なり。後〻の人、しなんとするにいたりて、ことゞ〳〵しき歌をよみ、あるひは、道をさとれるよしなどをよめる、まことしからずして、いとにくし。たゞなる時こそ、狂言綺語もまじらめ。今はとあらん時だに、心のまことにかへれかし。業平《なりひら》は、一生のまこと、此歌にあらはれ、後の人は、一生のいつはりをあらはすなり」

晩年の宣長は青年時の感動を、右の一文を引用して、「『ほうしのことばにもにず、いと〳〵たふとし』」と追想しているが、小林さんは「歌学は俗中の真である、学問の真を、あらぬ辺りに求める要はいらぬ、俗中の俗を払えば足りる、という思想が、はっきり宣長に感得されていた」と念を押している。

「下剋上」の「でもくらしい」

小林さんは日本の戦国時代の「下剋上」を「此《コノ》語、でもくらしいトモ解スベシ」という「大言海」の解を面白く受取り、「歴史の上で、実力が虚名を制するという動きは、極めて自然な事であり、それ故に健全なと呼んでいい動き」と評して、「日本の歴史は、戦国の試煉を受けて、文明の体質の根柢からの改造を行った」と言う。しかしそれは「行動の上で演じられたのだが、これが反省され自覚され、精神界の劇となって現れるには、又時間を要したのである」。これが新学問となって現われ、中江藤樹の「大学」、伊藤仁斎の「語孟」、契沖の「万葉」、荻生徂徠の「六経」、賀茂真淵の「万葉」、本居宣長の「古事記」と、「みな己れに従って古典への信を新たにする道を行った。彼等に、仕事の上での恣意を許さなかったものは、彼等の信であった。無私を得んとする努力であった。この努力に、言わば中身を洞《うつろ》にして了った今日の学問上の客観主義を当てるのは、勝手な誤解である」と釘をさしている。

「物のあはれ」を知ること

「物のあはれ」は宣長が用いた言葉のなかでも最も有名な言葉だが、それは「源氏物語」味読による開眼から生れたもので、「よの中の、物のあはれのかぎりは、此物語に、のこることなし」（『玉のをぐし』二の巻）と、「彼の心のうちで、作者の天才が目覚める、そういう風に読んだ」と小林さんは述べる。さらに「阿波礼といふ言葉は、さま〴〵いひかたはかはりたれ共、其意は、みな同じ事にて、見る物、きく事、なすわざにふれて、情《ココロ》の深く感ずることをいふ也」（『石上私淑言《いそのかみささめごと》』巻一）『あはれ』と使っているうちに、何時の間にか『あはれ』に『哀』の字を当てて、特に悲哀の意に使われるようになったのは何故か。『うれしきこと、おもしろき事などには、感ずること深からず、たゞかなしき事、うきこと、恋しきことなど、すべて心に思ふにかなはぬすぢには、感ずること、こよなく深きわざなるが故』（『玉のをぐし』二の巻）である、と宣長は答える」。そして「生活感情の流れに、身をまかせていれば、ある時は浅く、ある時は深く、おのずから意識される、そういう生活感情の本性への見通しなのである。……そういう次第で、彼の論述が、感情論というより、むしろ認識論とでも呼びたいような強い色を帯びているのも当然なのだ。彼の課題は、『物のあはれとは何か』ではなく、『物のあはれを知るとは何か』であった」。さらに「宣長は、情と欲とは異なるものだ、と言っている……『情』の特色は、それが感慨であるところにあるので、感慨を知らぬ『欲』とは違う。……感動が認識を誘い、認識が感動を呼ぶ動きを重ねているうちに……『欲』の世界から抜け出て自立する喜びに育つのだが、……その出口を物語という表現に求めるのも亦、全く自然な事だ」と踏みこんでいる。「『物のあはれ』を知る」ことに関しては、これ以上の正確な思考の積み重ねはないと私は思う。

『本居宣長』の書き出しは、戦争中小林さんが初めて折口信夫宅に行き、「古事記伝」を質すところから始まるが、別れる時、折口信夫に「本居さんはね、やはり源氏ですよ、では、さよなら」と言われたと書いている。折口信夫の「もののあはれ」論には「人情に対する理会、同情、調節が、成程源氏その他の物語には、好もしく出ていて、いかにも後期王朝時代の人の生活の豊かさを思わせる様に、説明せられているが、『もののあはれ』と言う語は、もっと範囲が狭い様に思う。先生(宣長)は結句、自分の考えを、『もののあはれ』と言う語にはち切れる程に押しこんで、示されたものだと思う」とある(「国文学」、中央公論社版「折口信夫全集　第十四巻」)。

これに対して小林さんは、宣長は「はち切れさすまいと説明を試みるのだが、うまくいかない。うまくはいかないが、決してごまかしてはいないのである」と率直に応じている。

小林さんはこの辺りを書く前に半年ばかり「源氏物語」を集中的に読んでいたが、「源氏物語」

と「光源氏」との関わりの真髄を、宣長を通じて、把えたと思われる、忘れ難い小林さんの二つの文章があるので、紹介しておきたい。

一つは「光源氏という人間は、本質的に作中人物であり、作を離れては何処にも生きる余地はない。宣長は、これを認識した最初の学者であったが、又、個性的な開眼を孕《はら》んだ、その認識の徹底性に於いて、最後の人だったとも言える」。もう一つは「作者は、『よき事のかぎりをとりあつめて』源氏君を描いた、と宣長が言うのは……『物のあはれを知る』人間の像を、普通の人物評のとどかぬところに、詞花によって構成した事を言うのであり、この像の持つ疑いようのない特殊な魅力の究明が、宣長の批評の出発点であり、同時に帰着点でもあった」である。

そして六条御息所、夕顔、紫の上等を登場させた後で、巻名ばかり伝えられている「雲隠」については、「巻の名に、源氏君のかくれ給へることをしらせて、其事をば、はぶきてかゝざるにて、紫式部の、ふかく心をこめたること也」と宣長の文を引用して、小林さんは光源氏を退場させる。

「歌まなび」から「道のまなび」へ

宣長は賀茂真淵の「冠辞考」を読んで、自分に歌の道を覚醒させた契沖も「なほいまだしきことのみぞ多かりける」と知り、「万葉集の歌は、およそますらをの手ぶり也」という真淵に入門した。そして宣長の学問が「歌まなび」から「道のまなび」に成長し、やがてそれが「古事記伝」となる。真淵の訃報に接した時、宣長は「日記」に「不堪哀惜」と記した。

真淵はこの無名の医師を「わが最大の弟子」と見抜き、文通による質疑応答が始まる。「真淵は、

『万葉』経験によって、徹底的に摑み直した自己を解き放ち、何一つ隠すところがなかったが、彼のこの烈しい気性に対抗して宣長が己れを語ったなら、師弟の関係は、恐らく崩れ去ったであろう」と小林さんは推量している。真淵はやがて宣長の歌や「万葉」への問い方を非難し、破門状を出した。宣長はすぐ実にていねいな詫び状を書く。それに真淵は「随分御考或はつゝしみ候て、御問は有べき事也」と応え、宣長の再入門の誓詞を素直に受容《うけい》れた。「意見の相違よりもっと深いところで、学問の道が、二人を結んでいた。師弟は期せずして、それを、互に確め合った事になる。これは立派な事だ」と小林さんは賞讃している。

姿ハ似セガタク、意ハ似セ易シ

私は小林さんから原稿を受取ってこの言葉に出合った時、非常に感銘した。これは宣長の歌論(「国歌八論斥非《せきひ》再評の評」)の中にある言葉で、「姿ハ似セガタク、意ハ似セ易シ、然レバ、姿詞ノ髣髴タルマデ似センニハ、モトヨリ意ヲ似セン事ハ、何ゾカタカラン、コレラノ難易ヲモ、エワキマヘヌ人ノ、イカデカ似ルト似ヌトヲワキマヘン」とある。小林さんは「意こそ口真似しやすいものであり、……『文辞の麗しさ』を味識する経験とは、言ってみれば、沈黙に堪える事を学ぶ知慧の事であり、これさえしっかり摑めば、『言のよさ』に『たぢろく』心配はない」と解している。これによって、編集者が生原稿を読む時も意識はまず「意」に働くが、大事なのはその「姿」であり、「姿」の深部で鳴っている才能を聞き取らねばならないというのが、私の自戒になった。

「古事記」の「文体《カキザマ》」

宣長は「古事記」に向う場合も「源氏」と同様、その「文体《カキザマ》」に注目した。小林さんは、宣長には「『古事記』の健康な姿に比べると、『日本書紀』は病身に見えた。／『古事記』と『日本書紀』では、その撰録上の意図がまるで異なる。宣長は、これを詳しく、確かに語った最初の学者である」と評して、その「文体《カキザマ》」は「臣安万侶に詔して、稗田阿礼が誦む所の勅語の旧辞を撰録して、以て献上せしむ」ものとしている。さらに「『書籍《フミ》と云フ物渡リ参来て』幾百年の間、何とかして漢字で日本語を表現しようとした上代日本人の努力、悪戦苦闘と言っていいような経験を想い描こうとはしない、想い描こうにも、そんな力を、私達現代人は、殆ど失って了っている事を思うからだ。これを想い描くという事が、宣長にとっては、『古事記伝』を書くというその事であった」、「漢字漢文を、訓読によって受止めて、遂にこれを自国語のうちに消化して了うという、鋭敏で、執拗な知慧は、恐らく漢語に関して、日本人だけが働かしたものであった」と「古事記」自体の成立の苦心を伝えている。

小林さんが「古事記」の「文体《カキザマ》」を具体的に引いているのは倭建命《やまとたけるのみこと》が西征を終え、休む暇もなく東伐に立つ前、倭比売命《やまとひめのみこと》に会って心中を打明けるところだけだが、その「吾《あ》れはやく死ねと思ほし看《め》すなりけりとまをして、患《うれ》ひ泣きて罷ります」を「訓は、倭建命の心中を思い度《わた》るところから、定まって来る。『いとく〵悲哀しとも悲哀き』と思っていると、『なりけり』と訓み添えねばならぬという内心の声が、聞えて来るらしい」と小林さんの批評が微妙な細部まで及んでいるのも、『本居宣長』を「現代の古典」とした一因だろう。

そして「歴史を限る枠は動かせないが、枠の中での人間の行動は自由でなければ、歴史はその中心点を失うであろう。倭建命の『ふり』をこの点に据え、今日も働いているその魅力を想いめぐらす、そういう、誰にも出来る全く素朴な経験を、学問の上で、どれほど拡大し或は深化する事が出来るか、宣長の仕事は、その驚くべき例を示す」というのが、小林さんの「古事記伝」への総括的な評価である。

学問は歴史に極まり候事ニ候

宣長が荻生徂徠の影響下にあったのは徂徠の著書が座右の書であったことからも分るが、徂徠の「学問は歴史に極まり候事ニ候」（「徂徠先生答問書」）という有名な言葉を、小林さんは「先王の道という知り難く言い難い実が、学者の思惟の努力のうちに、古言に徴すれば、思い描く事が出来る以上、学問は歴史に極まるではないか。思惟は、理を捨てはしないが、理を頼みはしない。思い描かれるところは、理屈にはならないが、文章にはなる。文章は、ただ読者の表面的な理解に応ずるものではない、経験の深所に達して、相手を納得させるものだ。この働きを、孔子は深切著明と言った。孔子には、何も彼《か》もわかっていた、と徂徠は言うのである」と説いている。

さらに宣長に及ぶと、「宣長の学問でも、『主《ムネ》としてよるべきすぢ』は『道』であったが、……『此道は、古事記書紀の二典《フタミフミ》に記されたる、神代上代の、もろ〱の事跡のうへに備はりたり、此ノ二典の上代の巻々を、くりかへし〱よくよみ見るべし』（「うひ山ぶみ」）と言う。道の学問の目指すところを、一と口で言うなら、そういう歴史事実を学び明らめるにある、他に何の仔細もない、という考えは、徂徠のもので、殆ど言い方まで同じだ、と言ってよかろう」と、「この（徂徠の）方法は、宣長によって精読され、継承されたと見てよい」と二人の関係を捉えている。

そしてこの宣長による「学問は歴史に極まり候事ニ候」の実行がなければ、次の文章も生れなかっただろう、と私は思う。

「小林秀雄が本居宣長を『古事記』の『最初にして最後の愛読者』であったといっている。……たしかに宣長とは『古事記』の最初の愛読者であった。太安万侶の序にしたがって『古事記』の成立を和銅五年（七一二）のこととすれば、それ以来、近世十八世紀の宣長にいたってはじめて『古事記』はその愛読者を見出したのである。最初の愛読者とは、その価値の発見者でもあった」（子安宣邦、岩波文庫「紫文要領」解説）。

かむがへといふ詞

「姿ハ似セガタク、意ハ似セ易シ」の次に、私が原稿を受取って、思わず感銘を受けたのは「かむがへといふ言」（「玉かつま」八の巻）で、小林さんによれば「『か』を発語として軽く見て置くなら、『かんがふ』とは、あれとこれとが『相むかふ』、その関係について思いめぐらす事だとする。『むかふ』は『身交《ムカ》ふ』であるから、古人について考えるというのも、その本義はという事になれば、古人と出来るだけ親身になって、交わり、その交わりを思い明らめるという事になろう」と説く。

徂徠の「思惟」が「全的な経験、体験、体得という意味合」であったものを、「身交《ムカ》ふ」とまで烈しく徹底化して、「古事記」に身交《むか》った宣長に、私も感銘する。

宣長は七十年の生涯で学問上の論争をさまざまに行ったが、宣長の難点を「一番痛烈に突いたのは、上田秋成であった」と小林さんは言っている。しかし宣長は「己れの非」を全く認めず、「そういう貴君の論難こそ、『小智をふるふ漢意の癖』であり、『なまさかしら心』の現れに他ならない……と突き離」して、二人は交渉を絶った。

なまさかしら心

小林さんの二人の論争への感想は次の通りである。

「宣長の皇国の古伝説崇拝は、狂信というより他はないものにまでなっているが、……彼の学問の優秀性は疑えないとする意見は、今日も通用している。だが、そのようなお座なりを言って済ましていられるくらいなら、むしろ秋成の憤慨憎悪の方が、余程正しいとも言えようか」、「『心偏ならぬ人は太古の霊奇なる伝説疑ふべからず』と秋成も、まるで宣長が言うような事を言っているが、もし、宣長がそう言うとすれば、それは、言うまでもなく、そのまま古学の道を語る言葉となるが、秋成の言うところは、古伝説を、古伝説としてそのまま容認するのは、素直な心の持主には、当然の事であるという意味を出ないのであり、古伝説の研究となれば、全く別の話になる。」

「秋成は、少名毘古那神の事蹟に関する宣長の考按を、妄想であると難ずるのだが、……宣長の古学の建前からすると、この類いの物の言い方は、悉《ことごと》く言葉の遊戯を出ないのだが、こういう言葉の遊びから脱れる事は、非常に難しい。」

私はこういう小林さんの文章を読むと、宣長の賞讃と拒否の徹底性には、小林さんと共通性があるのを感じる。又私の編集者時代にも、宣長と秋成の応酬の水準には遠く及ばないが、論争で「言葉の遊びから脱れる事の非常に難しい」文学者達がいたのも事実である。

宣長の「見えたるまま」の註釈

小林さんは宣長の註釈については、「彼にとって、本文の註釈とは、本文をよく知る為の準備としての、分析的知識ではなかった。……先ず本文がそっくり信じられていないところに、どんな註釈も不可能な筈であるという、略言すれば、本文のないところに註釈はないという、極めて単純な、普通の註釈家の眼にはとまらぬ程単純な、事実が持つ奥行とでも呼ぶべきものに……彼の関心は集中されていた。神代の伝説に見えたるがままを信ずる、その信ずる心が己れを反省する、それがそのまま註釈の形を取る、するとこの註釈が、信ずる心を新たにし、それが、又新しい註釈を生む。彼は、そういう一種無心な反復を、集中された関心のうちにあって行う他、何も願いはしなかった。……真淵の場合では、伝説尊重の念を保証するものを、必要としていた。……『万葉』の古言の文《アヤ》が統一され、錬磨された『上ッ代の事実』を、貫き通す説明原理であった。これに比べれば、宣長の仕事には、そういう研究を支える支柱の如きものは、全く思いも付かなかった」と、『古事記伝』のあの膨大な註釈を実現させた宣長の原動力を精妙に描き出している。

それから小林さんは「宣長が『上古言伝へのみなりし代の心』を言う時、……歴史にも、子供の世があったという通念から、彼は全く自由であった」と断った後、この代の心へ向けて、自分の「源泉」への希求が溢出する文章を書いた。「神々は、彼等を信じ、その驚くべき心を、彼等に通わせ、君達の、信ずるところを語れ、という様子を見せたであろう。そういう声が、彼等に聞えて来たという事は、言ってみれば、自然全体のうちに、自分等は居るのだし、自分等全体の中に自然が在る、これほど確かな事はないと感じて生きて行く、その味いだったであろう。其処で、彼等は、言うに言われぬ、恐ろしい頑丈な圧力とともに、これ又言うに言われぬ、柔かく豊かな恵みも現している自然の姿、恐怖と魅惑とが細かく入り混る、多種多様な事物の『性質情状《カタチ》』を、そのまま素直に感受し、その困難な表現に心を躍らすという事になる。これこそ人生の『実《マコト》』と信じ得たところを、最上と思われた着想、即ち先ず自分自身が驚くほどの着想によって、誰が言い出したともなく語られた物語、神々が坐さなければ、その意味なり価値なりを失って了う人生の物語が、人から人へと大切に言い伝えられ、育てられて来なかったわけがあろうか。……宣長は、古伝説を創り、育て、信じて来た古人の心ばえを熟知しなければ、わが国の歴史を解く事は出来ぬ、神々が、伝統的心ばえのうちには、現に生きている事は、衆目の見るところである、そういう風に考えていた。これは『其国のたましひが、国の臭気也』とする秋成の考えとは、全く逆であった」

生死の安心

最後に小林さんは「世をわたらう上での安心という問題は、『生死の安心』に極まる、と宣長は見ている」と述べ、新しく自ら書き下ろした次の文章で「死」と窮極的に向き合った。

「本当に死が到来すれば、万事は休する。従って、われわれに持てるのは、死の予感だけだと言えよう。しかし、これは、どうあっても到来するのである。己れの死を見る者はいないが、日常、他人の死を、己れの眼で確めていない人はないのであり、死の予感は、其処に、しっかりと根を下しているからである。死は、私達の世界に、その痕跡しか残さない。残すや否や、別の世界に去るのだが、その痕跡たる独特な性質には、誰の眼にも、見紛いようのないものがある。生きた肉体が屍体となる、この決定的な外物の変化は、これを眺める者の心に、この人は死んだのだという言葉を、呼び覚まさずにはいない。死という事件は、何時の間にか、この言葉が聞える場所で、言葉ととも に起っているものだ。この内部の感覚は、望むだけ強くなる。愛する者を亡くした人は、死んだのは、己れ自身だとはっきり言えるほど、直かな鋭い感じに襲われるだろう。この場合、この人を領している死の観念は、明らかに、他人の死を確める事によって完成したと言えよう。そして、彼は、どう知りようもない物、宣長の言う、『可畏《カシコ》き物』に、面と向って立つ事になる」

これは「無常という事」で、小林さんが書いた「解釈を拒絶して動じないものだけが美しい。これが宣長が抱いた一番強い思想だ」に深く通じていると、私は読むたびに感嘆する。「二柱の神による、多くの島々と神々との誕生の物語は、伊邪那美神の死で幕になる。……だが、大団円とでも言うべきものは、伊邪那岐神の嘆きのうちに現れる。伊邪那美神の死を確める事により、伊邪那岐神の死の観念が、『黄泉神《ヨモツカミ》』の姿を取って、完成するのを、宣長は見たのである」。そして続けて「彼の古学を貫いていたものは、徹底した一種の精神主義だったと言ってよかろう。むしろ、言った方がいい。観念論とか、唯物論とかいう現代語が、全く宣長には無縁であった事を、現代の風潮のうちにあって、しっかりと理解する事は、決してやさしい事ではないからだ。宣長は、あるがままの人の『情《ココロ》』の働きを、極めれば足りるとした。それは、同時に、『情《ココロ》』を、しっくりと取り巻いている、『物の意《ココロ》、事の意《ココロ》』を知る働きでもあったからだ」と記し、この大作は終る。

「葉鏡」から「業鏡」へ

『本居宣長』は昭和五三年六月八日、「日本文学大賞」を受賞した。当日の選考委員だった遠藤周作は次のように回想している。

「私は今でもあの書物を、小林さんが認識よりも信ずるほうを選んだ本だと考えている。それが私の心を衝《う》ったのである。……この本に反対する人もいたが私はむきになって、そのことをしゃべったのを憶えているし、その考えは絶対に改めない」（「私の感謝」、「新潮」臨時増刊「小林秀雄追悼号」、昭和五八年四月号）。この指摘はこの本が「現代の古典」となった所以を最も簡潔に衝《つ》いていると、私は思う。

最後に、小林さんが本居宣長の全文章をいかに深くしっかりと読みこんでいたかを証す、私の直かの体験を記して終りとしたい。

或る日、私は小林さんから突然電話がかかってきて、調べてもらいたいことがあると言われた。

契沖が在原業平の辞世を高く評価したのはすでに書いたが、宣長は「玉勝間」で北条時頼の辞世を、「死なむとするきはに、かゝるさとりがましきいつはり言するを、いみじきわざに、思ひためり」と烈しく非難した。その辞世の初めに出てくる「葉鏡高ク懸ク三十七年」の「葉鏡」の意味が分らないということだった。私は早速或る国文学者に頼んでみたが一向に埒が明かず、締切も迫ってくるので、止むなく文藝春秋の小林さん担当の郡司勝義に電話すると、しばらくしてたちどころに判明した。彼が直ちに他の史書に当ると、それは「玉勝間」の永年にわたっての誤字であることが明らかになったのである。

「業」の字を崩し書きすると、「葉」と紛らわしくなるのは自明である。「業鏡」なら「地獄の閻魔の庁にあって、死者の生前の業（善悪の行為）を映し出すという鏡」（新潮文庫版『本居宣長』注解）ということになり、初めて文意が明かになる。

「玉勝間」の上梓以来、この一文に目を通した読者はおびただしい数に上るだろうが、この字に不審を抱いて、誤字の最初の訂正者となったのは小林さんである。「眼光紙背に徹す」の文字通りの実践者である。

『吉田松陰』の世界

徳富蘇峰『吉田松陰』の出現

徳富蘇峰の『吉田松陰』が松陰伝中の傑作とされているのは前々から知っていたが、此度遅ればせながら私も一読して、やはり感銘を受けた。

まず書出しに、「三十五年前、日本国を荒れに暴《あ》らしたる電火的革命家も、今はここ（松陰神社）に鎮座して、静かなる神となり」（岩波文庫版）とあるように、松陰没後まだ半世紀も経たない明治二六年に刊行された本書には、独特の生々しい清新さがある。

因みに本書の或る「註」で、蘇峰は、松陰が下田の旅宿に泊った時、宿の子だった当人からその風貌を直接聞き出している。

「瘠形の小男と申すは、満面薄き痘痕ばらばらと点じ、目は細く光りて眦りはきりきりと上に釣り、鼻梁隆起して何となく凸様の顔面をなし候」とあって、松陰が今にも口を利きだしそうである。

しかし生々しさばかりでなく、後年の蘇峰には見られない、歴史の流れのそれぞれの局面を変化しながら捉えていく柔軟性があるのも特色である。最初は実に堅固だった徳川の制度がさまざまな要因から衰退していき、鳥羽伏見の戦いの前にはすでに「精神的自殺」を遂げていたと冷静に述べているし、松陰個人に関しては、彼が多くの旅をしたのは「長州藩士として天下に立たず、日本人士として天下に立てり。彼は実に天下の士を以て自ら任ぜしなり」と、明治維新の起爆者、松陰の大きな志を視野に入れている。

なかでも最も精彩ある叙述は後半の「第十三　松下村塾」あたりで、松陰は「天成の鼓吹者」にして「感激者」であり、その特質が最も発揮されたのが松下村塾であると言う。「松下村塾は、徳川政府転覆の卵を孵化したる保育場の一なり。維新革命の天火を燃したる聖壇の一なり。笑う勿れ、その火、燐よりも微に、その卵、豆よりも小なりしと」と巧みな比喩を用いて、僅か二年半だった松陰の教育の成果を讃嘆しているのである。

この塾には米をつき会読する先生、糠をふるいながら講義を聞く生徒がいた。青年達は団欒し、東方の白むのも知らない雰囲気もあった。

しかし松陰の長所短所を真率に衝いているところも秀抜で、以下長いが引用しよう。

「彼は教育家としては、多くの欠点あるべし。彼が主観的にして、客観的ならざる、彼が一角的にして多角的ならざる、彼が情感に長じて、冷理に短なる、胸中今日多くして明日少なき、これみな欠点の重なるものなるべし。彼は教育家としては実に性急の教育家なり。何となれば、彼は卵を孵化し、これを養い、これを育て、以て鶏と成さんとする者に非ず。卵は卵の儘にてその功を為すべし、雛は雛の儘にてその功を為すべし、時機に依れば、彼れ自ら卵を煮、雛を燔《あぶ》るも、以てさらに意と為さざればなり。然れどもこれを以て、彼を残忍なりという莫《なか》れ。彼が自ら処するまたかくの如きのみ、彼は弾丸の如し、ただ直進するのみ。彼は火薬の如し、自ら焚いて而《しこう》して物を焚く。彼は毎《つね》に身を以て物に先んず」

この引用文は明治二六年の初版本そのもの（岩波文庫）に拠ったが、十五年後の改訂版（昭和五年、民友社刊）にはない。明治の元勲となった松陰の弟子達の批判に応じて、削除したためである。河上さんも自らの『吉田松陰』で本書を「名著」と称えているが、やはり改訂版より初版の方がはるかに勝れている、と書いている。

本書はそれから「第十六　最後」の松陰の死に向って書き進められるが、ここでお断りしておかなければならないのは、松陰が斬首される前日まで書いて愛弟子達に与えた「留魂録」への言及がなく、私は後にそれを紹介したいので、本書への記述はここまでにする。今回の中心主題である、河上さんの『吉田松陰』の世界にこれから入っていこう。

武と儒による人間像

『吉田松陰』の「序」は普通の序文の域を越えて、この主著を書くに当って、河上さんが永年抱懐してきた独自の文学観を展開した、異色のものである。

まずこれは松陰の評伝や幕末思想史ではないと断り、「日本人の血の中に今でも隠れ流れている主導的感情」を辿るという前書がある。そして『日本のアウトサイダー』で取り上げた岡倉天心、内村鑑三、河上肇の三人は揃って儒教的教養で人格的に骨格づけられている。一方文壇は主として個人主義文学に基づいているが、この三人の「人生観の広さ、つまり全人性の点で、昔も今も文は儒に及ばないという実情を指摘したいのである」と述べ、それから吉田松陰につながっていく。同時に松陰は「稀代の名文家」であり、多くの書簡集は「自伝文学の一傑作」をなしていて、武士として彼は「文学の持つ不純さを嫌ったのだ。ということは、その魅力には可感だったという逆説的仮定も成り立つ」とも言っている。

河上さんはそうした松陰と全篇にわたってさまざまな角度から綿密につき合っていて、読み終えると、河上さん自身の血にも流れている「武と儒による人間像」が松陰としっかり手を結んでいるのも実感されてくるのである。

河上さんの「対比列伝」による手法

私は河上さんの批評の主たる手法は「対比列伝」に拠っていると言ってもいいのではないかと思っている。まだ二十八歳で「作品」に発表した「自然人と純粋人」からしてそうだし、晩年六十九歳で刊行した『西欧暮色』にも「ツラツストラ 対《コントラ》 ワーグナー」とか「ファウスト 対《コントラ》 ベートーヴエン」など、タイトルにもそれを多く用いている。『吉田松陰』には五回も「対比列伝」がある。

ここで三島由紀夫の、河上さんの著書『批評の自由』への書評を持ち出すのはいささか唐突かも知れないが、紹介しておきたい（「批評の〝首府〟を建設」、新潮社刊『三島由紀夫評論全集　第一巻』所収）。

「『批評の自由』は、……もっともよい意味で都会的な本である。都会的というのは、各地方から来た文化の集積の雑多なものを選りわける抽象作用が、都会の機能であるならば、……河上氏は、正しく、批評の静かな首府のようなものを建設しているからで、それはたとえばワシントンのような、緑の濃い静かな首府なのだ。……この本を通読して思ったことは河上氏が概観的な巨視的な文章を書くときに、わけても独特な風味を漂わすということだった」。河上さんの「対比列伝」にも自ずとその「独特の風味」が漂っている。

『吉田松陰』の構成

『吉田松陰』は「文學界」の昭和四一年五月号から四三年四月号まで約二年間にわたって断続連載され、同年「文藝春秋」から刊行されて、河上さんの代表作となった。

冒頭の「僧黙霖との出会い」の黙霖は呉市の東郊にある村で生れ、大病で聴力を失い吃となった、容貌魁偉の奇僧である。彼は松陰の最初の獄中記「幽囚録」を読んで文通を始め、ついに一度も会わずに終った。二十代で尊王思想を確立したこの僧は徹底的な倒幕論者だが、松陰はまだその頃諌幕論者だった。「幕府ヲシテ前罪ヲ悉ク知ラシメ、天子へ忠勤ヲ遂ゲサスルナリ。若シ此ノ事ガ成ラズシテ首ヲ刎ネラレタレバソレ迄ナリ。若シ僕幽囚ノ身ニテ死ナバ、吾レ必ズ一人ノ吾ガ志ヲ継グ士ヲバ後世ニ残シ置クナリ」という手紙に続く「僕ガコレニ死ヌル所ヲ黙シテ見テ呉レヨ」を読んだ黙霖は「ヨミシ時毛髪迄タチシナリ、感ジテナクハコ、ナリ」と朱書しているが、河上さんは「松陰の心事を端的に理解して吐いた言葉に違いない」という感想を述べている。

一方、松陰はその後「一友に啓発せられ、……始めて悟れり」という文章を書く。そしてやがてはっきり倒幕論者になっていくが、河上さんは「松陰の柔軟な精神は、『真理』に眼覚め、これに忠実であろうとしたのである」とイデオロギーとしての黙霖の感化は認めていない。

松陰の黙霖あての最後の手紙は、「潤ハ御園ニ均シ野辺ノ菊」という和やかな俳句で終っているが、安政の大獄で黙霖も捕えられ、八年後にやっと彼の手許に届いた。それを読み、松陰の死を改めて悼む。

第二章の「スティヴンスンの松陰」は、「宝島」や「ジキルとハイド」で知られる、英国の十九世紀作家のR・L・スティヴンスンが、松陰に師事して後に英国に留学した正木道義から松陰の事蹟を聞いて書いた「ヨシダ・トラヂロウ」の紹介文である。スティヴンスンはまず「ヨシダが外国の武威を恐れ、その知識を羨むというディレンマに立ったことは紛れもないことで、ここで彼の柔軟な精神が微妙な反応を示すのである。その時、『操正しい眼覚めた心は一つのことから次のことへ自然に導かれ、結果から原因へ上昇して進歩する』」とも書いているが、河上さんは「これは攘夷論者が外国に学ぼうとするようになったことを意味すると共に、それと並んで、諫幕論者であった松陰が、最後の一年余は討幕論に変ったことも、同じく含められるのである」とつけ加えている。「ヨシダ・トラヂロウ」は「今やわれわれの周りに、奇妙な西洋風をした貪婪な私的研究者たちを見る時、曾てヨシダが、その生命と力と暇のすべてを捧げたため、彼の祖国が今日この大きな恩恵を得たことを忘れてはならない。……そしてつけ加えておくが、これは一人の英雄的人物の話ではなく、英雄的民族の話である。……われわれがこのような志の大きい紳士たちと同時代に生きているることは歓ばしいことである」と結ばれる。私はこの結びを読んで、急に中島敦の「光と風と夢」

を読み返したくなり、再読した。

そしてスティヴンスンが英・米・独の植民地となった南洋のサモアで、持病の結核を癒しながら侵略者達の横暴を怒って死んでいく条りに到って、松陰の生涯に通じるものを感得し、スティヴンスンが松陰を「志の大きい紳士」と書いた所以がよく分った。

次いで松陰の主著『講孟余話』の章に入るが、ここは本書の主軸としての「対比列伝」ではないので、簡潔に書き留めておきたい。

松陰は下田踏海の挙に失敗し、萩の野山獄に入れられ、同囚のために「孟子」の講義を始めるが、許されて帰宅してから、自宅でクラスを再開し、丁度一年間で「孟子」全巻を読み終えた。「講孟余話」の書き出しは「経書ヲ読ムノ第一義ハ、聖賢ニ阿《オモネ》ラヌコト要ナリ。若シ少シニテモ阿ル所アレバ道明カナラズ。学ブトモ益ナクシテ害アリ。孔孟生国ヲ離レテ他国ニ事《ツカ》ヘ給フコト済マヌコトナリ」という松陰の根本信条の宣言で、最初から孔孟さえ批判している有様である。

河上さんは「松陰が生国を去ることが出来ないのは、一に自分に衣食や読み書きの道を授けてくれた父母の『恩』を知るからであり、君もし暗愚なら自分は諌死すればよい、この自分に観感する者があって必ず自分の志を継いでくれる、というのである」と解して、ここに「松陰の心の動きの本質」があり、「孟子の性善説、仁と義を絶対とする人性論、至誠にして動かざるもの未だこれあらざるなり、という素朴楽天的ともいえる信念、これらは血液的に松陰に身近な人生観である」とも評している。

そして「孟子」で最もよく知られている「浩然ノ気ヲ養ウ」については、河上さんは「浩然の気とは、平生心にゆとりを持っていて、いざという時に勇猛心を発揮することで、いつもはり切ってのぼせ上っていることではない。松陰は『浩然ノ気』を『平旦ノ気』という言葉に結びつけて講義し、これは孟子の最終篇『告子篇』にある言葉で、さわやかな朝目覚めて、外物の混濁に煩わされぬ、すがすがしい気分をいうのだそうである」と記している（この一文は私の知っている河上さんの日常を自ずと思い出させた。もっとも河上さんの勇猛心は時に泥酔で失敗していたが）。

そして「松陰はこの両方（「心」＝「不動心」と「気」）を深く自戒の資とした。殊に勇猛心を抑えて浩然の気を養うことは、彼の性格にも合った心境であった。それでいてその生涯の最後の一年は、過激な実行運動を企てたのであった」とも書いている。

続く「松陰の国際認識」は条件付開国論者としての松陰を扱う。下田でアメリカの士官に手渡した手紙で、西欧の武器も用法も戦略や訓練も知らない無知蒙昧の徒なので、欧米の習慣知識を知り、五大洲を周遊したいと訴えているが、彼は「『攘夷』という建前は、その尊皇ファナティシズムからいって降ろすことの出来ない看板」と河上さんはその矛盾も衝いている。しかも「松陰は体当りで、全人的に、実践的にこの問題にぶつかったのである」と述べているが、全体の叙述がやや散漫なので、これ以上の言及は控えておきたい。

これから本格的な「対比列伝」が始まる。橋本左内、佐久間象山、山鹿素行、李卓吾と松陰との対比が続けられる。

まずは「左内と松陰」である。二人は互いに惹かれながら、一生会わずに終り、安政の大獄で、松陰が斬られる二十日前に、左内も斬られている。

河上さんの率直な印象では、左内は福井の人で、自分の身辺では中野重治や桑原武夫のような進歩的開明論者がいて、それに比べると、岩国の自分や河上肇を挙げてよければ、融通のきかない朴念仁でしかも変に律儀なところが松陰と共通しているとも言う。

まず左内は死ぬまで藩命に忠実で、幕府も藩も恃むに足らずとした松陰とはまるで違った。そして左内には驚くべき政治力があり、藩主松平慶永の最高顧問となり、藩主とともに次の将軍に一橋慶喜を推すが、井伊大老の出現でそれは潰される。又左内は開明論者であり、開国論をめぐっての京都での勅許問題でも暗躍し、公卿の三条実万などは彼を高く評価していた。しかし井伊大老によって藩主は隠居させられ、左内自身は家宅捜索の後投獄されるのである。

それから河上さんは二人の取調応答の対比を出す。左内は慶喜を将軍に推挙したことを問われても、上京は開国での「航海ノ方主意ニ候」とはぐらかすが、一方松陰は大老の腹心間部詮勝要撃を問わず語りに白状して、死罪となる。河上さんは松陰は「志は高いけど、人がよくて始末が悪い。……左内の傲岸不遜と極度の対照をなしている。……どちらが正しいか、立派かというのではない。二人のモラルの根本的な相違である」と比べている。

「佐久間象山のこと」では、河上さんは「象山こそ、松陰が身近に接して『わが師』と呼ぶことを敢てした唯一の人であった」と書いているが、松陰は江戸から萩の兄に宛てた手紙で「佐久間象山ハ当今ノ豪傑、都下一人ニ御座候。朱ニ交レバ赤ノ説、未ダソノ何ニヨルヲ知ラザレドモ、慷慨気節、学問アリ、識見アリ」と激賞した。その後松陰は「入門」して、西洋の砲術や兵法に目を開き、豪放な象山にひたすら心酔している。

しかし河上さんは二人の相違を「経学」（四書、五経など経書を研究する学問）に向う態度にあるとした。「経学は象山にとって認識と実践の第一原理であった。彼は朱子学者としての姿勢を一歩も崩したことはなかった。……一方松陰は、経書も学んだけど史書を愛した。経書によって根本原理を知るだけでは駄目で、史書を読んで個人についても国家についても機に臨んで平素の覚悟から大義を守ることが出来る、という説である。……ここに象山は理論家で、松陰は実践家ということになる。……松陰は新しい局面を打開してゆく行動派で、象山は守旧派になる。ここに攘夷論者と開国論者という表向きのレッテルの通念と丁度逆の性格が対立することになる」と対比する。

ペリーが来た時、乗船しようとして松陰が投獄されるのと、その時松陰が身につけていた象山の詩から象山も連座して蟄居生活に入るのにも、その対比がよく現われていた。

象山は天皇の彦根遷幸を主唱して、尊攘派につけ狙われ、馬上で遭難にあい、五十代で亡くなったが、その時西洋鞍に乗っていて、「驕慢無礼」と非難された。彼の尊大ぶりと傲慢さは色々と語り草になっているが、河上さんは象山の「海防八策」と「急務十条」は「ともにわが国にとって画期的でしかも当を得た海軍設置案である」と彼の述作は賞讃している。

「山鹿素行の士道」では、松陰は素行を「先師」と呼び、兵学師範の家柄としての宗家への心服があると、河上さんは言う。松陰は素行の「武教全書」を講義したが、河上さんは「身ヲ修メ心ヲ正シウシテ、国ヲ治メ、天下ヲ平カニスルコト、コレ士道ナリ」には、「粗暴と文弱を戒める松陰の士道から、政治道徳として武士階級の使命と自覚が割り出される」とも言っている。さらに「元来素行は、わが国では儒教渡来以前、即ち周孔の道を知らずして、『聖学』は既に備わっていたと信じた人である。だからこの国体論は彼の哲学的信条であって、例えば朱子学を去って『古学』に返る素行の儒教哲学も暗示される」と言う。その朱子学批判で、素行は赤穂に配流されることになり、そこで有名な自伝「配所残筆」が書かれるが、「彼の気性が表に現れていて、自伝文学としてわが国では珍しい自己表現に富んだもの」と河上さんは高く評価している。しかしその文中の「世間ト学問トハ別ノ事ニナリ候」では、「『学問』の上では松陰は素行を完全に師と仰いでいるけど、『世間』に処してはこの二人はかなり隔たりがあり、人間としてむしろ反対の性格であったとすらいえよう」という対比もしている。

素行が配流された赤穂での討入は素行没後十七年目に当り、河上さんは次のように考えた。「素行は幕府に対しては絶対遵奉主義であった。そこに彼の士道の根本があった。……赤穂義士はそれに対し古武士的である。だから徂徠や春台のような当時の官儒から批判されたのであり、素行も生きていたらそちら側に与する可能性がある。主君は国法によって処罰されたのであり、浪士は国禁を犯して暴挙に出たのである」。さらに殉死については、「素行は殉死の中にも義がある場合を認めるに吝かではない。然し結局、犬死なのである。では、素行自身決して口にしないが、私は敢えて挑発的にいおう。大石良雄は犬死であるか？　いや、楠木正成は犬死であるか？　その死んだという事実だけに関しては、彼は恐らく頭から否定は出来ない筈である」と、松陰をも念頭に置いて、一歩踏みこんでいる。

「李卓吾への傾倒」はこれまでの「対比列伝」とは趣を異にする。ここまではわが国の人物が登場したが、李卓吾は十六世紀の中国に生れ、生涯俗儒に反発し、そのため迫害を受け、「崇拝者たちに匿まわれて転々とするのだが、ついに捕えられて北京の獄に下り、監視の門人の留守を窺い、自刎して死んだ。時に歳七十六であった。その著書は没年にその題名（「焚書」）通り焚《や》かれた」と書いている。

それから河上さんは二人の対比より共通性をていねいに叙しているので、長いが、引用しよう。

「卓吾も松陰もしきりに『狂狷』ということを口にした。……孔孟は人間の徳性を『中庸』『狂』『狷』『郷原』の四段階に分ち、……『中庸』が最上、『狂、狷』はその次に位し、努力次第で中庸の理想に到達出来る者とされている。……卓吾も松陰も、当然のことだが、このうち『狂』に重点をおくのである。つまり円満な『中庸』の枠を破り、激しい求道性が性格的にアブノーマルな形をとるのを顧みず発露するのが『狂』である。この『狂』即ち『野』の精神がこの二人の特徴であって、卓吾の反官学派イズムとなり、松陰の『草莽崛起』のラディカリズムもそこから生れるのである」と決定づけた。

松陰の高杉晋作宛の手紙には、「貴問ニ曰ク、丈夫死スベキ所如何。僕去冬已来、死ノ一字大イニ発明アリ。李氏焚書ノ功多シ。ソノ説甚ダ永ク候エドモ約シテ云ワバ、死ハ好ムベキニモ非ズ、亦悪ムベキニモアラズ、道尽キ心安ンズル、便《スナワ》チコレ死所」とあるが、この手紙を刑死の三月前に出していたのは、李卓吾の松陰への甚大な影響をよく伝えていると思う。

最終章の「殉死ということ」では、河上さんは「松陰の好んで口にする言葉は殉死ではなく、諫死である。その挙句での屈原の投身がその理想型である。そこにはとにかく意思が激しく働いており、その意味での意思は殉死には全くない」と述べて、殉死を扱った小説を挙げていくが、私が最も興趣を覚えたのは「阿部一族」への河上さんの絶讃であった。「鷗外は……乃木の自刃の報に接したその当日『興津弥五右衛門の遺書』を書き、大将に擬したこの主人公の心事を註釈抜きで直截に描いて見事だが、それにすぐ続いて書いた『阿部一族』（大正二年正月号、「中央公論」）で彼はこの感動をもっと物語風に展開している。鷗外は何も乃木の死を肯定しているのでも讃美しているのでもない。それを正確に理解したのだ。そして殉死とはこういうものだということを他の例で語り、しかも直接乃木に関する事実や心理分析を並べるよりも、遥かに真実を伝えているのである」と、実に成熟した批評をする。続いて「殉死は死にゆく主人の許しを得ておかねば認められない。でなければ追腹である。阿部弥一右衛門は忠臣であり、殿様もそれを認めているのだが、いくら願ってもお許しが出ない。何かその忠義に堅苦しいものがあるからだ。この主従関係の微妙さを鷗外は僅か一二枚で書いて完璧だし、それで殉死というものがよく分る」と記す。

私は久しぶりにこの名作を読み返して、細川忠利への十八人の殉死の様相、主人公が殉死を許されないままで割腹した心境、息子も縛首にされてからの一族全員の壮絶な死まで、津和藩典医の家系の鷗外が乃木の死を契機に、かつての武士のありようを豁然と喚起しているのを再確認できた。

「留魂録」と松陰の最期

この最終章の「殉死ということ」には教育者としての松陰への河上さんの示唆に富む文章がある。「優れた教育者というものは、師の感化力が弟子の魂を教化し形作ってゆく、というのが一般の解釈である。確かにその通りだ。然し松陰の場合は一寸事情が違う。師が弟子を生かすのではない。

師が弟子の中に生きるのである。この微妙な相違は、松陰という歴史的評価を拒絶し、彼を何々主義者として分類することを認めない」

この「師が弟子の中に生きるのである」という一文は、松陰が刑死の前日まで書いて、愛弟子を訓戒した「留魂録」と直結するので、この遺言書には河上さんは直接言及していないが、ここで書き留めておきたい。

それには、生前の河上さんとも親しい付合いのあった古川薫が全訳註した『吉田松陰　留魂録』（講談社学術文庫）の「まえがき」が簡にして要を得ているので、そこから適宜引用させてもらおう。

「松陰の『留魂録』と題したこの遺書は特定の集団にあてたもので、距離をおいた相手にむかうやや硬質な語調が感じられる。その集団とは、むろん松下村塾に学んだ松陰の門下である。両親をはじめ身内への個人的な『永訣書』を書き終えたのち、最後に門下生全員にあてた訣別の言葉を書き上げたのは、処刑前日の黄昏《たそがれ》どきであった。……『留魂録』は門下に授けた最終講義ともいうべき訓戒だが、高みから教えるのではない。友情をもって諄々《じゅんじゅん》と訴える『炎の教師』松陰の体温が、独特の格調をもって隅々に行きとどいている。中でも最も印象的なのは、穀物の収穫にたとえた死生観を語る第八章だ。処刑の日をむかえるにあたり『今日死を決するの安心は四時《しじ》（四季）の順環（循環）に於て得る所あり』で始まるこの章は、人間にも春夏秋冬があり、十歳にして死ぬ者には、十歳の中におのずから四季がある。二十歳には二十歳の四季、三十歳には三十歳の、五十、百歳にもおのずからの四季が備わり、ふさわしい実を結ぶのだと説く。松陰の筆が冴えわたる『留魂録』の白眉をなす部分である。この死生観は、現代の私たちの胸にも響いてくるダイイング・メッセージといってよいだろう。『留魂録』は、ひそかに門下生のあいだで回覧され、師の遺志を継ごうとする彼らのバイブルともなった。……『留魂録』は五千字にすぎない。……吉田松陰の春夏秋冬は三十歳で結実した」

「今日死を決するの安心」で始まる、この美しく、奥深い文章は私も好きで、思い出すたびによく読み返している。

河上さんは松陰の最期については諸説を挙げた後、「その場に立ち合った唯一の長藩士小幡高政にいわせると、左の通りである。『ヤ、アッテ松陰ハ潜戸カラ獄卒ニ導カレテ入リ、定メノ席ニ就キ、一揖シテ列座ノ人々ヲ見廻ス。鬚髪蓬々、眼光炯々トシテ別人ノ如ク一種ノ凄味アリ。直チニ死罪申シ渡シノ文読ミ聞カセアリ、『立チマセ』ト促サレテ、松陰ハ起立シ、小幡ノ方ニ向イ微笑ヲ含ンデ一礼シ、再ビ潜戸ヲ出ヅ。ソノ直後朗々トシテ吟誦ノ声アリ、曰ク。『吾レ今国ノ為メニ死ス。死シテ君親ニ負カズ。悠々天地ノ事。鑑照ス明神アリ。』時ニ幕吏等ナオ座ニアリ。粛然襟ヲ正シテコレヲ聞ク。小幡ハ肺肝ヲ抉ラルル思ヒアリ。』」を引用する。続いて「武士の死刑に際しての心境を批判する資格は勿論私にはない。ただ松陰のその時の心事は、自分を信じさせ、自分の『至誠』が幕吏に通じてこれを動かすことが出来なかったことの口惜しさである。だからいわばこれは判決への抵抗であるよりは自責である」と、河上さんらしい抑制のきいた感想を述べている（本書「左内と松陰(二)」より引用）。

ところで小林さんが吉田松陰に言及しているのは三十八歳の時、「文学と自分」（「中央公論」昭和十五年十一月号）という講演録の終りで、次のように述べている。「人間の真の自由というものを歌った吉田松陰の歌であります。……松陰が伝馬町の獄で刑を待っている時、『留魂録』という遺書を書いた事は皆さんも御承知でしょうが、そのなかに辞世の歌が六つありますが、その一つ、呼だしの声まつ外《ほか》に今の世に待つべき事の無かりけるかな　『呼だしの』とは無論首斬りの呼だしであります」。小林さんはここで松陰の辞世の歌に「人間の真の自由」を見出した。この辞世の歌が俄然生動し始めるようである。

先に三島さんの河上観を伝えたが、ここでは小林観の一節をも伝えておこう。「もっとも纖細な事柄をもっとも雄々しく語り、もっとも強烈な行為をもっとも微妙に描いた人」である（「小林秀雄氏頌」、新潮社刊『三島由紀夫評論全集　第一巻』所収）。

私は、河上さんのストイックと小林さんの生動がはからずもここに対照的に現れているのを、面白く思う。

『吉田松陰』の野間文芸賞受賞

『吉田松陰』は昭和四三年刊行直後に第二十一回「野間文芸賞」を受賞した。その経緯と選評が「群像」昭和四四年一月号に掲載されているので、河上さんの「受賞のことば」とともに紹介して終りにしたい。

『吉田松陰』は候補作品八篇中満票で受賞した。選考委員達の「選評」を読むと、河上さんと長年親交のあった大岡昇平の「独自の着想」が意を尽して出色なので、その全文を引用しよう。

「こん期は小説にあまりすぐれた作品がなかった。河上さんの『吉田松陰』のように、独自な着想に高い完成度を与えた作品は見られなかった。全員一致で、受賞にきまったのは当然といえよう。松陰については明治以来多くの人によって評伝が試みられた。教育者、変革者として、その思想も人間も文献的にあさり尽されている。ただそれを文学的発想の局面において眺める着想は、河上さん独自なものである。

松陰は変革者としては失敗したが、その思想と行動は後世に残った。失敗したのはそこに『狂』があったからである。その文学的な中核を周到な考察によってつかみ出している。

この着想は数年来のものだ、と河上さんはいっているが、恐らくその萌芽は戦争中、長州人としての自分の血と、河上肇との血縁を意識した頃からあったと思われる。河上さん自身の思想と生涯にもかかわる重大な主題なので永遠に語り尽せないライフ・ワークの性質を持っているのである。

ただし河上さんの故郷岩国はむしろ広島の文化圏に属している。同じ長州でも萩とはかなり違いがある。河上さんに『吉田松陰』を書かせたのは、その瀬戸内海的知性であるが、これは同郷の中の異郷である。この意味でも語り尽せない主題なのである」

河上さんの「受賞のことば」の「自作自解」も貴重である。

「『吉田松陰』は歴史小説でもなければ、この人物の評価でもない。評論という文学形式で、若干の考証を混えつつ、色々な面からこの人物を立体的に照し出そうとした、一つの文学的『試み』である。しかも試みであるだけに、構想の上で歪みもあり、表現の不足もある。それが諸家の鑑識眼に耐えて授賞されたことは喜びにたえない。

私は数年前『硬文学』論というのを唱えたことがある。わが文壇文学の偏狭性と羸弱性は人々の指摘して来たところだが、一方それは他の実社会の人々の文筆活動がそれを補っている事情もあり、内村鑑三や岡倉天心や河上肇の文章はそれに当るものである。私は旧著『日本のアウトサイダー』で彼等を扱ったが『吉田松陰』はこれと同列の作品である。即ち私はこれで硬文学の実践をしたつもりだが、その意図が認められたのは嬉しいことである。

それに私は長州侍の子孫であり、血の中に松陰と同じ野暮ったさやストイシズムがあるのを否定出来ない。そういった武士的モラルや美学を検出するのも、私の個人的な気持であった。

も一つ個人的なことをいえば、この連載の後半の約一年、毎月半分は郷里で病床の母をみとりながら書き、完結と共に母は死んだ。この思い出は今後賞につきまとうであろう」

河上さんは大岡昇平が松陰を「文学的発想の局面において眺める着想」と評して、自説の「硬文学」論を認めたのが、非常に嬉しかっただろうし、さらに本書の「序」で言明した、その「硬文学」の姿勢を貫徹させての完成が満票で認められたのは、文学者として生涯最高の歓びだったろうと、私には思える。

「受賞のことば」の終りに「郷里で病床の母をみとりながら書き、完結と共に母は死んだ」と書いているが、河上さんの母堂ワカさんは中原中也の母堂フクさんと同じ明治一二年の生れで、ともにクリスチャンであり、二人は親しかった。

私が河上さんのお伴をして、長命の生前のお二人に別々にお会いできたのは何よりだった。最初の『河上徹太郎全集』（勁草書房刊）で「年譜」を作成した大平和登がワカさんを「知的で謙虚で慈しみ深い明治の女性」と記しているが、私も同感である。それは中原フクさんにも当てはまると思う。

この末尾の文からは河上さんが母堂を看取ったことを知ると共に、河上家の無駄のない、典型的な武家屋敷の佇まいや、勝海舟が門下生だった河上さんの祖父逸《いつ》に贈った扁額の書も蘇ってくる。

『考えるヒント』と『日本のアウトサイダー』

『考えるヒント』の常識

小林さんの『考えるヒント』の初版単行本（昭和三九年『考へるヒント』、昭和四九年『考へるヒント二』、ともに文藝春秋新社刊）では、最初が「常識」で始まり、最後も「常識について」で終っている。また本文の半ばで「私の書くものは随筆で、文字通り筆に随うまでの事で、物を書く前に、計画的に考えてみるという事を、私は、殆どした事がない。……まあそれはそういう事で、致し方ないとして、常識と随筆的方法との用意があれば足りる事だけは果そうと思うのである」（「学問」）と本書を導く動機《モチーフ》を正直に吐露している。

小林さんが「文藝春秋」本誌でこの連載を始めたのは五十七歳で、最終回は六十二歳となり、還暦をはさんでいた。

私は、わが国で「常識」という言葉と本気で向き合ったのは恐らく小林さんが最初ではないか、と思っている。本書の最後の講演録「常識について」でその言葉の由来が詳しく説かれるので、最初にそれを要約しておきたい。

まず「常識」という言葉はもともと日本語ではなく、英語の「コンモン・センス」を訳したもので、訳者はこれに当てはめる日本語がなく、常識という新語を発明した。福沢諭吉は常識という新語の発明者ではないだろうが、コンモン・センスは彼の思想の礎石の如きものであって、「コンモン・センス」の尊重は、自由、平等、独立の考え、所謂文明開化をもたらした。この風潮が、明治初年、福沢諭吉の『学問のすゝめ』という名著により堰を切って流れたことは誰も知るところだ、と小林さんは語る。さらに良識とか善識とかいう言葉があるが、これはフランス語の「ボン・サンス」の訳語で、恐らく昭和に入ってからの新語だろうが、日本語として熟しそうもない。常識という言葉があれば、事は足りる、としている。

そしてさらに常識という言葉が生れる前に、これに相当した言葉を考えてみると、やはり生活の智慧を現わす「中庸」だろうと言う。それからその吟味に入っていくが、この十年前に小林さんが書いた「中庸」という短文（「朝日新聞」昭和二七年一月）が私は非常に好きなので、そこから引用させていただきたい。

孔子のこの言葉は、政治が非常に乱れていた時代に精神の権威を打ちたてるために生れたのであり、君子の中庸と小人の中庸を区別している。「（中庸は）いつも変っている現実に即して、自在に誤たず判断する精神の活動を言っているのだ。そういう生活の智慧は、君子の特権ではない。誠意と努力とさえあれば、誰にでも一様に開かれている道だ。ただ、この智慧の深さだけが問題なのである。君子の中庸は、事に臨み、変に応じて、命中するが、そういう判断の自在を得る事は難しく、小人の浅薄な中庸は、一見自由に見えて、実は無定見に過ぎない事が多い。考えに自己の内的動機を欠いているが為に、却って自由に考えている様な恰好にも見える。つまり『忌憚なし』である。……無論、私は説教などしているのではない。二千余年も前に志を得ずして死んだ人間の言葉の不滅を思い、併せて人間の暗愚の不滅を思い、不思議の感をなしているのである」

小林さんはこの「誰にでも一様に開かれている生活の智慧」を、『考えるヒント』を通じて自在に変奏しているのである。

巻頭の「常識」という作品は、エドガー・アラン・ポーの「メールツェルの将棋指し」という小説を若い頃訳して探偵小説専門の雑誌に買ってもらったことから始まる。将棋を指す自動人形をメールツェルという男が公開して、大成功をおさめる話である。しかしポーの推理は、駒の動きは一手一手対局者の新たな判断に基づくから、何処かに人間が隠れているはずだと考え、その仕組を発見していくという筋書だが、ここに働いているのも常識である。

前にも書いたことがあるが、小林さんはこれからコンピューター万能時代になると、非常に早い時期に私に語ったことがある。この「常識」の終り近くにも「テレビを享楽しようと、ミサイルを呪おうと、私達は、機械を利用する事を止めるわけにはいかない。機械の利用享楽がすっかり身についたお陰で、機械をモデルにして物を考えるという詰らぬ習慣も、すっかり身についた。お陰で、これは現代の堂々たる風潮となった」と書いている。今日電車でスマホを指で動かしている若者達を眺めていると、小林さんの予測はますます現実化しているのを痛感せざるを得ない。

「考えるヒント」という総タイトルは編集者がつけたと、小林さんは本文中で明かしている。これまで小林さんの愛読者は文学愛好者が中心だったのを、「文藝春秋」のこの連載で一般読者にも開かれ、やがて単行本になるとベストセラーになった。私は件の編集者の念頭には、菊池寛の同誌上のかつての時局雑談『話の屑籠』があったのではないかと思い、目を通してみたが、一篇一篇がしっかり作品として自立している点では、『考えるヒント』の方がはるかに永い生命力を具えていると思った。この作品は題材が非常に多岐にわたっているが、今度私に鮮やかな印象を残した幾篇かの読後感をこれから記していきたい。

まず元文芸雑誌編集者としては、「井伏君の『貸間あり』」から始めたい。ここには晩年に向う五十七歳の小林さんの文学の文章というものへの「告白」があるからである。

小林さんはこの小説の映画化をふと見て、これほど程度を下げねばならぬものかと呆れ、改めて読んでみると、「これは、作家が、言葉だけで、綿密に創り上げた世界であり、文章の構造の魅力を辿らなければ、這入って行けない世界である。作者は、尋常な言葉に内在する力をよく見抜き、その組合せに工夫すれば、何が得られるかをよく知っている。……私は、この種の文学作品を好む。作品評をする興味が、私を去ってから久しく、もう今では、好きな作品の理解を深めようとする希いだけが残っている。……嫌いという感情は不毛である。侮蔑の行く道は袋小路だ。いつの間にか、そんな簡明な事になった。誤解して貰いたくはないが、これは私の告白で、主張ではない。……かつて、形というものだけで語りかけて来る美術品を偏愛して、読み書きを廃して了った時期が、私にあったが、文学という観念が私の念頭を去った事はない。その間に何が行われたか。形から言わば無言の言葉を得ようと努めているうちに、念頭を去らなかった文学が、一種の形として感知されるに至ったのだろうと思っている。……私が、『貸間あり』が純粋な散文だというのは、その散文としての無言の形を言う。何が書いてあるなどという事は問題ではない、とでも言いたげな、その姿なのである」

ここまで散文を究めていった小林さんの批評精神と、井伏鱒二の「散文の純粋性を得ようとする工夫」を、現代の新旧を問わぬ文学者達と読者に一度立ち止って深思してもらいたいと、私は願っているのである。(「貸間あり」は昭和二三年鎌倉文庫から書下ろしで刊行された。私は初めて読んだが、戦後すぐに荻窪近くのアパート屋敷に住む群像の日常生活や事件を活写している、長い中篇小説と呼んでもいい作品で、本文中に「さよならだけが人生だ」も現われ、この作者の愛好句は本音だなとも思った。)

私は井伏鱒二は担当しなかったが、一度連載中の『黒い雨』の原稿を受取りに行ったことがある。彼の原稿を受取る時は、目の前で一度読まなければならないのだが、原爆雲の描写に「その頂点がいてべしして」とあるのが分らず問い質すと、いきなり手庇《てびさし》をして、「方言だよ」と言われた時の飄逸な表情が忘れられない。

次に「福沢諭吉」を取り上げたい。小林さんの思索の精髄ともいうべき、思索の粒子が全篇に光っているようである。

「福沢諭吉は、わが国の精神史が、漢学から洋学に転向する時の勢いを、最も早く見て取った人だが、この人の本当の豪さは、新学問の明敏な理解者解説者たるところにはなかったのであり、この思想転向に際して、日本の思想家が強いられた特殊な意味合いを、恐らく誰よりもはっきりと看破していたところにある」で始まる。そして「この人の本当の豪さ」を終始つかんで離さない。「彼の『学問のすゝめ』は、洋学のすすめではなかった。……彼は、学問の『私立』を、『学者にて私に事を行う可き』事を、すすめたのである」とも言っている。

私は学生時代『文明論之概略』を初めて読んだ時、「緒言」の有名な「一身にして二生を経るが如く、一人にして両身あるが如し」のような芯の太い名文には文芸作品では出合わなかったので、目を開かれる想いがした。

小林さんは、新聞記者になった尾崎行雄が福沢に「君は誰を目当てに書く積りか」と聞かれて、「勿論、天下の識者の為に説こうと思っている」と答えると、「福沢は、鼻をほじり乍ら、自分はいつも猿に読んでもらう積りで書いている、と言ったので、尾崎が憤慨したという話がある」という挿話を紹介し、「恐らく彼の胸底には、啓蒙の困難についての、人に言い難い苦しさが、畳み込まれていただろう。そう想えば面白い話である」と書く。私はこれを読み、初めて芯の太い名文の出てくる所以を理解した。

『福翁自伝』については「日本人が書いた自伝中の傑作であるのは、強い己れを持ちながら、己れを現わさんとする虚栄が、まるでないところから来ている」という名評をする。

幕臣が新政府で富貴に安んじているとして、勝海舟や榎本武揚を非難した『瘠我慢の説』が永年秘された後で発表された時、世人は福沢の「封建道徳の熱烈な讃美」と驚いたが、「彼等には、誰の眼にも明らかなような即ち直ちに言葉になるような不徳はない。……彼は、先入主なく、平静に、道徳というものを考え詰め、人の心底にある一片の誠心に行き着いたまでだ。これは、普断隠れてはいるが、独り思う時には、眼中に分明たるべし、と考えたのである」と彼の誠心を彷彿とさせている。

そして「怨望という、最も平易な、それ故に最も一般的な不徳の上に、福沢の『私立』の困難は考えられていた。……『士道』は『私立』の外を犯したが、『民主主義』は、『私立』の内を腐らせる。福沢は、この事に気付いていた日本最初の思想家である」で終っている。

私は福沢諭吉の卓越した独自性にこれほど逆説的に鋭く迫っている思索はなかったと思うが、これはやはり永年培ってきた小林さんの創造的批評力が基幹となっていると思わざるを得ない。

次に取上げたいのは「四季」と題して「朝日新聞」に断続連載した短文中の「人形」（昭和三七年十月六日掲載）である。

小林さんが初期に小説を発表していたのはよく知られているが、これは四十年振りの掌篇傑作である。或る時大阪行の食堂車で晩飯を食べていると、向いに老人夫婦が腰をおろしたが、細君は大きな人形を抱いていた。人形の顔から判断すると、人形は戦死した一人息子だろうか、夫は妻の乱心を鎮めるために人形を当てがったのである。「細君の食事は、二人分であるから、遅々として進まない。……異様な会食は、極く当り前に、静かに、敢えて言えば、和やかに終ったのだが、もし、誰かが、人形について余計な発言でもしたら、どうなったであろうか。私はそんな事を思った」で終る。

井伏鱒二は「井伏君の『貸間あり』」のお返しのように「小林秀雄の随筆作品」（昭和五六年三月、彌生書房刊『現代の随想5　小林秀雄集』解説）で、「この作品は、さりげないスケッチのようでありながら、人に切迫して行く力を持っている。煩手を避けて、省けることは省けるだけ省いている。叙事詩として見ても、戦後文学の絶唱である」と絶讃している。

小林さんが二十三歳で発表した「女とポンキン」の狸のポンキンと睨み合った女主人を、「私は、この瞬間、女の涙に光った、蒼白い、一所懸命な顔を、本当に美しいと思った」の条りが、長い歳月の間に伏流水のように、ここで成熟した姿となってにわかに出現したのではないか、という感慨に私は耽った。

次は「ネヴァ河」を挙げよう。小林さんは昭和三八年六月、ソ連作家同盟の招きで、安岡章太郎、佐々木基一とともにソビエト旅行に出発した。出かける前に前年出たソルジェニツィンの『イワン・デニーソヴィチの一日』を読み、「非常に面白かった」「それ（訳者木村浩氏の言）によると、この作は、革命後のきびしい文化統制の酷寒に閉されて、萎縮していた作者たちの芸術的才能の新しい開花だと言う。……作品はスターリン時代の監獄で得た作者の経験の上に立っているとともに、明らかに、ゴーゴリーやドストエフスキーの貴重な文学的遺産の上に立っていた」と小林さんは思って、次のような読後感を伝える。

「作者は、何一つ主張してはいないのである。主人公イワン・デニーソヴィチ・シューホフに語らせて、自分は黙しているのだが、シューホフも何の主張者でもない。……シューホフの考えによれば、勝手な主張ばかりしているのは『おえら方』という一種の人種であり、彼はそんな人種に関心も興味も持っていないし、何の価値すら認めてはいない。このような人物を創造した作者の沈黙は、外部から強いられたものではなかろう。作者自らが、進んで欲したものであり、その力が、知らぬうちに、読者を捕えてしまうのである」

私もこの機会に半世紀ぶりに再読したが、この小説の魅力を作者と主人公の関わりから捉えた小林さんの視点の据え方が納得できた。

さらに「シューホフの現実性は、作者の思い出の重さから来ている。シューホフの三千六百五十三日という刑期は、作者の徒刑と流刑とを合した刑期である。……この無実の罪人が耐えて来た孤独には、無論他人には通じ難いが、自身にも名状し難い異様なものが在っただろうと推察される。シューホフは、そこから生れて来た。……シューホフは仲間のうちで、バプチスト信者のアリョーシャが一番好きだ。……この厚意は実に美しく独特な筆致で描かれている」と書く。そのアリョーシャは本文では「あんたは監獄にいることをかえって喜ぶべきなんですよ！ ここにいれば魂について考える時があるじゃありませんか」と声を震わせる。そして「（シューホフの）一日が、すこしも憂うつなところのない、ほとんど幸せとさえいえる一日がすぎ去ったのだ」との結末が来る。（ソルジェニツィン自身はソ連崩壊後母国に帰国して、二〇〇八年八九歳で波瀾万丈の生涯を閉じた。）

ネヴァ河そのものについては、「空は青く晴れ、ネヴァ河は、巨きな濁流であった。私は、デカブリストの広場に立ち、ペトロパブロフスク要塞の石のはだを見ていた。背後には、名高い『青銅の騎士』が立っている。プーシュキンが歌ったのは、この濁流だ。……プーシュキンの詩魂は、ドストエフスキーに受けつがれた」と描いている。実は私達夫婦も四年前に今は「サンクトペテルブルク」と呼ばれているこの地を訪れた。『罪と罰』の現地を見たかったのだが、このかつての人工都市の佇まいからラスコーリニコフの存在を確実に吸収できた。

最後に取上げたいのは「還暦」である。この文章は丁度小林さんの還暦の年（昭和三七年）に書かれている。

「私は、今年、還暦で友達にお祝いなどされているが、どうも、当人にしてみると妙な気分である」に始まり、「賀の祝いという旧習が、いかに人生に深く根ざしたものであるかに、想いを致し」、次のように述べていく。「この頃は、長寿の人が殖えた、と言うより、平均年齢が延びたという方が、正確な言い方だと考え勝ちだが、そんな事はない。言葉の発想法が、まるで違うのである。……私達は、長寿とか延寿とかいう言葉を、長命長生と全く同じ意味に使って来た。……何時の間にか、天寿という言葉が発明され、これを使っていると、生命の経験という一種異様な経験には、まことにぴったりとする言葉と皆思った、そういう事だったのだろう。命とは、これを完了するものだ。年齢とは、これに進んで応和しようとしなければ、納得のいかぬ実在である、こういう思想の何処が古臭いのかと私は思う」と「天寿」という言葉の豊かさと「平均年齢」という言葉の貧しさを比べている。

又「円熟という言葉を考えてみると、……現代が、円熟するにはむつかしい時代であるとは、誰も解り切った事のように言う。……しかし、円熟する事は、今日でも必要な事だし、現に円熟している人は沢山いる。芸術家にしても野球選手にしても、その生活は技の円熟を他所にしては意味を成さないのである。……技の円熟がないところに、如何なる形の文化も在り得ないという事を忘却した文化人のタイプとは、現代に特有なものではあるまいか」と小林さんの常識の軸は動かない。

「還暦と言えば、昔はもう隠居である」で始まる文章も又見逃せない。「『荘子』によれば、孔子は陸沈という面白い言葉を使って説いている。世間に捨てられるのも、世間を捨てるのも易しい事だ。世間に迎合するのも水に自然と沈むようなものでもっと易しいが、一番困難で、一番積極的な生き方は、世間の直中に、つまり水無きところに沈む事だ、と考えた。この一種の現実主義は、結局、年齢との極めて高度な対話の形式だ、という事になりはしないか。歴史の深層に深く根を下して私達の年齢という根についての、空想を交えぬ認識を語ってはいないか」。この精妙な文章を初めて読んだ時、私は非常に感銘を受けて、年を取ったら、「陸沈亭」という表札をかけようかと思った位であるが、まだ実現していない。

小林さんは孔子を非常に尊敬していた。私には、簡野道明著『論語解義』（大正五年四月初版発行、明治書院刊）をよく読んでいたと言ったが、小林さんの常識を底支えしている一つは或いはそうかも知れない。

「孔子の『焉《イヅクン》ゾ死ヲ知ラン』も有名な言葉だが、……彼は、学問は死を知るにあるとも言えた筈である」と言い切っている。そして「私達の未来を目指して行動している尋常な生活には、進んで死の意味を問うというような事は先ず起らないのが普通だが、言わば、死の方から不思議な問いを掛けられているという、一種名付け難い内的経験は、誰も持っている事を、常識は否定しまい」とさらに思考を深め、「人の一生というような含蓄ある言葉は古ぼけて了ったのである。しかし、この言葉は、実によく出来ているのであり、私達は、どう考えても、その新しい代用品を発明する事は出来ないのである」と思考を窮めていく。そして「人の一生という言葉に問う事は、この言葉から問われているという事だ。言葉を弄するのではない。それは、意識の反省的経験に固有な鋭敏性なのである」と跡づけて「還暦」は終る。この文章は読むごとに私達の人生の思考の基底を揺さぶり続けるだろう。

私は二篇の「常識」論から始めて五篇を選び、自分なりの感想を述べたが、読者も「考えるヒント」（現在「文春文庫」にある）から好みの数篇を選び熟読すれば、自らの資質を改めて確かめられるとともに、新たな視野を発見できるだろうと思われる。

『日本のアウトサイダー』と正統

『日本のアウトサイダー』については、これまで岡倉天心や内村鑑三など度々詳述してきたが、この河上さんの特徴を最も鮮やかに示している主著には多角的に潜在する鉱脈の深さがあると、私は思っている。

そこで最後に考えてみたいのは最終章の「正統思想について」で、さまざまなアウトサイダー達を本書に登場させたが、それでは逆に「インサイダーとは何か」についての河上さんの思量を吟味してみたい。

まずインサイダーを定義すれば「それは大体正統主義、オーソドクシイの意に解していい」と河上さんはまず言う。「正統は直接自分の中にあるものである。……明治以来のわが文化の混乱、知識人の不幸は、正統を持たないことにある、と簡単にいい切れるようである。強いてこれに当るものを求めれば、卑近なことでは、明治の立身出世主義をその代表と見做すこともできよう。何故なら、わが世紀末的頽廃詩人も、社会改革家も、宗教家も、皆これに反抗して立った点で揆を一にするからである」

河上さんも小林さんと同様、G・K・チェスタトンを愛読していた。彼は小説、批評、詩、美術批評と非常に多岐にわたって健筆をふるった、二十世紀初期の英国の文人だが、彼の「正統思想《オーソドクシイ》」(甲鳥書林版、山之内一郎訳)という評論は、いきなり「イギリスの快走艇操縦者が航路をわずかに誤ったばかりに、南海の新しき島とばかり思いこみながら、実はイギリスを発見した、という筋の小説を書いてみようと空想を描いて来た」という話から始まる。

河上さんは「この寓話はアウトサイダーが回り回ってインサイダーを建設するという教訓から成立っているのだが、……日本のアウトサイダーにとっては事情が異なり、旧大陸は実在しない。或いはそれは少くとも、観念的に存在するアトランティードの如きものである。だからそこへ辿り着いて生活する糧、彼に必要な装備はアウトサイダーとして身につけていた品々である。だからわが国では、アウトサイダーがそのままインサイダーになるのである。……岡倉天心はその近代主義を打ち樹てるために狩野派の骨法を墨守し、内村鑑三は正統キリスト教精神に憑かれたために無教会主義に拠るなどということになるのである」。そして河上さんはこの前提から「明治の日本には近代物質文明と、ヒューマニズムと、キリスト教が一緒になって輸入されたのであり、近代日本が専らこれによって形作られたのなら、史的に見て前二者の本質をなすものがキリスト教である以上、近代日本の正統思想はキリスト教である、と仮にいうことが一応許されるのである」とも言っている。さらに「前二者が、どしどし近代生活に取り入れられるとともに、キリスト教は置去りにされているのである。それは功利的に当然のことであって、しかも本質論としてキリスト教がこれらの文明の根本原理をなすことはかえってこれによって証明されるのである」と逆理を使っている。

そして「明治の文学者・社会運動家その他文化界一般の代表者のほとんど全部が一度はキリスト教の門をくぐっていることは、私の今までの列伝を見ても明らかである。しかも特徴的なことは、その先ず全部が新教であること、それから大部分が入信後間もなく離教していることである。……明治初期の入信者はおおむね旧藩士だった。しかも主として佐幕系の出だったことは、新政府の派閥に拒まれての抵抗乃至所在なさからであり、ここにキリスト教がその在野性とヒューマニズムの精神を発揮するのである」という状況もしっかり踏まえての河上さんの叙述は、最後にカトリックで亡くなった御本人がいかにキリスト教について心底で思弁を重ねていたか、それが又『日本のアウトサイダー』の発想から完成に至る追究力の根を形づくっていたかを証しているように、私には思われる。

それからこの最終章では自ら登場させたアウトサイダー達を端的に振返っているが、私はその中からは岩野泡鳴と河上肇の二人を取り上げたい。

河上さんは岩野泡鳴を「ここで取上げた文学者のうち、岩野泡鳴は最も純潔なアウトサイダーであろう」と讃える。「彼程浪漫主義を峻拒した人はわが自然主義にいなかった。だから彼の後継者がわが文壇に出なかったのは、自然主義の責任でも後輩の不徳でもない。彼の文学は絢爛たる自我の祭典である。その孤立性は、今私が彼を他の如何なるアウトサイダーとの関連において述べることも許さないのである」と、河上さんにしては珍しく強い語調になっているのは若い頃から心酔していたからであろう。
「文藝」昭和九年五月号にはすでに「私は率直にいおう。明治文学史を通じて偉大な小説家は沢山あった。然し偉大な小説家は岩野泡鳴ただ一人である。こういっても人は信じないかも知れぬ。否、疑ってさえくれぬだろう。泡鳴に対する『デカダン』だとか『詰らん坊』だけとかいう生前の毛嫌いは過ぎた。今や執拗で、不器用で、平板な彼の筆は、近代人を疲らせる。野暮で一人よがりのこの野人をいかにすれば正当にわが文壇の読者に紹介できるであろうか？ では、外に一体誰が明治の偉大な小説家か？ 紅露鷗漱か？ 然し彼等の偉大さは、一口にいえば文学史的な偉大さである」と記している。そういえば或る時私は河上さんに新潮社から大正期に出た泡鳴訳のアーサー・シモンズ『表象派の文学運動』の本そのものが見たいと言われて見せたら、しばし手にして恍惚としていたのが思い出される。

戦前の著名なマルクス学者で入獄した河上肇は、『日本のアウトサイダー』では五人目に登場するが、ここではその本文から引用しよう。

河上さんはまず「私がここで取り上げるのは、彼が私のいう日本のアウトサイダーの系譜にどんな風に並ぶかを考えて見ることと、その上いささかの私情を交えることを許されれば、彼が私の同族であることからしばしば起る、やみがたい親近性にひかれてである」と断っている。

そして青少年時代に会った思い出や彼の晩年の心境が静謐であったのを偲ぶ。「この静謐は、出獄の時転向しなかったから得られたのである。……マルクス学者としての経歴を断ち切ることを声明したのは、もはや肉体的条件が許さないことを知っての方針の転換なのだが、それは屈服でもなければ、妥協でもない」と言う。

そして獄中で延々と書き続けられ、敗戦後の六十七歳での死の直後に刊行された『自叙伝』に基づきながら叙述を進めていく。

河上さんは「『自叙伝』の中の……家出して地下にもぐり、検挙、入獄から、釈放に至る叙述は実に鮮かだ。行く先々の宿の主人、連絡の党員、検事、囚人のそれぞれが人間的に躍如としている。氏はもと大学でも法科より文科に学ぼうとし、ここいらの描写は『創作』のつもりで筆をとったといっているが、それは氏の『小説家』的教養の上での同年輩である自然主義の客観描写とは、筆力の上でまるで違っている。疑いなく氏の『信念』の力がこれだけ人間の姿を深く刻んで浮彫にしているのである。この検事戸沢とドストエフスキーの『罪と罰』の同ポリフィリイと、勿論立場も人間も違うが、鮮かさにおいて似たものがあるのは故ないことではない」と讃えている。

（因みに戸沢検事と初めて会う条りは、『自叙伝』での本文では、「『やあ、こんな所で初めてお目にかかろうとは思わなかったが、実際、今は非常時に違いないですな。』検事は先ずそんなことを言って見せた。それから……彼は形を改めて、『法規の定むる所により一切敬語を用いませんから悪しからず。』と断った。その調子が鮮かだったので、私は肚の中で、『この検事先生、なかなかやりおるわい。』と思った。が、彼はそう断っただけで、その後も依然として敬語を用いた」と、検事との鮮やかな対面ぶりを描き出す。）

さらに河上さんは「彼がそれ（獄中生活）に耐えたのは、必ずしもマルキシズムという十字架に縋りついてではなかった。それはむしろ『あらゆる囚人』の如く耐えたのだった。……ただ彼は隣人にへり下るような、一市井人のつつましやかさで、この試練を受けた。そして模範囚になった」と書いているが、私はこの河上さんの感想を読んだ時、『自叙伝』の「病舎生活」中の一節が自ずと蘇ってきた。

「彼の室へ新たに入って来た一人の男は、機械にはさまれて親指を落したという四十五、六歳の前科持ちの窃盗犯人であった。弘蔵（『自叙伝』は「創作」とされているため仮名）は彼と一緒に入浴して、右手を使うことの出来ない彼のために、筋骨の逞しい背中を流してやったり、手拭を絞ってからだを拭いてやったりした。その礼ごころで彼はまた、よく鶏卵を弘蔵に頒《わ》けてやった。彼は作業上の負傷者だという訳から、優遇されて毎日二個ずつの鶏卵を給されていたのである。弘蔵は約二週間狭い室の中でこの男と起居を共にしたが、やはり小ブルジョアのインテリゲンツィヤよりも前科五犯というこの泥坊の方が、ずっと人情味があるように感じた」

岩波文庫五冊分のこの作品は昭和時代の自伝文学の不壊の傑作と言えるが、河上さんは読み終えて、この小説家の天分を具えた年上の身内との資質の違いを痛感しただろう。

ここから河上さんの批評は、河上肇が官憲の勧めで書いた「獄中独語」に向う。

「独語」を箇条書にすれば、「一、自分は今後身辺の自由を得んがために、共産主義者としての資格を自ら抛棄する。一、従って今後合法非合法を問わず、実際運動と関係を絶つ。一、以上のことは、マルクス主義の基礎理論に対する私の学問上の信念が動揺したことではない。一、以後一生私は政論を断ち、ただ資本論の翻訳は纏めておきたい」

この「独語」が発表されると、「世間はこれを降伏のしるしと見、一般に『転向』の烙印を押したのであった。つまり世間は、こんないわば文学的な声明になれないから、そう分類したのであろう」と河上さんは述べ、そして視界を広げる。「『独語』はたとえ体の骨や筋は抜かれて姿は変っても、一つ立場にしがみついていることを宣言する、精神的な告白である。……当時のマス・コミの未熟と当惑がある訳であるが、こういう便法的なものの見方は看過しておくべきではない。それは戦前戦後を通じて変りなく行われている」と、時代を問わぬマス・コミ批判を行っている。

河上肇の判決は懲役五年で、控訴を取り下げて昭和八年に下獄した。そして特赦による減刑で昭和一二年六月十五日に満四年六ヵ月ぶりに満期釈放となって出獄した。

満期釈放については、『自叙伝』に「一時彼は間もなく仮釈放になるものとのみ思い込んでいたが、……そんな馬鹿な妄想は打ち払わねばいかぬぞと決心すると、彼は能役者が面を取り替えるほどの容易さを以て、綺麗に首を回らすことが出来ている。こうした手際の見事なのは彼の一つの特徴で、……彼自身、自分で自分に感心するのであった」とあるが、河上さんは「こういう侍の気性を肇氏も受けついでいた」と念を押している。一方、「次女芳子が良縁を得て嫁ぎゆくと聞いて喜びの歌。彼女は父に次いで地下生活に入り、検挙された位で、それだけにこの喜びは一入である。……紅白のあふひ咲く日を君と会ひ／忘られぬものとなりにし葵……すべて字面だけ見ると恋歌のように濃艶である」と河上肇の喜びの溢出ぶりにも眼を向けているが、河上さんの親友三好達治は短歌の方でも、彼は「一流の歌人」と称揚していた由。

出獄の当夜新聞記者に手交した手記では「私は過去を顧みて何の悔ゆる所もない。その点に於て私は改悛の情なきものと、看做されても致方ない。しかしながら、刑期を終えて釈放された暁には、私はもう世間から全く隠居する決心である」と書いたが、義弟の民法学者末川博（河上肇の妻秀の妹八重が妻）は「『ひとつ自叙伝を書いてみたらどうです』というようなことをいってみた。……ほかにも自叙伝を書くようにすすめる人があって、その気になったようである」。そして「死んだ後で、書斎を整理してみると、ずいぶんたくさん書きためてあるのに驚いた。……立派な大学ノートに書いたのには『河上肇生前の遺稿』としてあって、チャント巻順までもしるした上で、……自叙伝を構成するようにととのえてあった。やはり、時節が来たら刊行してもよいと考えていた」（「河上と自叙伝」、岩波文庫『自叙伝（一）』解説）と書いて、死後の翌年『自叙伝』が世界評論社から刊行されるに至った経緯を明らかにした。

ここで河上さんが『日本のアウトサイダー』最終章「正統思想について」で最終的に河上肇を論じた箇所を全文引用しておきたい。

「河上肇の感情は、党に対しても、思想に対しても極めてナイーヴである。だから主義に対する異端性というものは、まず全くないであろう。ではあらゆる社会改革運動が現存秩序に対して叛逆的だという意味で、彼はアウトサイダーなのかといえば、その点勿論その通りである。しかしそれだけではない。彼は社会を改革したいだけでなく、社会を改革する自分をもって社会と対決したいのだ。これは一般革命家に見られる自己満足、虚栄心、擬装した非情、意志的な義務感などいう、型通りに自分の人間性を思想に預けてしまって出来た表情とは違って、謙虚な自己卑下であり、自分の価値を無に置いたような存在への懺悔であり、ほとんど宗教的贖罪にも似た自己放棄である。ここで彼個人が、裸形で、無類の美しさをもって人類と対決しているのが見られる。この時彼が対決しているのは社会悪ではなく、存在そのものである。その点で彼は『特殊なマルキスト』であるだけでなく、特殊なアウトサイダーである」

この河上さんの文章は本書のなかで最も意を尽して描かれた「アウトサイダー」だと私は思う。特に「対決しているのは社会悪ではなく、存在そのものである」との認識は、本書の最深のアウトサイダーは河上肇と言っているのではないかとも私には考えられる。河上さんは身内とこれほど精細に取組めたのに得難い充足感を覚えたことだろう。

小林さんの「天」と河上さんの「神」

小林さんを担当して初めの頃、米川正夫訳のドストエフスキーの作品が時折脇机に置いてあったが、「キリスト教にはどうも分らないところがある」と小林さんが呟いていたのを覚えている。河上さんが『日本のアウトサイダー』でキリスト教に最も接近したのは内村鑑三と向き合った時だが、最期はカトリックだったのはすでに述べた。また私も同席したが、井上洋治神父や遠藤周作達を自宅に招いて、「カトリック祭《まつり》」という酒宴を催したりした。一方、『考えるヒント』の「天命を知るとは」で、小林さんは「天」という言葉に想いをめぐらせている。そして孔子の「五十ニシテ天命ヲ知ル」を、徂徠は「彼が、天から、先王の道を説けというはっきりした絶対的な命令を受けている、と悟るに至った、そう率直に受取るのが一番正しい」と記している。

『考えるヒント』と『日本のアウトサイダー』は、小林さんの「天」と河上さんの「神」が根底を形作っているのではないかとも思えるが、お二人はあくまで自由人でもあったので、こういう概念的対比はなるべく慎まねばならないとも思うのである。

『私の人生観』と『私の詩と真実』

『私の人生観』の「観」について

『小林秀雄全集』が最初に創元社から刊行されたのは昭和二五年九月で、昭和二六年三月に全八巻で完結した。続いて新潮社から昭和三〇年九月からやはり全八巻で刊行が開始され、昭和三二年五月に完結した。

私が若い頃最も愛読したのは、焦げ茶色の美しい革の背表紙の付いた第二次全集だった。これで私は初めて『私の人生観』を読み、次の文章が、それからの自分自身の言動規範に深い影響を及ぼしたと言っても過言ではないと今でも思っているので、私事にわたってははなはだ恐縮ながら、まずその全文を引用させていただきたい。

「宮本武蔵の『独行道』のなかの一条に『我事に於て後悔せず』という言葉がある。菊池寛さんは、よほどこの言葉がお好きだったらしく、人から揮毫を請われるとよくこれを書いておられた。菊池さんは、いつも『我れ事』と書いておられたが、私は『我が事』と読む方がよろしいのだろうと思っている。それは兎も角、これは勿論一つのパラドックスでありまして、自分はつねに慎重に正しく行動して来たから、世人の様に後悔などはせぬという様な浅薄な意味ではない。今日の言葉で申せば、自己批判だとか自己清算だとかいうものは、皆嘘の皮であると、武蔵は言っているのだ。そんな方法では、真に自己を知る事は出来ない、そういう小賢《こざか》しい方法は、寧ろ自己欺瞞に導かれる道だと言えよう、そういう意味合いがあると私は思う。昨日の事を後悔したければ、後悔するがよい、いずれ今日の事を後悔しなければならぬ明日がやって来るだろう。その日その日が自己批判に暮れる様な道を何処《どこ》まで歩いても、批判する主体の姿に出会う事はない。別の道が屹度《きっと》あるのだ、自分という本体に出会う道があるのだ、後悔などというお目出度《めでた》い手段で、自分をごまかさぬと決心してみろ、そういう確信を武蔵は語っているのである。それは、今日まで自分が生きて来たことについて、その掛け替えのない命の持続感というものを持て、という事になるでしょう。そこに行為の極意があるのであって、後悔など、先き立っても立たなくても大した事ではない、そういう極意に通じなければ、事前の予想も事後の反省も、影と戯れる様なものだ、とこの達人は言うのでありまます。行為は別々だが、それに賭けた命はいつも同じだ、その同じ姿を行為の緊張感の裡に悟得する、かくの如きが、そのパラドックスの語る武蔵の自己認識なのだと考えます。これは彼の観法である。認識論ではない」

私は今年（平成二七年）四月で八十歳を迎えたが、これまでさまざまな失敗を重ねてきたものの、この講演をした時四十六歳だった小林さんの言う「今日まで自分が生きて来たことについて、その掛け替えのない命の持続感というもの」をこれからも大事にしようと思っている。

これから本文に入っていくと、まず「私の人生観」の「人生観」はドイツの哲学者オイケンのLebensanschauungenの訳語だといわれているようだが、Anschauungと観とはよほど違う。「観」という言葉には日本人独特の語感があるからと、それから「観」についての吟味を始める。「観」は見るという意味だが、「極楽浄土」が見えて来ることで、「文学的に見てもなかなか美しいお経」である「観無量寿経」に説かれていると言う。それから禅では「考える事と見る事とが同じにならねばならぬ」と続き、「身心相応した工夫」を「観法」と解してよかろう、としている。

それから鑑真の肖像彫刻が「私達に与える感銘は、私達が止観というものについて、何か肝腎なものを感得している証拠ではあるまいか。美術品というものは、まことに不思議な作用をする」と絶讃して、明恵上人の坐像を「異様な精神力が奥の方に隠れている様な絵」と賞揚し、又恵心僧都が描いた「二十五菩薩来迎図」を「来迎芸術というもののうちで最も優れたもの」と評し、「画技に長じている事は僧となる為の殆ど必須の条件だった」と述べている。

しかし源平の大乱の後、法然、親鸞の宗教改革運動が起り、「厳しい純粋な宗教的智慧は、美術の誕生には甚だ不都合なもの」で、「優れた美術は遂に生み出さなかった」と言う。しかしその後禅宗が宋から入ってくると、「不立文字」を強調し、「言語道断の境に至って、はじめて本当の言語が生れるという、甚だ贅沢な自己表現欲」があるため室町の水墨画が完成された。「室町水墨画の優れたものは、自然に対する人間の根本の態度の透徹は、外的条件の如何にかかわらず、いかなるものを表現し得るかという事を、明らかに語っている」と、小林さん独特の深い思想表現を行っている。

それから小林さんには珍しい釈迦論が展開される。「見る事が考える事と同じになるまで、視力を純化するのが問題なのである。釈迦を画家に見立てるわけではないが、釈迦の空《くう》とは、画家の美の様に、決して現実の一般化による統一原理という様なものではないと言いたいのです。だから、現実の人間的限定の徹底した否定がそのまま、『無我』であり『不記』である豊饒な現実の体験となったと思われる。……仏教の心観というものの性質には、キリスト教の祈りに比べると余程審美的なものがあった様に思われます。……仏教によって養われた自然や人生に対する観照的態度、審美的態度は、意外に深く私達の心に滲透しているのであって、……ふと我に還るといった様な時に、私はよく、成る程と合点するのです。……人間は伝統から離れて決して生きる事は出来ぬものだからであります」と、「観」についての考察が結ばれる。

それから正岡子規以後の文学の写実論に入っていくが、不意に「徳田秋声氏が逝くなられる前に、自分も今に至ってはじめてリアリズムの荘厳さというものを悟った、と人に語ったという話を聞きましたが、これも亦観であって、Observation ではない」という一文が挿まれる。

私は『私の人生観』を初めて読んだ時からこの挿話が気にかかっていたので、今度『仮装人物』を読んでみた。妻と一女を急に喪った中年作家と、原稿を読んでもらっている、若くて美しい葉子との痴態を窮めた関わりを描き出しているが、読み終えてしばらくして、私は、この長篇小説から不思議な香気のようなものが漂ってくるのを、感得した。

それに関わるような小林さんの「文芸月報――『仮装人物』について其他」(「東京朝日新聞」昭和一四年一月)を紹介しておきたい。

「僕が此処で言い度いのは、この作が所謂私小説の名作であるというような事ではない。この作に現れた作者の人間的な（余りに人間的なという意見もあるかも知れないが）叡智《えいち》というものは、普遍的なものであり、作者はこれを作者気質とでもいうべきものと呼んでいるが、それは無論仮名であって人生の烈しい体験を重ねた末に心定った人間には共通したある智慧《ちえ》だという事である。そういうイデオロギイでもない、無論学問でもない、常識でもない叡智というものの輝やきが要するに小説というものの裡にある詩であり美しさだ」と批評している。

これは秋声が逝くなる前に悟った「リアリズムの荘厳」に通じるとともに、日本人特有の「観」というものの窮まりにも通じているのではなかろうか、と私は思う。

それからしばらくして、小林さん特有の「思い出」への言及が始まる。「私達が、少年の日の楽しい思い出に耽る時、少年の日の希望は蘇《よみがえ》り、私達は未来を目指して生きる。老人は思い出に生きるという、だが、彼が過去に賭けているものは、彼の余命という未来である。かくの如きが、時間というものの不思議であります。この様な場合、私達は、過去を作り直していないとは言わぬ。過ぎた時間の再構成は必ず行われているのであるが、それは、まことに微妙な、それと気附かぬ自《おのずか》らなる創作であります」と考えを進める。さらに「併し、今日の様な批評時代になりますと、人々は自分の思い出さえ、批評意識によって、滅茶滅茶にしているのであります。戦に破れた事が、うまく思い出せないのである。その代り、過去の批判だとか清算だとかいう事が、盛んに言われる。これは思い出す事ではない。批判とか清算とかの名の下に、要するに過去は別様であり得たであろうという風に過去を扱っているのです。凡庸な歴史家なみに掛け替えのなかった過去を玩弄するのである。戦の日の自分は、今日の平和時の同じ自分だ。二度と生きてみる事は、決して出来ぬ命の持続がある筈である。無智は、知ってみれば幻であったか。誤りは、正してみれば無意味であったか。実に子供らしい考えである。軽薄な進歩主義を生む、かような考えは、私達がその日その日を取返しがつかず生きているという事に関する、大事な或る内的感覚の欠如から来ているのであります」

長い引用になってしまったが、私は、これが小林さんの中核をなす歴史観から出ていることを見逃すべきではないと考える。

この講演は昭和二三年十一月十日に新大阪新聞主催で行われたが、第二次全集全部の「解説」を一人で引受けた河上さんは「当時は戦争から解放されて、表向きは何をいってもいい時代で、人々は所謂民主主義を謳歌していた。然しその反面、この理念が形式化され、自由と民主が甚だ安易で画一的に語られることだけが論壇の風潮になっていたような時代であった」と、当時の時代風潮を裏付けている。

さて、『私の人生観』の「観」の追究の後半は、小林さんが哲学者で唯一全集を読破した、アンリ・ベルグソン（一八五九―一九四一）の vision が中心になっていくのは当然の流れであろう。

「哲学者にとってまことに厄介な事には、実証科学が、疑いもなく万物に共通な性質、即ち量というものを引受けて了った後には、質の世界しか残っておらぬという事です。……そうなれば、皆協力して知覚の拡大という共通の仕事に向うでしょう。……知覚の拡大深化など思いもよらぬ、だが議論は止めよう。実際には、この不可能事を可能にしたとしか考えられぬ人間がいるのである。それが優れた芸術家達だ。彼等の努力によって、私達が享受する美的経験のうちには、重要な哲学的直覚がある筈である。そういう風にベルグソンは考えるのであります。私は、学生時代、芸術に関する彼のそういう考えに強く動かされましたが、今日に至るまで、こんな大胆な直截《ちょくせつ》な考えはどんな美学にも、見付け出す事は出来まいと思っている。先きに、観法の審美的性質と言った場合も、私にはそういう考えがあったのであります」と正直に告白をした。

そして「拡大された知覚は、知覚と呼ぶより寧ろvisionと呼ぶべきものだと言うのです。……常識的には夢、幻という意味だが、ベルグソンがこの場合言いたいのは、そのどちらの意味でもない。visionという言葉は、神学的には、選ばれた人々には天にいます神が見える、つまり見神《けんしん》というvisionを持つという風に使われていたが、ベルグソンの言う意味は、そういう古風な意味合いに通じているのである、これを日本語にすれば、心眼とか観という言葉が、先ずそれに近いと思います」と解していく。

それから具体的な芸術論に入り、「画は、何にも教えはしない、画から何かを教わる人もない。画は見る人の前に現存していれば足りるのだ。美は人を沈黙させます。どんな芸術も、その創り出した一種の感動に充ちた沈黙によって生き永らえて来た。どの様に解釈してみても、遂に口を噤むより外はない或るものにぶつかる、これが例えば『万葉』の歌が、今日でも生きている所以である。……解られて了えばおしまいだ。解って了うとは、原物はもう不要になるという事です」と芸術の永続性というものを捉えた。

さらに「美は人を沈黙させるが、美学者は沈黙している美の観念という妙なものを捜しに出かけた。この美学者達の空《むな》しい努力が、人々に大きな影響を与えている事は争われぬ様に思われる」と小林さんは批判し、「芸術家は、物Dingを作る、美しい物でさえない、一種の物を作るのだ。人間が苦心して様々な道具を作った時、そして、それが完成して、人間の手を離れて置かれた時、それは自然物の仲間に這入り、突如として物の持つ平静と品位とを得る。それは向うから短命な人間や動物どもを静かに眺め、永続する何ものかを人間の心と分《わか》とうとする様子をする。この様な不思議な経験は、確かに強烈なものであったに相違なく、人間はただこの経験の為に物を作ろうとした。最初の神々の像は、この経験の応用である。こういうリルケの考えは、芸術を、遊戯や想像の産物と考えるより余程正しい様に思われます」と詩人リルケの思念を高く評価している。

ここで私はリルケ自らが称えた「物の詩」(Ding-Gedicht)の一篇を挙げておきたい。

豹

パリ、ジャルダン・デ・プラントにて

豹の瞳は、過ぎ去る鉄棒の列のために
疲れてもう何も捉えることが出来ない。
数限りない鉄棒の列があり、その背後に
世界はもう消えてしまったかのよう。

狭い小さい円を描き続ける
しなやかに逞しい足の柔かな歩みは、

すさまじい一つの意志が麻痺して立つ
中点をめぐっての力の舞踏か。
ただ時々瞳孔の幕が音もなく
引き上げられる、――すると何かの姿がその中へ入って行く、
それは四肢の張りつめた静寂の中を通り抜け――
心臓に入ってふと消えてしまう。

（高安国世訳『鑑賞世界名詩選「リルケ」』筑摩書房刊）

小林さんの「美は人を沈黙させる」という発言については、河上さんも前記「解説」で言及しているので補足しておこう。

「見るということはやがて言葉を軽蔑するに至るもので、美とは沈黙であるという、……小林のアフォリズムに達するのであって、ここいらが饒舌な美学の流行する現代にまともに反抗している所である。そしてこの見るとしゃべるの対立はそのまま行うと知るの対立に移ってゆき、即ち見ることは行うことであって、それが彼の理想の生き方であり、一方しゃべることや知ることを尊重する所に、現代の混乱や衰弱がある、ということになる。これは『観』の講義から既に文明批評に移っており、のみならずれっきとした一つの『人生観』なのである」と、自らは口にしない、小林さん自身の「人生観」にまで及んでいる。

私は冒頭で本書の若い頃の私自身への影響について書き出したが、終りもまた未だに影響を受け続けている、小林さんが武蔵について語った別の言葉の引用をするのを許していただきたいと思う。「武蔵は、見るという事について、観見二つの見様があるという事を言っている。……立会いの際、相手方に目を付ける場合、観の目強く、見の目弱く見るべし、と言っております。見の目とは、彼に言わせれば常の目、普通の目の働き方である。敵の動きがああだとかこうだとか分析的に知的に合点する目であるが、もう一つ相手の存在を全体的に直覚する目がある。『目の玉を動かさず、うらやかに見る』目がある、そういう目は、『敵合近づくとも、いか程も遠く見る目』だと言うのです。『意は目に付き、心は付かざるもの也』、常の目は見ようとするが、見ようとしない心にも目はあるのである。言わば心眼です。見ようとする意が目を曇らせる。だから見の目を弱く観の目を強くせよと言う。……批評眼とは、ジロジロ見る目、見の目を言う。今日は、人々が争って見の目を強くする様になった時代である。観という言葉の意味は判然と定義し難いとしても、その伝統的な語感はある筈なのであるが、歴史観と言っても、そういう語感は注意する者も殆どない。……語感などという古臭いものは詩人にまかせて置けと小説家までが言い兼ねない様な時勢が到来したらしい。詩人にとっては、言葉の意味とは、即ち語感の事である。語感とは言わば言葉の姿だ、言葉というものが生きており実在しているその表情の如きものだ。……若し人間の歴史は、何を措いても言葉の歴史だと言えるなら、人間の歴史とは、広い意味での文学史に他ならぬのである。私達の共感の存するところ、古典は今もなお生きている。文献という死語が生きるか生きぬかは、同じ私達の詩的共感の深浅による、詩人の持つ観の目の強弱によるのであります」

この精細な「観」への言及で、小林さんが「私の人生観」でなぜ「観」に拘り続けたかが、その原点が自ずと明らかになったと、私には納得できる。また小林さんが自ら「実相観入」を行った数々の作品で今もなお多くの読者を惹きつけている主因もここにあるだろうと思う。

ここまで記してきて、小林さんの晩年の講演会でのやりとりがふと蘇ってきたので、その光景も書き留めておきたい。

それは昭和五二年十一月十四日に、『私の人生観』の講演と同じく大阪で行われた『本居宣長』刊行講演会で、話し始めようとした小林さんがメモを読むための老眼鏡を忘れてきたのに気づいた時、一老人がスタスタと講壇に近づいて「先生」と、自分のものを渡して、満員の聴衆がドッと笑った光景である。『私の人生観』の始めに「どうも私は講演というものを好まない」と四十六歳の小林さんがいきなり語ったのと余りにも対照的である。自著の宣伝でもあったから笑顔を絶やさなかったにしても、当時七十五歳の小林さんには確実に円熟というものがあったのを見届けた想いがした。

『私の詩と真実』の交友とゲーテ

『私の詩と真実』は河上さんが五十一歳の時、「新潮」に昭和二八年新年号から一年間連載された。翌年早々に単行本化されたが、その「あとがき」で「本書で私が試みたことは、……評論の形で私の二十歳代に於ける精神形成の自画像を描くことである。……筆を執った動機は、もともと『新潮』編集部の勧めによったものであるが、……とにかく私は、昔歌って今は忘れた歌を、精一杯歌ったに過ぎない」と述べている。

本書は事実その通りなのだが、実は河上さんでなければ書けない特色ある文章が全体の中間に挿さまれている。それは音楽との関わりがある全三章で、そのなかの「私のピアノ修業」は「厳島閑談」でも触れたが、河上さんは十八歳の時「当時革命でロシヤから追われて来ていたデンマーク人のジョージ・ロランヂに学んだ。彼についていたのはたかだか五六年だが、然し私の音楽から受けた決定的なものは、大部分この時期に得たのである。そして、彼の奏法や、それにつれてその音楽観は、可なりエクセントリックなものであったので、それが私の身勝手な音楽の味わい方に拍車をかけなかった筈はない。それにしても私が今音楽に接し始めた頃の素朴な感激を努力して思い起そうとする時、それにこびりついて頭に浮ぶのは、ロランヂの薫陶の独特な印象である」と回想する。「一般にその頃の風習として男の児がピアノに没頭するのは青年期になってからであり、従って特殊な訓練が必要であって、偶々ロランヂの技術にそれに協ったものがあった訳だろう。……（彼が帰国して次に習った）コハンスキーがそれを『先史時代』と評した如く、無骨で、奇体なものであった。私などもさしあたってそのためテクニックでは速成の功があったが、然し大成しなかったのも、責任の一斑はそこにあるかも知れない」と述懐している。私は河上さんと一緒にクラシックのレコードをよく聴いたが、その際文芸批評ではあまりない、突如決然たる断定が飛び出してきたのはこのロランヂの「無骨で、奇体な」薫陶が根底に宿っていたためだろう。しかし職業的にレッスンを切売りするだけのコハンスキーよりはるかに好きだったとも言っていた。そして河上さんの生涯にはこの音楽の魂が深く生き続けていたことは間違いない。

最初に思わず脱線したが、これから同世代の文学者達との交友の回想に戻ろう。

まず「詩人との邂逅」に登場するのは中学の同級生で、夭折した富永太郎で、「当時私がものを見る眼は、専ら『富永太郎詩集』一巻によって教えられていた」「『秋の悲嘆』と題する富永の散文詩は、……文学書をまだ多く知らなかった私は、この余り鮮かな肉感と造型性を盛った表現に接して、驚嘆したのであった」と懐しんでいる。

中原中也については初対面の後しばらくして、「地獄の天使」という詩を見せられたが、「私はこれで魂の中まで見透された気がした。……彼の詩は、勿論一応客観的に歌っているのだが、出来るとそれを携えていって見せる相手の人物を可なり意識していることは否めなかった。……彼独得のイメージの動き方の中にその人物を誘導していって暗示をかける、といった話し掛けが含まれているのである。これは現実の彼の交際術の中にもあるもので、それが正に彼の性格の魅力と嫌悪が交錯している所以であり、非常に鋭く人を見抜き、又相手に不思議な自負で阿ると共に、一方相手は飛んでもない役を振られた不愉快を与えられたりするのである。その意味で、中原は、悪意ある冷酷なリアリズムの小説家と同じように、モデルがなければ詩の書けない人であった」と言っているが、河上さんが「彼の交際術」をこれほど分析力をもってリアルに伝えているのはさすがだと思う。「友情と人嫌い」は「饒舌に聞き手が必要であるように、沈黙にも相手が要る。そして恐らく饒舌よりも相手を選ぶものだ。私と小林秀雄との交友はそんな所から始まった」と、早速お二人の交友を深部から捉えている。ここは拙稿全体の主題にも関わってくるので、遠慮なく河上さんの文章を使わせていただきたい。

まず『Xへの手紙』での「非情で取りつく島もない面つきが、当時の彼の表情でもあり、又その覚悟である」と述べる。続いて大学生の小林さんが或る女性と同棲した頃を、「彼女は、丁度子供が電話ごっこをして遊ぶように、自分の意識の紐の片端を小林に持たせて、それをうっかり彼が手離すと錯乱するという面倒な心理的な病気を持っていた。意識といっても、日常実に瑣細な、例えば……小林が繰る雨戸の音が彼女が頭の中で勝手に数えるどの数に当るかというようなことであった。その数を、彼女の突然の質問に応じて、彼は咄嗟に答えねばならない。それは傍で聞いていて、殆ど神業であった。否、神といって冒瀆なら、それは鬼気を帯びた会話であった。……（この）女性に、小林は如何に貴重な精神的糧を与えられ、如何に貴重な時間と精力を徒費したか、未だ曾て彼自身何も書こうとしていない今日、私はこれ以上述べるおせっかいを慎しむが、……近所の私の家へ頭の保養によくやって来たことである。……客がどんな態度に出ようと、私はお線香をつけられた側の主人役である。私の意識はいつも彼に沿って流れていなければならない。或る時彼はいった。『君は煙突みたいな奴だ。傍に置いとくと、俺の頭の中がよく燃えるよ。』とはいえ、この煙突も生き物だから、自分でも火を燃していなければならない。当時大体スポーツと音楽しか占めていなかった私の頭の中の余地を目がけて、小林の焚いた煙が浸透して来て私の焔に火をつけた」。これがやがてお二人が創造的批評を開拓する出発点とも言えよう。（この女性が中原中也から小林さんに居を移した長谷川泰子であるのは言うまでもないが。）

「小林の青春時代の修業というものは、そういう面からいって、感受性と嫌人性を素朴な本能的な状態に於て合体させるための努力だったといっていいかも知れない。少くとも私は、このあらゆる友達や殆どすべての先輩を悪しざまにこき降す狷介不屈な友人から、その点を誠実で美しいものに感じ、その点で最も学んだ。……私が彼の発表当時真底から感動したのは、結局『女とポンキン』と『一ツの脳髄』の二つの作品であった」「私はこれらの作品から、感覚の遊戯ではなく、後年の彼の評論と同じ、今日生きるための方法論のようなものを学んだのであった」と、河上さんの文学への本格的出発点をここに置いているのは十分注目に値する。

その頃小林さんは突然一年ばかり東京を離れるが、「取残された我々も、それまでの惰性のうちにありながら、夫々の生きる道を求めた」。小林さんは奈良から河上さんに「短いが甚だ印象的なはがきを寄越した。……しかもこの陰惨な時期に、彼は私の結婚通知に対し心からの祝福を書いて寄越したのであった」と、変らぬ友情を回想している。

「小林がいなくなると、中原は私を加えたそれらの連中（河上さんの友人の村井康男を中心にした成城高校の仲間）と専らつき合い出した。……私の最初の同人雑誌（「白痴群」）も、この仲間によって出されたのである」。しかし「私が文学青年にふさわしい、無為、倨傲、妄想、自分に対する買被り、等々を夢見て日を送ったのは、先ずその頃だけである」と断っているのは、いかにもストイックな河上さんらしい述懐である。

本書の最終章は「詩と人生の循環」であるが、ここで佐藤春夫と萩原朔太郎への親近性が打明けられているのは貴重である。

「確かに佐藤氏は私の若い日に愛読した作家の一人に数えられよう。殊にその『田園の憂鬱』『都会の憂鬱』『佐藤春夫詩集』、それから当時『退屈読本』という題で出ていた随筆集の四冊は、繰返し読んだものである。……佐藤氏はボードレールの倦怠をわが自然主義末期の散文精神のうちに抒情した人だといえよう。それだけに我々の風土や生活様式の中にそれを移植した功は大きい。古畳の上に胡坐をかいたこの世紀末詩人の、無為から生れる人生嫌悪の花の美しさ。それは一般にはわが国民性の消極的な面から生れる心境文学の一例のように説明がつけられているが、それはその通りであるにしても、然しそこにわが近代文学の一番確かな実現があって見れば、この感覚の新鮮さに惹かれることは、決して老人臭い趣味からではなく、その反対のものであることはいうまでもない」とする、「近代文学の一番確かな実現」という評価は今日でも尚新鮮である。そして「私のようなディレッタンティックな文学的情熱の所有者には、甚だ心強いものである。何故なら……それは正しく私が当時文芸評論の形式でやろうとしたことなのであった」と、自らのかつての希願にも重ねている。

「佐藤氏に比べれば、私は萩原朔太郎氏に対しては、愛読者と呼ぶ資格が更に薄いものである。然し面識はかなり厚かった。氏に師事する三好達治と会って盃を重ねる毎に、三好は師を尋ねて新宿の裏町を探し廻るのであった。……萩原氏の青春は、ボードレールやニイチェの近代を超克せんとする逆説の中に、自分の感受性過多の症状である豊饒なアナクロニズムの表現を見出そうとしたのである。今にして思えば、私の青春には内容は違うが概念的には萩原氏のそれに似たアナクロニズムがあったのだ。しかも当時若かった私は、萩原氏の中にこの矛盾した青春の悲しみを汲みとることは出来なかった。会えば徒に氏のアフォリスムの理論の中にある観念的二元論に絡んで、意味のない討論を繰返した。……これを見兼ねた三好は、あとから、君はも少し萩原さんと人間的にしっくりいく筈だがなあ、と正論を吐いた」と河上さんには珍しい悔悛の情が伝えられる。

そして自らを省みて、「やはり私の評論家という建前の中には、この文学形式の素材や方法の混沌の中にドサクサに紛れてもとを取ろうという魂胆が見えて来る。この私の未熟は、どうも私の一生をつき纏って来るらしい。……私の如きアナクロニズムは、いつの時代にあっても過渡的という烙印を私に捺すことになる。過渡的存在ということこそ、私の避け得ぬ運命である」と極めて率直な自己凝視をしている。そして「私は残った生涯を漠然といえばこのモラーリッシなエッセイストという風な方向で、許された課題の下に書いてゆくであろう。然し文芸評論界一般が、勿論その文学的・知的・技巧的レベルは私が初めてものを書出した頃より比較にならぬ程高まっているが、真に自分のモラルを確立していないのは、気になることである。或は、人間としての覚悟は別の面で出来ていても、ジャーナリズムの面では自分の振られた役割に極めて賢明に沿い、完全に演出の意図を果す名優が続出する傾向にある。その点評壇を人性論的なたがで締め直す時期が、又来たようである」と結ぶ。

河上さんはこれまで見てきた通り、晩年に豊かな名作を積み重ね、「モラーリッシなエッセイスト」という面目は実現させたが、「評壇を人性論的なたがで締め直す時期が、又来たようである」という結語は現在も生きている。

『私の詩と真実』は第五回読売文学賞を受賞した。選考委員亀井勝一郎の評価は次の通りである。「青年期からの自己形成において、詩、音楽、友情等がどのような作用を及ぼしたか、いわば魂とのめぐりあいと、そこにかもし出された自己の微妙なメタモルフォーゼ（生成変様）を、最も純粋なかたちで描き出そうとした作品である。詩精神が同時に批評精神に純化してゆく過程が見事に語られ、日本の批評家の何びともやらなかったユニークな作品となった」

「日本の批評家の何びともやらなかった」は清新な評価だと、私は思う。

この『私の詩と真実』という表題はゲーテの自伝『詩と真実』を踏まえているのは自明だが、最後にこの二作の比較と河上さんのゲーテ観を付して終りにしたい。

ゲーテの『詩と真実』（原題 Aus meinem Leben. Dichtung und Wahrheit）は菊盛英夫の「解説」（人文書院刊『ゲーテ全集　第九巻』所収）を要約すれば、六十歳を越えたゲーテに自伝の執筆を促した契機は、文学がロマン派全盛になり、フランス革命も一応の終着をつけて、新しい時代の始まりを見たことにもよるが、自伝は出生からワイマールへの出発までで終り、それでも文庫本四冊の大作である。

幼少年期、グレートヒェンの事件、学生時代、ヘルダーとの出合い、フリーデリケとの愛の結末、自作『ゲッツ』と『ヴェルテル』によっての「シュトルム・ウント・ドランク」時代の到来等々を、ゲーテ特有の晴朗さ、豊潤、真率で描き抜かれていて、河上さんの凝縮された自伝とは、東西に分れて、全く対照的である。しかしそれなるが故に、河上さんの批評が結晶している本書も又貴重であろう。

河上さんの『西欧暮色』（昭和四六年、河出書房新社刊）にはゲーテ論として「ファウスト 対《コントラ》 ベートーヴェン」と「世紀の初めと終り」の二篇があるが、ゲーテの位置づけは後者の方が包括的なので、それを見ておこう。

「自然とは眼で見るそれであるとともに、イデアとしてのそれでもある。大体ヨーロッパの十八世紀とは一人の人間の智能で全宇宙を把握し得るギリギリの限界にまで達した時代で、（それが古典主義の時代という言葉の意味である。）次の十九世紀から知識の分業が行われてゆくのだが、自然とはそういった宇宙の理想型であり、人間の完璧性のそれであり、そこにゲーテが十八世紀である所以がある。……ゲーテにとって自然は、可視的なものであったとともに、博物学的対象でもあった。詩人であり、宰相でもあった彼が、植物学、鉱物学、或いは色彩学にまで踏み込めたということは、何という幸福であろう。……ゲーテのことを、『ヨーロッパの完璧な状態を享受した最後の人』と、私と同趣旨のことをいうヴァレリーが、ワイマールについていっている。『ゲーテは自分が根をおろして繁茂する環境さえも変改する。ワイマールは彼の御陰で世の崇拝を受けるが、彼にも同様に報いている。彼はここに絶好の地を見出して適応し、この地を世に顕わすのだ。生《お》い延びては、全世界から見えるほどに繁茂するには、この眇たる耕地以上に恰好な地があろうか』……彼はドイツ文学が英仏のそれに遅れをとっていることをはっきり認めていた。だから謙虚に、本質的に英仏文学に学び、それによってドイツの国民文学を確立した。しかも彼によって初めて『世界文学』という観念が具象化された」と、河上さんは並々ならぬゲーテ礼讃をしている。

　私のワイマール体験からもヴァレリーの言には全く同感だが、ゲーテの寝室が実に質素だったことなどもついでに思い出されてくる。

　河上さんがゲーテの『詩と真実』に具体的に触れている文章が一箇所ある。

「ゲーテの自然観の健康な美しさには惚れぼれさせられる。それは『マイスター』や『親和力』の田園風景から、『詩と真実』のフランクフルトの街まで『自然』なのだ」（「老後の青春」、「文學界」

昭和四六年十二月号)。

このフランクフルトの街を『詩と真実』に当たると、ゲーテは次のように描いている。

「三階にはうちの者が庭園の間と呼んでいた部屋があった。……大きくなるにつれてそこが私のいちばん好きな、……私の憧れをさそう場所となった。そこからは……庭園や市の外壁をこえて、ヘーヒストまでつづく美しい沃野が見渡せた。夏にはいつもそこで私は学課の勉強をし、雷雨がくるのを待ち、窓がそちらへ向いていたので、沈んでゆく夕陽を飽くことなく眺めた。同時に、隣家の人たちが庭を歩いて、花の手入れをするのや、子供たちがたわむれ、ひとびとが集《つど》って笑い興じるのが見えた。九柱戯《きゆうちゆうぎ》の球がころがり、柱の倒れる音が聞こえた。これらのことが早くから私のうちに、孤独感と、そこから生じる憧れの気持をよびおこした。こうした感情は、生来私のうちにある生真面目さや予感的なものに通じるところがあったので、私はまもなくその影響をうけはじめ、やがてそれがいっそうはっきりと現れてきた」(『詩と真実　第一部』、岩波文庫、山崎章甫訳)。

河上さんがしばしば帰省した岩国もやはり風光の地である。小林さんは戦後しばらくして訪れ、河上邸に泊ったが、次のような文章を書き残している。「(翌朝河上さんが)錦帯橋に案内してやると言うので、素晴しい秋日和のなかに、ぶらりと出る。日頃、名物というものに信を置かないのだが、これは又名実共に備わった異例である。青い空に緑の山、豊かな清流に真っ白い河原という単純鮮明な構図のなかに仕組まれた頑丈な又まことに繊細な大建築である」(「酔漢」、「文學界」昭和二五年新年号)。

小林さんの錦帯橋の描写の筆致からも、お二人の揺るがぬ友情が伝わってくる。

『モオツァルト』と『ドン・ジョヴァンニ』

『モオツァルト』の求心力

『モオツァルト』を実に久しぶりに読んだ後、題名に添う「母上の霊に捧ぐ」という献辞に目を凝らしていると、この作品全体が小林さんの「母上」への鎮魂歌であるという感慨に改めて襲われた。『モオツァルト』が「創元」創刊号で十二月に発表された昭和二一年は、四十四歳の小林さんにとって実に多事多難な年でもあった。

二月に「近代文学」同人との座談会での「(今度の大戦に対して)僕は無智だから反省などしない。利巧な奴はたんと反省してみるがいいじゃないか」という発言が反響をよび、五月二十七日に母精子が六十六歳で逝去、八月半ばには水道橋駅のプラットフォームから墜落し、約五十日間湯ヶ原で静養、九月には創元社から『無常といふ事』が刊行された。

小林さんの妹高見澤潤子の『永遠のふたり　夫・田河水泡と兄・小林秀雄』(平成三年、講談社刊)によると、「(母の亡くなった日)夜になって鎌倉に着いた。兄が玄関までで迎えて、『待っていたよ』

と言った。兄も私も親不孝な子供であったことを、このとき身にしみて感じた。……翌日、火葬場で、母の骨壺をしっかりと抱きしめるようにかかえた兄の姿を見て、痛いほど兄の気持がわかり、私は泣いた」。

夫豊造の四半紀前の没後、小林さんの疾風怒濤時代を見守っていた母への深い鎮魂がこの献辞にはこめられているが、それが同時にモーツァルトへの鎮魂にもつながっている。

今から六十九年前に出現したこの作品がわが国のクラシック音楽愛好家にモーツァルトへの意識革命をもたらし、それが今も続いているのは否定できない。

私も間違いなくその一人で、高校時代はベートーヴェン一辺倒で、ロマン・ローランの『ベートーヴェンの生涯』（みすず書房刊「ロマン・ロラン全集」所収）を愛読していた。これは小品ながら筆者自身の述懐によれば「広大な内面の帝国の支配者たる創造的天才に、万人の兄弟たる心の天才を結合させた、例外的な芸術家」ベートーヴェンを称え、聴力を失っても不朽の名作を次々に遺した、誕生から死までを密度高く描いた、評伝文学の傑作である。

小林さんはまず『モオツァルト』をエッカーマンの『ゲーテとの対話』から書き始めて、ゲーテがモーツァルトの作品を「人間どもをからかう為に、悪魔が発明した音楽」と語る挿話を紹介した後、メンデルスゾーンがベートーヴェンの『運命』をピアノで弾いた時、「大変なものだ。気違い染みている。……皆が一緒にやったら、一体どんな事になるだろう」とゲーテが呟いたという挿話を続ける。この二つの挿話で、ゲーテはモーツァルトを愛し、ベートーヴェンを畏れているのは明らかだが、小林さんはさらにゲーテ自身『ファウスト』第二部完成のためにどんなに悩んでいたかに想到し、「『ファウスト』第二部の音楽化という殆ど不可能な夢に憑かれていた。……彼には、『ドン・ジョヴァンニ』の作者以外の音楽家を考える事が出来なかった」と連想する。『モオツァルト』が疑いもなく、傑出した文学作品になっているのは、こういう連想の求心力が常に働いているためだ、と私には思える。

それから「(モーツァルトに関する)自分の一番痛切な経験」が語られる。この作品中最も有名な条りだが、小林さんの貴重な青春を留めるために、改めて引用しておきたい。

「もう二十年も昔の事を、どういう風に思い出したらよいかわからないのであるが、僕の乱脈な放浪時代の或る冬の夜、大阪の道頓堀をうろついていた時、突然、このト短調シンフォニイの有名なテエマが頭の中で鳴ったのである。僕がその時、何を考えていたか忘れた。いずれ人生だとか文学だとか絶望だとか孤独だとか、そういう自分でもよく意味のわからぬやくざな言葉で頭を一杯にして、犬の様にうろついていたのだろう。兎も角、それは、自分で想像してみたとはどうしても思えなかった。街の雑沓の中を歩く、静まり返った僕の頭の中で、誰かがはっきりと演奏した様に鳴った。僕は、脳味噌に手術を受けた様に驚き、感動で慄えた。百貨店に馳け込み、レコオドを聞いたが、もはや感動は還って来なかった。……一体、今、自分は、ト短調シンフォニイを、その頃よりよく理解しているのだろうか、という考えは、無意味とは思えないのである」

私は、この条りはわが国の近現代文学での内面の原体験そのものを捉えた、最も精妙な文章と思っている。

それから大事に所持していたヨゼフ・ランゲの描いた肖像画の写真版に言及しながら、「モオツァルトの音楽を思い出すという様な事は出来ない。それは、いつも生れた許りの姿で現れ、その時々の僕の思想や感情には全く無頓着に、何んというか、絶対的な新鮮性とでも言うべきもので、僕を驚かす。人間は彼の優しさに馴《な》れ合う事は出来ない。彼は切れ味のいい鋼鉄の様に撓《しな》やかだ」という簡潔な名評が現れる。確かにモーツァルトを聴くと、その「絶対的な新鮮性」に誰しも自ずと驚かされるだろう。

モーツァルトの死後、「音の世界に言葉が侵入」してきた浪漫主義の時代になると、「彼（シュウマン）の狂死が暗に語っている様に、甚だ不安定な危険な原理」が生れたと、鋭い文明批評も展開される。

そして「美は人を沈黙させる」という小林さんの感慨に及び、「美というものは、現実にある一つの抗し難い力であって、妙な言い方をする様だが、普通一般に考えられているよりも実は遥かに美しくもなく愉快でもないものである」という卓越した逆説を説く。さらに「真理というものは、確実なもの正確なものとはもともと何んの関係もないものかも知れないのだ。美は真の母かも知れないのだ。然《しか》しそれはもう晦渋な深い思想となり了《おわ》った」と結んでいるが、小林さんは亡くなるまでこの「晦渋な深い思想」を手離すことはなかった。

続いて天才論に入っていくが、すぐれたモーツァルト学者のテオドル・ウィゼワによれば、「円熟し発展した形で後の作品に現れる殆ど凡ての新機軸は、一七七二年の作品に、芽生えとして存する、と。彼にしてみれば、これは、不思議な深さと広さとを持った精神の危機である」。モーツァルトは十六歳にして創作方法上の意識の限界に達したが、父への手紙には「実は何にも増して辛い事だ、とは書かない。書いても無駄だからである」と小林さんは補足する。それから小林さんならではの天才論が展開される。

これは『モオツァルト』全体の基軸とも私には思われるので、長いが引用しておきたい。

「天才とは努力し得る才だ、というゲエテの有名な言葉は、殆ど理解されていない。努力は凡才でもするからである。然し、努力を要せず成功する場合には努力はしまい。彼には、いつもそうあって欲しいのである。天才は寧ろ努力を発明する。凡才が容易と見る処に、何故、天才は難問を見るという事が屢々起るのか。詮ずるところ、強い精神は、容易な事を嫌うからだという事になろう。自由な創造、ただそんな風に見えるだけだ。制約も障碍《しょうがい》もない処で、精神はどうしてその力を試す機会を掴むか。何処にも困難がなければ、当然進んで困難を発明する必要を覚えるだろう。それが凡才には適《かな》わぬ。抵抗物のないところに創造という行為はない。これが、芸術に於ける形式の必然性の意味でもある。あり余る才能も頼むに足らぬ、隅々まで意識され、何んの秘密も困難もなくなって了った世界であってみれば、――天才には天才さえ容易とみえる時期が到来するかも知れぬ。モオツァルトには非常に早く来た。ウィゼワの言う『モオツァルトの精神の危機』とは、そういうものではなかったか。もはや五里霧中の努力しか残されてはいない。……これは、困難や障碍の発明による自己改変の長い道だ。いつも与えられた困難だけを、どうにか切り抜けて来た、所謂《いわゆる》世の経験家や苦労人は、一見意外に思われるほど発育不全な自己を持っているものである」

モーツァルトが二十六歳から三年かけた、ハイドンに捧げた六つの弦楽四重奏を、「僕はその最初のもの（K. 387.）を聞くごとに、……彼の黄金伝説は、ここにはじまるという想いに感動を覚えるのである」として、天才論は終る。私もこの曲を聴くと、非凡な躍動感に、ハイドン自身が深い敬意を表したのを思い起す。

それから小林さんはランゲが肖像画を描いた動機を伝える文章を引く。「彼はどう見ても大人物とは見えなかったが、特に大事な仕事に没頭している時の言行はひどいものであった。……こういう卓絶した芸術家が、自分の芸術を崇めるあまり、自分という人間の方は取るに足らぬと見限って、果てはまるで馬鹿者の様にして了う、そういう事もあり得ぬ事ではあるまいと考えた」。この述懐を面白い、とする小林さんは「モオツァルトという最上の音楽を聞き、モオツァルトという馬鹿者と附合わねばならなかったランゲの苦衷を努めて想像してみよう。必要とあれば、其処に既に評家のあらゆる難問が見付かる。と言うより評家が口づけに呑まねばならぬ批評の源泉が見つかる。……彼が、この取付く島もない事件に固執して逃れる術《すべ》を知らなかったのは、ただ友人の音楽が彼を捉えて離さなかったという単純な絶対的な理由による。一番大切なものは一番慎重に隠されている、自然に於いても人間に於いても。生活と芸術との一番真実な連絡が、両者の驚くべき不連続として現れないと誰が言おうか」と、生活と芸術の深淵を実に精妙な筆致で捉えている。

次に「モオツァルトの最初の心酔者、理解者の一人」スタンダールの言が引用される。「『哲学上の観点から考えれば、モオツァルトには、単に至上の作品の作家というよりも、更に驚くべきものがある。偶然が、これほどまでに、天才を言わば裸形にしてみせた事はなかった。この嘗《かつ》てはモオツァルトと名付けられ、今日ではイタリイ人が怪物的天才と呼んでいる驚くべき結合に於いて、肉体の占める分量は、能うる限り少かった』。僕には、この文章が既に裸形に見える。この文句は、長い間、僕の心のうちにあって、あたかも、無用なものを何一つ纏わぬ、純潔なモオツァルトの主題の様に鳴り、様々な共鳴を呼覚ました」と述懐して、「彼が、人生の門出に際して、モオツァルトに対して抱いた全幅の信頼を現した短文は、洞察と陶酔との不思議な合一を示して、いかにも美しく、この自己告白の達人が書いた一番無意識な告白の傑作とさえ思われる。『パルムの僧院』のファブリスの様な、凡そモデルというものを超脱した人間典型を、発明しなければならぬ予覚は、既に、モオツァルトに関する短文のうちにありはしないか」と、彼の最晩年の名作長篇小説にまで透過する、小林さん独自の批評が生まれている。

スタンダールへの言及はさらに続く。この作品中、道頓堀の条りとともに有名な、モーツァルトの本質を衝くような文章が出現する。

「スタンダアルは、モオツァルトの音楽の根柢《こんてい》は tristesse（かなしさ）というものだ、と言った。定義としてはうまくないが、無論定義ではない。正直な耳にはよくわかる感じである。浪漫派音楽が tristesse を濫用して以来、スタンダアルの言葉は忘れられた。tristesse を味う為に涙を流す必要がある人々には、モオツァルトの tristesse は縁がない様である。それは、凡そ次の様な音を立てる、アレグロで。（ト短調クインテット、K. 516. の第一楽章第一主題を引用）ゲオンがこれを tristesse allante と呼んでいるのを、読んだ時、僕は自分の感じを一と言で言われた様に思い驚いた（Henri Ghéon: Promenades avec Mozart. アンリ・ゲオン『モーツァルトとの散歩』）。確かに、モオツァルトのかなしさは疾走する。涙は追いつけない。涙の裡に玩弄するには美しすぎる。空の青さや海の匂いの様に、『万葉』の歌人が、その使用法をよく知っていた『かなし』という言葉の様にかなしい。

こんなアレグロを書いた音楽家は、モオツァルトの後にも先きにもない。まるで歌声の様に、低音部のない彼の短い生涯を駈け抜ける。彼はあせってもいないし急いでもいない。彼の足どりは正確で健康である。彼は手ぶらで、裸で、余計な重荷を引摺っていないだけだ。彼は悲しんではいない。ただ孤独なだけだ。孤独は、至極当り前な、ありのままの命であり、でっち上げた孤独に伴う嘲笑や皮肉の影さえない」

これは「『本居宣長』の世界」でも触れた、小林さんの「『源泉』への希求」にも、しっかりと通じていると、私には思われる。

それからモーツァルトの妻との生活にふと立ち止まり、「彼の妻は、死後再婚し、はじめて前の夫が天才だったと聞かされ、驚いた。それほど彼女は幸福であった。彼の妻への愚劣な冗談が誠意と愛情とに充ちていたからである。この十八世紀人の単純な心の深さに比べれば、現代人の心の複雑さは殆ど底が知れているとも言えようか」と駄目を出している。

それからモーツァルトの旋律論に入る。

「誰でもモオツァルトの美しいメロディイを言うが、実は、メロディイは一と息で終るほど短いのである。或る短いメロディイが、作者の素晴しい転調によって、魔術の様に引延ばされ、精妙な和音と混り合い、聞く者の耳を酔わせるのだ。そして、まさにその故に、それは肉声が歌う様に聞えるのである。モオツァルトの器楽主題は、ハイドンより短い。ベエトオヴェンは短い主題を好んで使ったが、モオツァルトに比べれば余程長いのである。言葉を代えれば、モオツァルトに比べて、まだまだメロディイを頼りにして書いているとも言えるのである」

この二大天才の微妙な対比も面白い。

さらにモーツァルトの音楽の形式への言及がある。「誰も、モオツァルトの音楽の形式の均整を言うが、正直に彼の音を追うものは、彼の均整が、どんなに多くの均整を破って得られたものかに容易に気付く筈だ。彼は、自由に大胆に限度を踏み越えては、素早く新しい均衡を作り出す。到る処で唐突な変化が起るが、彼があわてているわけではない。方々に思い切って切られた傷口が口を開けている。独特の治癒法を発明する為だ。彼は、決してハイドンの様な音楽形式の完成者ではない。寧ろ最初の最大の形式破壊者である。彼の音楽の極めて高級な意味での形式の完璧は、彼以後のいかなる音楽家にも影響を与えなかった、与え得なかった」。ここまで踏み込んで「最初の最大の形式破壊者」モーツァルトを浮彫りにした文章は、私は寡聞にして他に接したことがない。

ここから小林さんのモーツァルトの歌劇論が始まり、「彼の歌劇には、歌劇作者よりも寧ろシンフォニイ作者が立っている、と言っても強ち《あなが》過言ではないと思う」と持論を崩さないが、これは河上さんの『ドン・ジョヴァンニ』論との比較をするために、後に譲ろう。

それからはモーツァルトの生きた時代を語り、「二つの時代が、交代しようとする過渡期の真中に生きた。シンフォニイは形成の途にあり、歌劇は悲劇と軽歌劇の中途をさまよい、……彼の使命は、自らこの十字路と化する事にあった。……彼は、音楽のあらゆる流れに素直に随順し、逆にその上に、悠々と棹さすに至った」と、彼の音楽の多様性の秘密に迫り、その制作の仕方については、「制作とは、その場その場の取引であり、……一つの作品について熟慮専念するという様な時間は、彼の生涯には絶えて無かったのである」とも言っているが、これも「己れと戦い己れに打勝った」

ベートーヴェンとの対比に自ずと導かれる。

これからモーツァルトの最期に入っていく。「二年来、死は人間達の最上の真実な友だという考えにすっかり慣れております」で始まる父親への手紙を取り上げ、「何故、死は最上の友なのか。死が一切の終りである生を抜け出て、彼は、死が生を照し出すもう一つの世界からものを言う。ここで語っているのは、もはやモオツァルトという人間ではなく、寧ろ音楽という霊ではあるまいか。最初のどの様な主題の動きも、既に最後のカデンツの静止のうちに保証されている、そういう音楽世界は、彼には、少年の日から親しかった筈である」と、小林さんの詩魂が滲出している、非常に美しい文章が現れる。

そして最後に「一七九一年の七月の或る日、恐ろしく厳粛な顔をした、鼠色《ねずみいろ》の服を着けた背の高い痩《や》せた男が、モオツァルトの許に、署名のない鄭重な依頼状を持って現れ、鎮魂曲の作品を註文した。……モオツァルトは、この男が冥土の使者である事を堅く信じて、早速作曲にとりかかった。……最上の友が、今更、使者となって現れる筈はあるまい。では、使者は何処からやって来たか。これが、モオツァルトを見舞った最後の最大の偶然であった。彼は、作曲の完成まで生きていられなかった。作曲は弟子のジェッスマイヤアが完成した。だが、確実に彼の手になる最初の部分を聞いた人には、音楽が音楽に袂別《べいべつ》する異様な辛い音を聞き分けるであろう。そして、それが壊滅して行くモオツァルトの肉体を模倣している様をまざまざと見るであろう」で終る。

この見事な結末の後につけ加えるべき何物もないかも知れないが、作曲家の別宮貞雄が「レクィエム」の楽譜につけた「解説」（全音楽譜出版社刊）に、第七章の「Lacrimosa（涙の日よ）」について、「この旋律は本当に美しい。モーツァルト自身が完成しなかったのがおしまれる」と書いているが、私も全く同感である。「音楽が音楽に袂別する異様な辛い音」はその第九小節目から始まる。

『ドン・ジョヴァンニ』の遠心力

河上さんの『ドン・ジョヴァンニ』は四十八歳の時、「群像」昭和二五年九月号に発表された。小林さんの『モオツァルト』の四年後である。

「私がモーツァルトの『ドン・ジョヴァンニ』にいつ頃から感激したか、はっきり覚えていない。おそらく何ごとにもそうである如く、私にとってその感激は、突然の啓示としてやって来たのではなくて、いつの間にか積って動かし難い確信となったものに違いない」と書き出している。これは小林さんの直観力との相違を自ら踏まえているように、私には思える。そして「彼（キェルケゴール）がこの音楽の中に、不滅の傑作を認めただけでなく、音楽によらでは現し得ぬ愛慾の理想郷をここに発見したことに刺戟されたのだ」と、執筆の動機を明らかにする。同時に作品全体の構成を「第一節はキェルケゴールの哲学、第二節はモーツァルトの音楽の史的本質、第三節は人間モーツァルト、第四節は『ドン・ジョヴァンニ』の作品の解剖である」と、河上さん独自の遠心力を具えた予告もしている。

まずキェルケゴール（一八一三―五五）及び「ドン・ジュアン論」の載った「あれか　これか」を、『新潮世界文学辞典』の桝田啓三郎の文に基いて略述しておこう。

二十世紀の実存哲学者やバルト神学に深い影響を与えた、このデンマークの宗教思想家は、『あれか　これか』で初めて名声を獲得した。この著作は「第一部は人生に対する美的な生き方の諸相を描き、第二部は倫理的、宗教的な生活態度を説くが、第一部の第二篇はドン・ジュアン論としても、モーツァルトの歌劇の批評としても傑作とされている」。

河上さんの第一節「キェルケゴールの哲学」は、「キェルケゴールによれば、モーツァルトの『ドン・ジョヴァンニ』は……音楽が創り得た最高の芸術であり、そして又、これは音楽ならでは、（あるいは、オペラならでは、）不可能な、抽象的理念にまで高められた官能の表現なのである。……キェルケゴールが魅力を感じたのは、明らかに、ドン・ジュアンの物語にある『誘惑者』という主題である。『誘惑者』という観念は、キェルケゴールの全哲学の、体系というよりも、その本質を形作っているものなのであるが、その最も典型的な表現を探し求めて、ドン・ジュアンに、しかもモーツァルトのそれに見出したということは、実に興味のある事実であって、……この無意識の天才音楽家の創造に関する秘密を垣間見るに、無上の手懸りを提供しているのである。私がこの文章の筆をとり出した所以も、もっぱらこの後の方の動機にあるのだ」と改めて執筆の動機を具体化する。

続いて「誘惑者」についてのキェルケゴール自身の文章を、河上さんは紹介する。（人文書院刊、『キェルケゴオル選集』所収、芳賀檀訳）

「ドン・ジュアンが女を誘惑する力というのは、どういう力であろう？……彼はすべての女に、女性的なもの、全部を要求する。そこに官能的に理想化する力も存在する。その力によって彼は自分の獲物を同時に美化し、展開し、征服するのだ。……たとえば私はドン・ジュアンを誘惑者と呼ぶかも知れないけれど、……彼が奸悪な策略をめぐらし、その詐謀の効果をずるく前以て打算しておくような男だ、といおうとするのではない。彼は女を欺くとき、官能の天才をもって欺くのであって、彼自身はいわば官能の化身だといってよい。……彼の一生は豊醇な酒の如く泡立ち、また真珠のように滴るのである。……この精神力を表現することは言葉の能くする所ではない。……倫理的に規定された誘惑者の権謀術数を描き出すためには言葉をこそ用うべく、音楽はいかに努力しても、このような課題を説くことは出来ぬであろう。ドン・ジュアンの誘惑の力はただ音楽的にだけ表現しうるであろう」

私はキェルケゴールが音楽の本質的な潜在力を、このように貴重に取扱っているのに感じ入る。続いて第二節の「モーツァルトの音楽の史的本質」になる。まずドン・ジョヴァンニの従者レポレロの有名な「名簿のアリア」から始める。「主人の相手になった女を数え上げ、『イタリアでは六百四十人、フランスは五百三十人……』と得意げに呼ぶ。何故こんなに多数の女が必要なのだろうか?……彼の倦くなき情欲によって、それぞれの女の中にその官能を眼覚ましめるためである」。それから河上さんは史的考察に入る。「中世は（ギリシャの時代と違って）、官能が人間化しないで、『型』になり理念に代表される時代」だったが、キェルケゴールはドン・ジョヴァンニをファウストと比較して、「（ファウストの）内省的な意識の問題が、最高の表現としての音楽の対象になり得ないことを知っている。……ここに近代の超克を企図する彼の重要な伏線も存するのである」と、キェルケゴール自身の「近代の超克」の意識にまで、視野を広げている。

次いでベートーヴェンが『ドン・ジョヴァンニ』を「その不倫さ故にこのオペラが許せなかった」という逸話に及び、「キェルケゴールが、乱倫どころか、最高のキリスト教的愛の表現と見ているのは、興味ある対照である。彼の愛に対する観念の仮借なき追求は、『愛について』という長論の中で苦しくなる程厳密になされており、それはとても生一本に純情なベートーヴェンなどの及ぶ所ではない」と、この二大天才を「キリスト教的愛の表現」の観点から対比しているのは、いかにも河上さんらしい。

続いて小林さんの『モオツァルト』に言及し、モーツァルトは「ハイドンの創造した形式の上に、奔放な情熱と繊細な幻想を盛り得た、近代音楽の一始祖である。先頃小林秀雄の書いた優れたモーツァルト論も、この線の上に立ち、彼を本質的に交響曲作家として描き、その歌劇はこの方法を用いて築いた音楽劇として説いている。小林の周到な論法は、十分モーツァルトを論じ尽していて、それ自体いうことはない。しかし私には、その上に『ドン・ジョヴァンニ』を聴いた時の幻暈の生々しさがある。それはドン・ジョヴァンニの生命そのものから迸る肉感的なもので、しかもその影像の有機性は、確かに西欧近世器楽曲の無機性の上に立ちながら、それを超えて独自な直接性を持っている。このイメージを体系づけて見たいという欲望は、自ずと歌劇作家モーツァルトという理念を頭に描かねばならない」と歌劇作家モーツァルトを主張する。小林さんとはけじめをつけながら、自分の作品の全体像を、河上さんにしては珍しく執拗に言及している。

ところで前回引用した小林さんの「酔漢」は、河上さんの『ドン・ジョヴァンニ』に先立つ八ヵ月前「文學界」に載ったが、そこには小林さんのキェルケゴール『ドン・ジョヴァンニ論』への論考が挿入されているので、紹介しておきたい。

「彼（河上さん）は、ケルケゴオルの『ドン・ジョヴァンニ論』を読み、ひどく心を動かされた様子で、モオツァルトについて書きたいから、『魔笛』のレコードを貸せというので、貸した……以前、モオツァルトについて書いた時、私はケルケゴオルの『ドン・ジョヴァンニ論』を知らなかった。聞いてはいたが、本が手に入らなかった。其後、芳賀檀君の訳書で読み、面白かったが、モオツァルトの天才は『ドン・ジョヴァンニ』に集中されて存するのであり、以外の作は、すべて偶然の産物であると断じているのは、随分勝手な説だ。モオツァルトの晩年のシンフォニイや室内楽を聞く機会は、当時のケルケゴオルには無かったのではあるまいか、と思われた。……私が動かされたのは……モオツァルトの音楽という対象の、あまりの純粋さに、心の動揺が抑え難い、そういうところが実によく現れているという事であった。ただ音楽を通じて得た認識は、ただ音楽を通じて証明出来るだけだ、という苦しい意識がある。不思議な事には、音楽について何かを語る事が出来るとするなら、そういう意識の御蔭なのである。つまり、そういう苦しい意識ほど、どうしても語りたいという欲望を挑発するものはないのである。その辺のところが『ドン・ジョヴァンニ論』によく現れているのが面白かった。……言葉に狩り立てられて、音楽は、ケルケゴオルの言葉を使えば、遂に『脅かされた野獣』の様に飛び出さずにはいられまい。恐らく、物を言うという天恵こそ彼の真の恐怖だったのである。狩り出された野獣は、エロティックなもの或は魔的なものと名付けられた。精神的なもの内省的なものという命題を立てる事は、自然的なもの端的なものというこれと対立する命題を同時に創り出す事だ。併し、ケルケゴオルにとっての此の重大問題も、モオツァルトにとっては、一片の対位法に過ぎなかったかも知れない。……ケルケゴオルは、モオツァルトという人間から、又、不安とか絶望とかいう新しい獣を狩り出さずには置くまい。ケルケゴオルの様な精神の内省運動には、何かしら魔的なものがあったと考えざるを得ない。仮りにモオツァルトをエロティックな天才だとしても、あんな途轍もない耳を持った男には、音というものが、どんな精神的な内省的な意味を持っていたか誰が知ろう」

ここでの小林さんの追究はキェルケゴールの思索の独自性を鋭く見透しているので、思わず引用を長くした。小林さんはやがて発表される、河上さんの『ドン・ジョヴァンニ』の世界もかなり判然と思い描いていたかも知れない。

「露骨な思想上の一致や生ま生ましい感情上の共鳴を、二人は本能的に嫌い、これを努めて避けて来たようである。そんなものを頼りにしているようで、長い間の付き合いが持続したわけがないのを、互に感じ取っていたようだ。表には顕《あら》われぬ、もっと深いところで、互に人生観上の通路を持っている事を、信じ合って来たように思われる」と、河上さんの没後、小林さんは書き残している。
(「河上君の全集」、「小説新潮スペシャル」昭和五六年七月)

河上さんの第二節の主題「モーツァルトの音楽の史的本質」にもう一度戻ると、「(近代歌劇の)革新者グルックに反撥するモーツァルトの復古性の中に真の彼の独創性がある」と評した後、モーツァルトを育てた人々は大バッハの末子クリスティアン・エマニュエル・バッハ、ハイドンの弟ミハエル、ヨハン・ショーベルトの三人だが、特にショーベルトの影響が大きかったと、跡づけて終っている。

第三節の「人間モーツァルト」では、河上さんは少年時代の人となりについて、幼時数学に熱中したことと、音楽家アンドレ・シャハトナーの次のような回想録に注目する。

「彼は全身これ火であった。そして万事に興味を抱いた。私は、もし彼がよい教育を受けなかったならば、甚だしい悪漢にもなり得たであろうと信ずる。彼はその心を惹きつける一切に対して、善悪の判断がつかない位感応し易かった」。河上さんはこれを受けて、

「このような少年は、……積極的に孤独なものである。……孤独は当然想像力をたきつける。しかもそれは空な幻想ではなくて、現実的・現世的にである。悪漢にもなり得た彼に抜かりがあろう筈がない。ドン・ジョヴァンニの手口と執心は子供の時からお手のものだ。又幼年教育のうち数学に最も凝るような子供の想像力は、大人の想像では及びもつかない種類のものであろう。そう考えると、彼は子供の時から恐しくませていたといえる。丁度彼が大人になって死ぬまで子供であったというのと同じ意味でそうであり、否、それは同じ事実の表現なのである」と、モーツァルトの人間存在を特有の視点でしっくり捉えている。

さらに河上さんは「彼は少年時代から女の美に敏感であった。……要するに彼は、婦人には快活で、慇懃で、甘えふざけ、好色の夢をその美しい面でのみ働かせているような交際、乃至時には恋愛をしていたのである。この官能性豊かだが、非実行的な恋愛が……『ドン・ジョヴァンニ』では、情熱のすべてを傾けて、愛そのものの理念にまで昇華するのである。彼の描いた愛には、あれほど激しい愛情の潮の満干が現れながら、ついぞその幻滅の冷たい悲恋がない。飽満のたゆたいが形を変えて到るところ息づいている」と独自の見解をここでも出す。

私は先頃久しぶりに『ドン・ジョヴァンニ』をＤＶＤで見かつ聴いて、全篇に透明な光沢を具えたエネルギーの充満を感得したが、この文章で改めてその所以が納得できるように思った。第四節「『ドン・ジョヴァンニ』の作品の解剖」は「さて最後に私は、歌劇『ドン・ジョヴァンニ』の舞台から数齣を拾って、覗いて見よう」と書き出される。

まず「（序曲は）歌劇が完成された後で出来たもので……（導入部の後の）最初の短調の部分は、この歌劇の大詰で、石像の騎士が現れてドン・ジョヴァンニを地獄に招く時の、『死』のモティフである」とする。そして「『ドン・ジョヴァンニ』は、終始『死』の背景の上に描かれた歌劇である。……主人公の絢爛たる悖徳であるよりは、死の不可避な招請、否もっと正確にいえば、死の絶対的な背景の上に端的に現れた、生命力の諸相である」とこの歌劇の全体像を描いている。

この歌劇を書いた年の春に、モーツァルトは父を失い、「死の予感は……この頃から一種神秘的な感情を以て彼を襲っていた。……このことは、……三大交響曲及びト短調と変ホ長調の絃楽五重奏曲などに明瞭に現れているのであるが、それが歌劇の登場人物を描くに端的に役立っているのに、私は注意して見たいのである。……『放蕩』と『復讐』が、それぞれ競って互に鋭ぎすまされて行った揚句、ドン・ジョヴァンニの『死』という一点で大きく合体して、劇は終る。この『死』と最初の『死』（ドンナ・アンナの父親の騎士長がドン・ジョヴァンニとの決闘で殺される）とが照応して、このオペラを包んでいる」。

先述したレポレロの「名簿のアリア」の後第二幕に入ると、ドンナ・エルヴィラという女性が登場するが、「彼女を説明するにも、彼女が初めて登場して歌うアリアに如くものはない。……甘い清冽さの中に、知的で、純潔で、どことなく氷のような静けさを湛え、清流の澄みに身を任せた小舟のように、ごく自然に流れて来る」と旋律は比喩に乗って現れる。私は昔エリーザベト・シュヴァルツコップで愛聴していたが、この深みのある旋律はモーツァルトの他誰にも創れないだろうと思っていた。彼女は修道院で誘惑されるが、「彼女の美と愛情を眼覚ませてくれたのがドン・ジョヴァンニなのだ。即ち、彼の誘惑者としての真髄は、ドンナ・エルヴィラの中に反映して見出せる」と、キェルケゴールの思念を、河上さんは実在化していく。

次いで「第三の女性ツェルリーナを描くモーツァルトの筆はまた、霊妙を極めている」と高く賞揚する。第二の女ドンナ・アンナは、誇りの強い世間知らずのお嬢さんのようだ、と河上さんは採らない。「たわわな花弁が散るように旋律が崩れかかると彼女の心もそれと同じ状に征服されて崩壊し、男の腕に抱かれるのである。かくしてツェルリーナの歓喜は、エルヴィラのそれがどことなく哀愁を帯びているに対し、春雲に乗って空を飛んでゆくように、底抜けに明るく軽い。……単純な、童謡めいた歌曲の中に、素朴だが線の太い百姓娘の普遍的な一感情を紛れなく刻み込んだモーツァルトの力量は、すべての芸術作品を通じての驚異である。……『あなたのものなるこの心臓の打つのを聞きなさい。』という一段に現れる木管楽器群の伴奏の軽妙な旋律の如き、乙女の最も無垢な心の繊細な戦慄を写し得ている。愛に於ける無垢とは、結局無償性の謂いである。従ってツェルリーナの無垢とはジョヴァンニの愛の純度が高く、無償の愛、即ち愛それ自体に近いことを示すものである」と、ツェルリーナからジョヴァンニへと戻してくる循環が見事に描かれる。

そして河上さんはこの歌劇の大詰に向う。「(ドン・ジョヴァンニが)大芝居を打つのは、最後の石像の騎士との対決と没落の段であり、この古典劇の大詰は、決して形式的なメロドラマではなくモーツァルトの生々しい実感の籠ったものである。この場面の、石像の冷酷と、ジョヴァンニの磊落と、レポレロの恐怖の取合せは息が詰るようなものがある。しかしともあれ筋を運んで事件を解決しただけであって誘惑者としてのドン・ジョヴァンニの姿は……主として相手役から描かれ、そこにこのオペラの渾然たる傑作である所以があるのだ。……『ドン・ジョヴァンニ』はその中に出て来る人物の情熱がすべて実存性を帯びている。だから彼等は皆その宿命の果てまで行為の上で追いやられる。喜歌劇は正歌劇となり、悲劇となった」と、この歌劇を最終的に定める。

　そして小林さんが『モオツァルト』で「疾走する悲しみ」を引いた、アンリ・ゲオンの『モーツアルトとの散歩』からは、

「モーツァルトは……真に肉体を持った存在を捕え、そのピクピク動いた奴を舞台の上へ投げ出して、歌わせる。それも、自分で自分を歌わせるのだ。この歌っている人物を識別するに、目印なんかいらない。彼等が生きているその事実によって、お互に見分けがつくのだ。歌声がある一つの音調を持っている限り、音楽のテーマによる指示も不要であり、そしてこの音調を発見するのに、モーツァルトは優れた才能を持っている。人物の各々が、銘々自分にしかない或る一貫した言葉を使うのである」を引用し、「私が、この一節（第四節）でくだくだ例をあげて説いて来たのも、ただこのことが証明したかったのであり、これこそ他の如何なる歌劇の天才もなし得なかった、モーツァルト独自のものである。……モーツァルトの音楽は、最も純粋な音の実存である。だから、彼の交響曲がその歌劇の延長であるということは、丁度、交響曲のテーマが歌劇の登場人物と同じ意味を

持つということである」と、最後まで自身の歌劇優先説を譲っていない。

そして「欺かれるものは欺かれぬものよりも賢く、欺くものは欺かないものよりも善い。」（『人生行路の諸段階』）というキェルケゴールの逆説を最終的に引き、「そしてこれこそモーツァルトがその天才を尽して『ドン・ジョヴァンニ』で実現した奇蹟の真髄であり、借りて以て私の結論にする」で終えている。

河上さんの『ドン・ジョヴァンニ』の全体にわたる、的確な音への思念の丹念な積み重ねは、河上さんの目ざした、最高の歌劇というものの現前性を実現させたようである。

しかし、私はここでお二人のモーツァルトへのそれぞれの持説、小林さんの交響曲作家、河上さんの歌劇作家の可否を問うつもりはない。たびたび引いた、小林さんの「表には顕われぬ、もっと深いところで、互に人生観上の通路を持っている事を、信じ合って来たように思われる」（「河上君の全集」）の方をもっと重視したいからである。

付言

思い出すと、私はお二人とクラシックをＬＰでよく聴いたが、その時モーツァルトを聴いた記憶がどうも浮かんでこない。小林さんとはベートーヴェンの器楽曲をかなり聴き、河上さんは酒を飲みながら、シューベルトやワーグナーの話を時々していた。

お二人は今回取り上げた代表的モーツァルト論を、それぞれ大切にされていたのではないだろうか。聴きたくなったら、一人で聴き直したのではあるまいか、と私には思われる。

大岡昇平、吉田健一との師弟関係

戦地からの帰還兵を作家に

大岡昇平の短篇小説「わが復員」（「小説公園」昭和二五年八月号）によると、彼が戦地から本土の土を二年ぶりに踏んだのは博多で、昭和二〇年十二月二十日である。そして翌年上京し、かつての文学仲間を歴訪して生れたのがやはり短篇の「再会」（「新潮」昭和二六年十一月号）であるが、彼には素質的に諧謔趣味があり、実に久しぶりの諸友との再会で、それが遺憾なく発揮されている。

B先生（河上徹太郎）、E先生（吉田健一）と酒を酌み交しているうちに、B先生からX先生（小林秀雄）がこの復員兵の自分に「戦争の体験を書かせようと語っている」と知らされる。鎌倉のX先生宅を訪れると不在で、H先生（中村光夫）に会い、一緒にI先生（中山義秀）宅へ行く。「私」はそれまで会った旧友に、米軍に捕えられる前に自分を気づかず進んでくる米兵を射たなかった話を繰返していたが、剣道二段柔道三段のI先生に「なんで、だらしがねえ。そんな時はさっさと射っちまえばいいんだ。射たねえから、今になってそんな話をしなけりゃならねぇんだよ」ときめつけられた、といかにもI先生らしい豪胆な磊落ぶりを伝えている。

X先生は『モオツァルト』を書きに伊東に滞在していたが、その前にY先生（青山二郎）とも会い、二人でX先生を訪ねると、「『よく帰って来たね。助かってよかったなあ。ほんとによかった。ほんとによかった』私が帰ったのを、こんなに喜んでくれたのは、妻のほかになかった。先生がこれほど喜んでくれようとは思いがけなかった。私は思わず涙ぐんだ」と書いている。それから『俘虜記』誕生以前のやり取りになるが、ここは二人の師弟関係が面目躍如で、思わず笑いを誘われもする。かなり長いが、引用しよう。

「『君、一つ従軍記を書いてくれないかな』……『ああ、Bからちょっと聞いた。でもねえ……』と勿体をつける。『いやなのかい』『いやじゃないけどね。戦場の出来事なんて、その場で過ぎてしまうもので、書き留める値打があるかどうかわかんないんだよ。ただ俘虜の生活なら書ける。人間が何処まで堕落出来るかってことが、そうだな、三百枚は書けそうだ。だけど日本が敗けちゃって、国中ががっかりしてる時に、そいつを書くのは可哀そうだな。もっとも今は共産党とかなんとかいってるけれど、そのうちきっと反動が来ると思います。その時書いてもいいですな』私はただてれているにすぎなかった。それがX先生に見破られないはずはない。先生は長広舌を振う私の顔を憐れむように見ていたが、『復員者の癖になまいうもんじゃねえ。何でもいい、書きなせえ。書きなせえ。ただ三百枚は長すぎるな。百枚に圧縮しなせえ。他人の事なんか構わねえで、あんたの魂のことを書くんだよ。描写するんじゃねぇぞ』『へえ』しかしスタンダリヤンを捉えて、描写するなとは余計な忠告というものである。半年後出来上った百枚の原稿を、先生はほめてくれたが（私の書いたものが、先生にほめられた最初である）あんまり描写がないのに、少し驚いたらしい。『ふむ、こりゃいいものが出来たが、どうもあんまりフィリッピンの緑の感じが出てねえな。八犬伝の雑兵が、清澄山から東京湾を見下してるようじゃねぇか。時々ちょっと描写を挿むと効果的なんだ』私は内心凱歌を挙げた。伊東の宿屋で先生はなおも私を励ましてくれた。『とにかくお前さんには何かある。みんなお前さんを見棄ててるが、お前さんのそのどす黒いような、黄色い顔色はなんかだよ』（私は胃弱なのである）『俺も大岡の才能は認めてるんだ』と傍からY先生。『何も俺はお前さんのこれまで書いた雑文を、とやかくいうんじゃないよ。しかし何かある。これは俺の信仰だ。これがはずれたら、俺のこれまでの生涯の方が間違ってるんだ』かくまでの知遇に対して、私は黙って俯向いているほかはない。（それから東京に戻り、B先生宅に泊るが、私が出征前に死について考えていることを語ると、）B先生はいった。『成程そんなものかね。多分ほんとだろう。だけどその君の言葉は君の踊りだ。それは今からいっておく』B先生はいつも正しい。私はその後『従軍記』を書くにあたって、自分の感覚が何であったかをさぐり、真実を語ったつもりであったけれど、その語るという行為は、たしかに現在の私の踊りであった。ただ私にはどうしても一度踊ってみなければならないということがあったのだが……」と記し、河上さんに敬意を表している。「あの過去を、現在の私の因数として数え尽すためには、私はその過去を生んだ原因のすべてを、私個人の責任の範囲外のものまで、全部引っかぶらねばならぬ。私のような才能のない者が、どうしてそれをやらねばならぬのであろう。誰かほかにやる人はないものか。……感傷の涙が私を襲った。涙は快かった」で「再会」は終っている。

「俘虜記」(「捉るまで」、「文學界」昭和二三年二月号を後に改題)はフィリピンのミンドロ島で米軍の俘虜になるまでの「私」の極限状況の足跡を辿っている。

米軍の上陸により「私」の属する一箇小隊は次第に追いつめられ脱出をはかるが、「私」はマラリアの発熱で取残され、水を求めて単独行をする。そこへ突然若い米兵が不用心に現われるが、「私」は射たない。「さておれはこれでどっかのアメリカの母親に感謝されてもいいわけだ」と呟いた。そこから「なぜ射たなかったのか」という自問自答が始まり、この作品のエピグラフ、「わがこころのよくてころさぬにあらず　歎異鈔」に準えての徹底した自己吟味が行われる。それから「ついに私が水を飲まずに死なねばならぬこと」を納得し、手榴弾の信管を引いたが火を吹かず、次いで銃での第二の自殺を試みたが、それも失敗して人事不省におちいる。その後米兵が靴で「私」を蹴りつけて、我にかえり、米兵に「私の俘虜だ」といわれて捉《つかま》る。歩けなくなった「私」は二人の比島人に担架で運ばれ、「仰臥した私の目に入るのは、まぶしい空と道をふちどる木々の梢のみとなった。その美しい緑が担架が進むにつれて後へ後へと流れるのを見ながら、私ははじめて私が『助かった』こと、私の命がずっと不定の未来までのばされたことを感じる余裕を持った。と同時に、いつも死をひかえて生きてきたそれまでの毎日が、いかに奇怪なものであったかに思いあたった」で終る。

すでに野間宏、梅崎春生、椎名麟三等、第一次戦後派が戦争と政治に向き合った文学が華々しく登場した後に、「あんたの魂のことを書くんだよ」と励まされながら生れたこの作品が、いかに瑞々しい燐光を放って登場したかは十分想像できる。なお『俘虜記』は創元社から昭和二三年十二月刊行、翌年横光賞を受賞した。

それから活発な創作活動が開始されるが、「群像」編集部に依頼され、昭和二五年新年号から九月号まで連載して誕生したのが『武蔵野夫人』である。「夫を愛し得ぬ女達」が原題で、それはそのまま主題と言ってもいいと私は思うが、編集部との相談の上「武蔵野夫人」と改題されて一躍注目を浴びた。翌年の単行本はベストセラーになり、映画化され芝居にもなった長篇小説である。

小林さんは「新潮」昭和二六年新年号に「武蔵野夫人」と題して批評文を書く。まず作者の手法はレーモン・ラディゲの『ドルジェル伯の舞踏会』に「大変よく似ている」が、ラディゲは「他人の心なぞわからぬ人間達が、その無智の故に、人生という機械を故障なく運転している、その静粛と正確」を描いたと評価し、これに対して、「近代小説が、どんなに客観的観察を誇示する様に見えようと、その魅惑は創り直された人生の輝きであり、その光源を辿れば外的保証を信じない作家の独白に行きつくだろう」とこの新作の弱点を指摘している。そして「(『武蔵野夫人』の)自殺が未遂に終らなかったのは、純然たる事故であった。事故によらなければ悲劇が起らない。それが廿世紀である」という作者による確言を、「それが作者の実験室の真実に過ぎない」と手厳しい。それに対し「大岡君の作品には、『俘虜記』以来、戦争を経験し、戦争を題材とした多くの作品に見られない一つの特色がある様に思われる。それは、戦争が、純然たる個人的事件として執拗に回想されていて、……彼は其処に、忍耐強い独白によってしか馴致出来ぬ不信と危険とのある事を感じた。それが彼の一連の戦記物である」と、それは「実験室の真実」ではないことを納得している。私は此度『武蔵野夫人』を再読したが、どんなに親しい師弟関係でも、小林さんは批評の無私を失わない強靭な精神の持主であることに感服して、共感した。

私は「新潮」編集部に入ってしばらくして、大岡昇平の担当となり、最晩年まで色々と作品を掲載したが、小林さんがその中で最も褒めたのは、昭和四一年新年号の「『在りし日の歌』――中原中也の死」である。

この作品は書き出してすぐに、中原から長谷川泰子を奪った小林さんには「中原の詩に傷しか見えないのは当然である」と記す。『山羊の歌』の推薦文に「中原中也の詩は驚くべき宇宙的な野望を実現している」と書いた河上さんは「小林の意見とは、相反する、というよりは次元を異にした判断である」として、「私はこの意見に大体賛成なのであるが」と河上さんの説に大岡昇平は賛意を表している。そして「『ゆきてかへらぬ』『言葉なき歌』『冬の長門峡』『月の光』など死後出版の詩集『在りし日の歌』に収録されて、彼の名声を戦後まで運ぶ役目を果した詩篇は、この時期に集中している」とも述べている。

中原は「結婚までの三年間が、彼の生涯で一番孤独で不幸な時期」となるが、唯一の思考の伴侶は安原喜弘であった。遠縁の上野孝子と結婚し長男文也が生れるが、急死する。中原家の人々は結核にかかり易い体質だったようで、さらに次男の愛雅《よしまさ》も弟の恰三も失った中也には「在りし日」の氾濫がある。しかし文也の追悼詩を書いた同じ日に、「冬の長門峡」の初稿が書かれている、とも記される。

この中原中也の詩で最も有名な作品は全文引用するまでもないだろうが、「水は〝恰も魂あるものの如く、流れ流れてありにけり〟」への「やがて水の代りに『時間』が果てなく流れ出すのである」という河上さんの名評を筆者は伝える。「河上徹太郎は……老来とみに中原に似てきた。中原と同じように、若年の一時期に一挙に形而上的高みに登ってしまって、以来文芸批評はその応用と社交術でしかないという、自由と不幸を併せ持っている。その中原中也論はいずれも深い共感と洞察に貫かれた、ユニックなものである」と賞讃する。中原は「冬の長門峡」を書いた半月後に被害妄想で療養所に収容される。退院後、母親は郷里に連れて帰るつもりだったが、中原は鎌倉住いを主張し、母親は止むなく承認するが、間もなく急に病死する。

「冬の長門峡」とともに非常に有名な「一つのメルヘン」も『在りし日の歌』に収録されているが、小林さんは「中原中也の思い出」で「彼も亦《また》叙事性の欠如という近代詩人の毒を充分呑んでいた。彼の誠実が彼を疲労させ、憔悴させる。彼は悲し気に放心の歌を歌う。川原が見える。蝶々が見える。だが、中原は首をふる。いやこれは『一つのメルヘン』だと。私には、彼の最も美しい遺品に思われるのだが」と書いて、有名になったが、大岡昇平は「幻影の蝶の一触によって流れ出す水は、『長門峡』に流れていた水と同じものではないか、可愛い蝶はつまり彼世の文也か彼自身か、その一触によって磧に水が流れ出す。これもまた整えられた文也の追悼歌ではないか」と、やはり「在りし日」との関連で捉えている。そして「私が中原中也を完全に理解した時は、こんどは人生と私自身の方が不可解になるのではないか、という疑いが生れている」が結びである。

小林さんは中原、長谷川泰子、自分と渦中の人物であることから脱けられないのを常々自覚していたから、河上さんの持論を中心に展開されたこの評論で貴重な覚醒があったため、褒めたのではないかと、私はここで又、小林さんの無私な批評に触れる想いがする。

私は旧稿（「中原中也に見る『生の原型』」、「ユリイカ」平成二年十一月号）で、その時の大岡昇平の姿を「締切が過ぎても完成せず、私は泊りこみで書きこみや消しの多い原稿を次々と清書していった。書斎と私の控える客間を、紫の鉢巻をして往復される姿を今でも懐しく思い出す」と記した。

この評論の単行本は翌年九月角川書店から刊行され、さらに昭和四九年に数々の中原中也論をまとめた、同じく角川書店刊『中原中也』に収録された。同書は同年十一月、野間文芸賞を受賞した。

大岡昇平がフランス語の家庭教師小林秀雄に初めて会ったのは昭和三年二月、「小林は二十七歳、僕は二十歳でした。……ボードレールの『散文詩』を読んでくれました。乱暴な教授法で、発音なぞ出鱈目なのは、いくらアテネ・フランセ初学科生にもわかった。訳も時々曖昧でしたが、訳語はなかなか独特で、例えば Désespoire d'une vieille を『ばばあの絶望』と呶鳴ったのには、びっくりしました」（「文学的青春伝」、「群像」昭和二八年四月号）。それからほぼ半世紀後、私は鎌倉の小料理屋で二人のお相伴をしたことがあるが、数々の名作を書いた大作家もたちまち若き生徒に戻っていた。

昭和五八年三月八日、青山斎場で行われた小林さんの葬儀では、大岡昇平は次のような弔詞を読んだ。

「小林さん、しずかにお休み下さい、私がいまここで、あなたの霊に、こんなことをいうことになろうとは、思いも寄りませんでした。私はあなたより、七つ年下ですが、七、八年前から、白内障、心不全、立くらみその他病気持になり、このとおりふらふらの体を霊前に運んでいます。鎌倉までも行けない時があって、年に一度、時候のいい時のパーティでお目にかかるのを、楽しみにしていました。けれど薬のせいもあって、耳が遠くなって、さわがしいパーティの席では、となりに坐ってもほかに人がいると、話がよく聞きとれない。先に帰ることにして、さよならをいおうと思ったら、ふいに『死んだら骨を拾ってくれよな』という言葉が口から出た。あなたはまじめな顔になって、引き受けたという調子で、手を握ってくれました。その私が、あなたの骨を拾うことになってしまったのです。あなたは去年はじめまで元気で、みなの中で、一番長生きすると思っていました。それだけ私は安心して死ねると思っていたのですが、これからあてがなくなりました。いま胸がふさがる思いですが、あなたは多分、こんな時に、人前で取り乱す奴があるか、というだろうと思います。だから、私は我慢しています。いつまでも我慢するだろう、と思います。ただ、あの時、手を握ってくれたお礼をいうのを、忘れてしまいました。病院では不吉な骨の話はできませんでした。だから幽明境を異にしたいま、五十年以上長い間のご恩のお礼をかねて申します。ありがとう、ございました。おわり」

私はこれを書き写しながら、これほど情感のこもった弔詞は稀有だろうと思った。

小林秀雄と大岡昇平の師弟関係は、時には言い合いもあったようだが、実に率直で忌憚のないものだった。私が原稿を受取りに鎌倉に伺うと、小林さんから「大岡はどうしてる?」とたびたび聞かれたものである。

大岡昇平は昭和六三年七月二十五日に、七十九歳で脳梗塞のため順天堂医院で亡くなった。

その数日前お見舞に伺うと、私を枕許に呼びよせ、「間もなく死ぬよ」とはっきり言われた。私も臨終には色々立合ったが、これほど明晰に自分の死の到来を告げられたことはかってない。『俘虜記』や『野火』で戦場をさ迷いながら、何度も死地を潜り抜けてきた情景が蘇り、最期を予知したのだろうか。

英国留学生を文芸批評家に

吉田健一は昭和六年ケンブリッジ大学を十九歳で中退、三月に帰国して、河上徹太郎に師事した。河上さんの「吉田健一」（「新潮」昭和三〇年九月号）によれば、「吉田健一が私の前に現れたのは、今から二十何年前である。私の友人で彼の親戚にあたる伊集院清三が、今度文学志望のこういう青年がイギリスから帰って来たが、他につてがないから宜しく頼む、といって、荷札のとれた荷物みたいに、ドカッとうちへ置いていった」とその出会いを河上さん独特のユーモアで伝えている。

今度帯に従えば「決定的評伝」を完成した長谷川郁夫『吉田健一』（平成二六年、新潮社刊）によると、河上さんは「幸田露伴と森鷗外を読むことを命じた。青年が操る珍奇な日本語に呆れて、内心その表現能力が疑わしく思われたからだろう」とあるが、鷗外を読むように河上さんが命じたのは実に貴重な指示で、これによって彼は日本語の文章で自らの文芸批評を開拓できたと、私は確信する。「私は河上氏に鷗外を教えられることによって、言わば私自身を完全に包含し得る一つの世界と、何等の躊躇もなく附いて行ける一人の先覚の存在とを初めて知ったのだった」（「森鷗外論」、昭和一七年十二月、「文學界」）と書いているが、その影響は戦前ではヴァレリイ『ドガに就て』の翻訳に、戦後すぐには『英国の文学』の網の目のように織りなす独自のリズムを生み、それは最後の『時間』まで続き、深化されていった。河上さんのこの命令によって地道な師弟関係が生れ、吉田文学の世界は誕生したと言えるだろう。

吉田健一が河上さんの作品で初めて衝撃を受けたのは、河上さんの処女出版『自然と純粋』（昭和七年九月、芝書店刊）中の「羽左衛門の死と変貌についての対話」である。これは歌舞伎役者十五世市村羽左衛門に仮託しての簡潔な対話篇だが、「ここで語られている運動というものの性質、その運動が氷河の流れの形を取って放つ光芒、又心理と物質の交錯としての持続の分析、又認識の果てに人間の精神を待っている眩暈、或は要するにそうした事柄がこの文章で手で確かめられる感触を日本語によって得ていることは日本語の歴史の上での事件であるとともにどこのものでもなくてどこのものでもある言葉の世界に対する寄与であることに就て疑いの余地を残さない」と最大級の讃辞を呈している（「ユリイカ」昭和四七年九月号）。それから河上さんとの師弟関係が始まり、生涯続くが、河上さんが最も喜んだのは、『ヨオロツパの世紀末』（昭和四五年十二月、新潮社刊）で吉田健一が野間文芸賞を受賞した時だろう。「世紀末人・吉田健一」は受賞式での祝辞だが、以下抄録する。

「吉田君の受賞作の題は『ヨオロツパの世紀末』。これは考えてみると大胆不敵なテーマです。つまり、内容をかいつまんで紹介すれば、これはヨーロッパの近代文明を代表するものがキリスト教文化というものであるとすれば、その文化は十八世紀を頂上とし、十九世紀から没落に向っていった。そしてその挙句世紀末を迎えた。しかも世紀末によってこの文化は最後の輝かしい反映を見た。……これまた歴史家、文明史家なんかにいわせると何かと異議があるかも知れないけれども、吉田君はそんなことはかまわない。……その信念の美しさがこの作品に流れています。……世紀末というと、一般に頽廃という観念がつき纏います。その通りで、物質的には創造はなかったでしょう。芸術の面でも頽廃的・耽美的な傾向が支配しているといえます。しかもそこに吉田君はヨーロッパ精神の開花を見ています。殊にヨーロッパの精髄であるキリスト教精神が、この時期に再建されたというのです。……これは勿論逆説でありますが、本書を読んで私は如何にも納得させられました。そしてこの世紀末精神を表現しているのが、この時代の文学だというのです。だからいわば文学が十九世紀的崩壊過程への反省として現れた、という訳です。……皆さんあの本をお読みになると、たとえば沢山に詩の文句が出てきます。吉田君はあの詩の文句が、そばにテクストを置いとかなくても、自然に、卵がかえるように、頭の中に浮ぶ男なんです。これは日本の文士では珍しいことです。なぜなら、文学というものはやっぱり詩が中心なんです。詩は、ことばのエッセンスです。それによってしか文学は動かないのです。そういうことを彼は理論で知っているのじゃなく、ほんとうに頭の中で実践している、そういう独特な型の文士です。……こういう教養、あるいはこういう生れというものは、彼が四十年くらい前、私の前にあらわれたときから持っていましたけれども、いまや円熟して、あの『ヨオロッパの世紀末』という本ができたということ、それは私はたいへん見事な成熟だと思うのです。……成熟というのは誕生です。誕生したことを私はたいへん嬉しく思います」

「成熟というのは誕生です」という、河上さんの言葉は、それから七年ばかり生きた吉田健一の晩年の黄金期を予告していた。

それ以降吉田健一は次々と小説を書き始めるが、私は殊に「瓦礫の中」(「文藝」昭和四三年七月号）と「金沢」（「文藝」昭和四八年四月号）は他の追随を許さない、長篇小説の傑作だと思っている。

「瓦礫の中」は、「こういう題を選んだのは曾て日本に占領時代というものがあってその頃の話を書く積り」といきなり書き出しでこの小説の主題を明らかにするが、敗戦直後からサンフランシスコ講和条約あたりまでの時代史をこのように鮮かに書き残した小説は類例がない。具体的には戦争中からの防空壕生活から自前の家を建てるまでの宗二、まり子夫婦の日々を中心に、友人、アメリカ人達とのつき合いを描写していくが、作者特有の感性が底流して、「時代」というものへの全体を透視できる批評的ヴィジョンが光っているのである。

「瓦礫の中」が時間というものに相対していると言えるなら、「金沢」は空間に固執した、対比的小説と言えるだろう。

吉田健一は河上さんとともに、昭和三五年二月に金沢へ旅立って以来、亡くなる年まで二十年余り毎年二人の金沢行きは続けられた。それ自体がこの師弟関係を自ずと象徴しているとも言えるが、作者は永年の滞在の蘊蓄をこの小説で蕩尽しつくしている。東京の神田の住人で、金沢にも家を買った内山と彼を迎える骨董屋を中心に、金沢の風土、歴史、料理、酒、自然等々の話題をゆっくり回転させられるのにつき合っているうちに、いつしかラビリンス（迷宮）の中に佇んでいるような、やはり他に類を見ない小説である。

私が吉田健一と文芸誌編集者として最も深い関わりを持ったのは、昭和五〇年一月号から一年間「新潮」に連載した「時間」である。翌年四月に刊行されたが、「冬の朝が晴れていれば起きて木の枝の枯れ葉が朝日という水のように流れるものに洗われているのを見ているうちに時間がたって行く。どの位の時間がたつかというのでなくてただ確実にたって行くので長いのでも短いのでもなくてそれが時間というものなのである」という美しい文章でまず「時間」というものが筆者流に定義され、それが終りまで様々に変奏されて深化していく。そしてそこで徹底的に排除されているのは時間が固定化された、時計であり、四季であり、時代である。その変化は「我々の体が我々よりも先に知っていることでこの流れの外に出る時に我々は死ぬ」とされ、最後の文章は「流れる時間というのは常に現在である」で終っている。単行本の「後記」に「その話があった時に思い付いたままに時間に就て書くと言ったのがこういう結果になった」と付記しているが、筆者の最も大切な主題を思いのたけ書ききって完成された作品と言ってもよいと、私は思っている。いつも木曜日の夕方、銀座の「ソフィア」で、河上さんが現われる前に必ず原稿を受取ると、私は原稿料を現金で渡し、筆者は「シメシメ」と呟きながら領収書に判子を押していた。原稿は三十枚で最後の行まで書いてあった。

ここで吉田健一の愛読者である二人の文芸批評家による評価を略記しよう。

清水徹のは「じつはこの著者にとって、時間は出発のころ以来の基本的主題であった。近代や世紀末を論じるときも、文明の厚みに浸る喜びを語るときも、いや神戸のケーキや金沢の酒を讃えるときでも、そこには時間論が見え隠れしていた。……そういう基本的主題を真正面からとりあげている意味で、これは、吉田健一の四十年間にもわたる文学活動の原点と到達点とを示す注目すべき書物である。刻々に流れてゆく時間に、息をするようにして浸ること、――簡単に言えば、これが吉田健一の時間論の核心である。……『時間とは現在の持続だ』と彼は言う。……吉田健一は『現在の持続』がたえずしなやかに先へ先へと伸びてゆくという彼の時間論をそのまま文章の動きに移したような独特な文体で、多角的に展開してゆくのである。死の影の暗さなど、どこにもさしていない。……人間が時間の経過のなかにいるという事実を認めること、あるいは時間を平静に経過させてゆくことで精神の健康を恢復させる道を、著者はここですすめているのである。これが時間論であると同時に文明批評である理由もまた、ここにある」(「『時間』評」、昭和五一年六月七日「読売新聞」)。

高橋英夫のは「『時間』は、たとえていえば寺院の奥の院とでもいうべき作品なのだろう。相当な拡がりのある境内で、中核を形づくる本堂よりも更に先へ進み、険しい石段を踏みのぼってようやくにして達する奥の院、それが吉田健一の作品群についてみれば『時間』に他なるまい。……どう判断してもこれは吉田健一が文学的生涯の最後に達成しえた境界である。……吉田健一の晩年、驚異のクライマックスは、おおよそ七年ないし八年に及んだ。……壮観であり、奇蹟的である。それら作品群の中で『時間』はまさに最後の大業であり、無限時間のなかでの燦めく大噴火であったことも、ここから察せられよう。……『時間』一巻は限りなく断乎とした箴言的表現の大連鎖体である。……われわれは空を見上げて、あ、流れ星だ、と思う。そんな言葉の奥に何億光年かの永遠の現在が顕現している。これが『時間』を読む眼に間違いなく見とどけられた吉田健一のはるかな現在であり、熱い時間であり、余人の容喙を許さない言葉であったのだ」(「奥の院としての『時間』」、講談社文芸文庫解説)。

この二つの評価を読むと、連載終了後、「逆立ちしても血も出ないよ」と私に言った吉田健一の呟きがしみじみと思い出される。

吉田健一は昭和五二年八月三日に肺炎のため自宅で亡くなった。六十五歳だった。

長女吉田暁子は『父　吉田健一』（平成二五年十二月、河出書房新社刊）で「父の死のほぼ一ヶ月前……父の体が憂慮すべき状態だったことは両親到着のその日、あるいは翌日母から聞いた。……二人をドゴール空港まで送って、いよいよ別れという時には私は不安を抑えるのに必死だったが、父は『じゃあ』と言って、家族に対しては初めてだと思うが体を九十度折り曲げ、私の顔をじっと見た。私は何か言ったのか、言えたのかは憶えていない。父が死ぬなんてあり得ないという考えに一ヶ月ほどの間に漸く慣れた頃、父の死の知せを受けた。航空券の関係で私が東京に着いたのは告別式の済んだ午後だった。……焼香台の前で深々と頭を下げた時、知せを聞いて以来精々抑えていた涙が堰を切った」と偲んでいる。『英国の文学』を読んで以来、父の熱烈な愛読者になった長女はフランス留学中に、父と最後に別れた情景を蘇らせる。

師の河上徹太郎は「吉田君の死」（「新潮」昭和五二年十月号）と「我儘」（「海」昭和五四年七月号）の二篇の追悼文を書いている。

期せずして卓抜な吉田健一論になっているので、いずれも紹介しておきたい。

前者は「彼の祖父の牧野伸顕は明治の文明開化を作り、彼の父の吉田茂は敗戦日本を建直した人だ。彼はその日本の矛盾や未熟をそのまま身に添って生き、それを愛した。それが彼の文学である。大体子供のセンスは生命力に即していて、成人後留学した文士や学者と違っている。それを外国で幼時から身につけた彼は、それで日本を理解したり批評したりしないで、それを日本の風土の中で生きるのである。そこが漱石などが明治の文明開化の社会生活を如何に活々と描いても、一寸違う所である。明治の文明開化は十九世紀の西欧文明だと吉田君は限定する。それは漱石には出来なかった。……吉田君の教養には渾々と西洋古典の泉が流れ、その知的環境には森々と尽きざるものがあるのだが、それがそのまま彼の文学の資材にはならないのだ。彼の育ちと日本の現実が接触するとそこに一種の逆説的な表現が起る。それが彼の文体である。それを確立するまでの彼は独りで苦労していた。しかし今やそれに成功して彼は次々に評論や小説を流れるように書き出した。……しかしいくら文学的資源が豊富でも、異端者の逆説というものは、万朶の密林の中に一本の小径を探す、いわば綱渡りのような『芸』の奥義である。……無神論のツァラツストラは瀕死の芸人の傍へより、『君は君の芸のために倒れた。悪魔とか霊魂とかはないのだから、安心して死ね』というような引導を渡す。私も無神論者だがツァラツストラのように超人ではないから、ただ呆然としている。通夜の時も告別式の時も猛烈な暑さだった。私は挨拶を乞われるままに、たまたま拙稿『ラフォルグ』の中に引用した、『彼は角笛の音に魅せられて死んだ』という詩を短く誦んだ。吉田君の大好きだった詩である」で終る。

彼が風邪を引いたのは、この間の秋だった。
或る美しい日の夕方、彼は狩りが終るまで
角笛の音に聞き惚れていたのだ。
彼は角笛の音と秋の為に、

「焦れ死に」するものもあるということを我々に示したのだ。

人はもう彼が祭日に、
部屋に「歴史」と閉じ籠るのを見ないだろう。

この世に来るのが早過ぎた彼は、大人しくこの世から去ったのだ。

それだけのことなのだから、人よ、私の廻りで聞いている人達よ、銘々お家に帰りなさい。


河上さんのこの朗読には吉田健一への理解の深さがにじみ出ていた。

後者では「彼の訃報を聞いたその夜は行きそびれ、翌朝御別れに出掛けた。奥さんが、一応経過報告をした後、まだ二階に寝ていますから会ってやって下さい、というので、伴われてその部屋へ行った。彼は正しく『まだ寝ていた』。その顔色はやや蒼黒かったが、表情は崩れず、その口許は、『河上さん、ギネスもう一杯如何?』といっているようだった。奥さんは枕許へ坐って指先で彼の額を撫でながら、『この我儘者が』といった。……私はとりなし気味に『でも安楽死ですよ』といったが、奥さんは『いえ、自殺です』と昂然といい張った」。私も拝顔した一人だが、私には実に安らかに見えた。「彼の『我儘』は……『愚直さ』から成立っているのである。こういうものを見ていると気の早い江戸っ児の小林秀雄や青山二郎は我慢がならないのだった。あいつはものにならないからよせ、と本気で私に忠告していた。しかしこの執念が吉田健一の晩年の大成を齎したのである。全く彼が死ぬ数年前書いた『ヨオロッパの世紀末』や『ヨオロッパの人間』は、誰にも書けないスタイルの名文明批評だが、この素養は明らかに彼がケンブリッジ留学時代に仕込んで持って帰ったものに違いない。しかし彼はそれをその頃には少くとも表に現さなかった。これは彼がまだ熟していなかったのか?……これは敢て結論は出さないが、私には興味ある問題である」。

　これを読むと小林さんが私に、吉田健一の成熟ぶりを「河上にはトレランス（寛容）がある」と言っていたのが思い出されてくる。

率直と礼節

大岡昇平が昭和五一年「朝日賞」を受賞した際の祝賀会で、小林さんは「若い頃鎌倉に住んでいた大岡はいつも風呂屋で、男湯と女湯の境にある水鏡でうろついていた」と笑いを誘ったが、この師弟関係は出会いから率直を掟としたかのようだった。

　一方吉田健一は河上さんと別れる時、いつも出口の前に先に立ち、帽子を取って胸にあて、後に続くというような礼節が身についていた。

　この対照的師弟関係は、担当者としての私には非常に興味深かった。

　後に『花影』のモデルとして描かれた坂本睦子と大岡昇平が関わりを持ち始める頃、小林さんは自分の体験から「よせ、と言ったのだが、言うことをきかなかった」と私に語ったことがある。しかし『花影』が刊行された時、小林さんは大岡文学独自のこの小説を賞讃した。二人の師弟関係は七つ年の離れた兄弟のようにも、時には私に思えた。

　一方、河上さんは「この一家（吉田茂家）はイギリス風というか、親子三代が互いに紳士として遇し合っていた。つまりそれぞれ独立の人格を備えているのである。だから、親しい中にも礼儀があろう。狎れ合いは許されないのである」（「三代の交遊」、「波」昭和四九年三月号）と書いている。

吉田健一の方は、「河上さんと一緒なのは楽しい。……例えば確実にそこにいるというのは床の間に自分の眼に映っている通りに花が生けてあることと同じで確実にそうしてその部屋にいるのが人間であって河上さんがそういう人間であるから親みが湧き、飲みましょうと言いたくなって飲むことになる」（「ユリイカ」昭和四七年九月号）と書いている。

いくら二人が酒を飲んでも礼節を失わなかったのは、私も数え切れないほど同席した体験から実感できる。この師弟関係は吉川藩士の末裔とイギリス風紳士との組合せでもあり、これからも二度と出現することはないだろうと私は思う。

大岡昇平の小説と吉田健一の評論は、文学の「常なるもの」を決して見逃さず、そこに原点を得ていたお二人の創造的批評の直接の影響下で生れたものである。わが国の戦後の状況に執着した戦後文学の生命力が今や稀薄化しているのに比べると、やはり敗戦直後に誕生した、この二人の作品が文学の原点に立ち、新鮮な知性と感性を失わずに永続性を保っているのを今回確認できたのを、私は嬉しく思っている。

『無常という事』と『近代の超克』

『無常という事』の詩魂

『無常という事』は太平洋戦争勃発の翌年昭和一七年から一八年にかけて「文學界」に連載された、日本の古典をめぐっての小林さんの批評文学である。対象は能楽、法談、物語、随筆、短歌と多岐にわたっているが、この六篇がいつも「文學界」の巻頭を飾った頃の、時局論の多い目次全体を眺めていると、戦時中の小林さんに訪れていた、実に深い孤独が自ずと現れているように思われる。

小林さんは昭和一八年八月に東京で開かれた「第二回大東亜文学者大会」に河上さんの要請で「文学者の提携について」という講演をしたが、終りの方で「『君子は和して同ぜず、小人は同じて和せず』、とは孔子の有名な言葉ですが、若し孔子の生涯に想いを致すならば、いかにこれが彼の実際経験から発した肺腑の言であるかを知るでありましょう。われわれの提携運動の前途には小人同じて和せざる危険があるかないか、これはわれわれの努力次第です……文学者間の真の和は、つまるところ、作品を創るという実際の仕事の容易に人の知り難い喜び、或《あるい》は苦しみを互に分ち合うということろに現れざるを得ないのであります」と真情を告白している。

私は実に久しぶりに『無常という事』を読み終えて、感銘を新たにしたが、小林さんと親しかった文士達の感想を読み比べていくと、中村光夫の『《論考》小林秀雄』（昭和五二年十一月、筑摩書房刊）中の読後感が私とほぼ同質だったので、省筆しつつ引用してみよう。

「小林秀雄氏は批評家というよりむしろ詩人だと僕はかねてから思っているが、今度『無常という事』を読み、特にその感を深くした。これは日本の代表的古典についての氏の感想を集めたものであるが、ここで氏は古典というような曖昧な観念もまた伝統という空疎な合言葉も信じていない。或る作品の形式にも、それを生んだ作者の伝記と社会環境の分析にも特別な興味を感じていない。氏がこれら文学の外皮を突き破ってじかに把むのは、作品の底に流れる把えがたいが、確かに生きた作者の心である。氏自身の言葉でいえば、その『詩魂』である。……ここに収められた氏の文章は、文学作品を題材にこそしているが、決して世間普通に言われる意味の批評文ではない。強いて名付ければ或る独自の散文詩なのである。批評とは或る対象を材料にして自己を語ることだという氏の年来の持論は、ここでは殆ど或る魂の独白ともいうべき形に達している。そして己れの心に感得した美の生きた秘密に殉じてこれをでき得る限り精緻に再現するほかは、あらゆる無益な饒舌を潔癖に排除した点に、氏の簡潔な散文の独自の美しさが由来する。この散文は、詩を語り詩人を語った文章がそれ自身詩に達した稀有の例である。『詩人がどれくらいよく詩人を知るか』『そういう言い方が空想めいて聞える人は、詩とか詩人とかいうものを信じない方がいい様である』といった平静な自信に満ちた言葉がいたるところに散見するのも、こう考えれば当然のことである」

全六篇（以下「創元選書」の『無常という事』の構成に基く）の巻頭「当麻」は、能楽「当麻」を観た夜の感想で、「音楽と踊りと歌との最小限度の形式、音楽は叫び声の様なものとなり、踊りは日常の起居の様なものとなり、歌は祈りの連続の様なものになって了《しま》っている。そして、そういうものが、これでいいのだ、他に何が必要なのか、と僕に絶えず囁いている様であった」と、能楽の形式を称え、さらに能面の強い印象から、場内には「自分の顔に責任が持てる様な者はまず一人もいない」と現代の人間の浮薄を衝き、「仮面を脱げ、素面を見よ、そんな事ばかり喚き乍ら、何処に行くのか」と、小林さんの近代文明批判はこの辺りで腰が据わってきたようである。因みに小林さんは後年「偶像崇拝」（「新潮」昭和二五年十一月号）で、折口信夫の『死者の書』に言及するが、やはり当麻寺を舞台にして、幽冥の境を漂う、この傑作小説の単行本上梓は、「無常という事」執筆時の一年後なので、まだそれは意識していなかっただろう、と私は思っている。

次いでこの作品集全体の表題にもなった「無常という事」が来る。「当麻」よりさらに短いが、この作品集全体の基音（Grundton）とも言うべき体験がここで語られる。それは「一言芳談抄」で感心した一文、若い女が深夜「此世のことはとてもかくても候。なう後世をたすけ給へと申すなり」とうたったその地を訪れて、「まるで古びた絵の細勁な描線を辿る様に心に滲みわたった。……僕は、ただある充ち足りた時間があった事を思い出しているだけだ。自分が生きている証拠だけが充満し、その一つ一つがはっきりとわかっている様な時間が」という感慨に耽る。さらに「歴史というものは、見れば見るほど動かし難い形と映って来るばかりであった」と述べ、「この世は無常とは決して仏説という様なものではあるまい。それは幾時如何なる時代でも、人間の置かれる一種の動物的状態である。現代人には、鎌倉時代の何処かのなま女房ほどにも、無常という事がわかっていない。常なるものを見失ったからである」と結ばれる。戦時中にこの表題を掲げて、人生の原型に辿りついた小林さんの詩魂の透徹性には心から感服せざるを得ない。

次の「徒然草」も短いが、これは全文引用したくなるような名文である。ここでは小林さんが兼好をめぐる定説を次々破っていく文を辿ろう。

まず兼好は「徒然わぶるままに書いたのではない……紛れるどころか、眼が冴えかえって、……物が解り過ぎる辛さを、『怪しうこそ物狂ほしけれ』と言ったのである。……彼は批評家であって、詩人ではない。……純粋で鋭敏な点で、空前の批評家の魂が出現した文学史上の大きな事件なのである。僕は絶後とさえ言いたい。……彼の死後、この物狂おしい批評精神の毒を呑んだ文学者は一人もなかったと思う。……彼はモンテーニュがやった事をやったのである。……遥かに鋭敏に簡明に正確に」と評価する。因みに小林さんは三木清との対談（昭和一六年八月「文藝」掲載）で「モンテーニュは段々つまらなくなる。……やはりずいぶん洒落れたところがある人だね」とも言っている。

又「よく言われる『枕草子』との類似なぞもほんの見掛けだけの事で、あの正確な鋭利な文体は稀有のものだ。一見そうは見えないのは、彼が名工だからである。『よき細工は、少し鈍き刀を使う、という。妙観が刀は、いたく立たず』、彼は利き過ぎる腕と鈍い刀の必要とを痛感している自分の事を言っているのである。物が見え過ぎる眼を如何に御したらいいか、これが『徒然草』の文体の精髄である」。かくも小林さんがここまで批評家の存在を絶讃したのは空前絶後であろう。

次は「平家物語」だが、この短文の評価には賛否両論がつきまとっている。「『平家』のあの冒頭（祇園精舎の鐘のこゑ）の今様風の哀調が多くの人々を誤らせた。……『平家』の作者は優れた思想家ではないという処が肝腎なので、彼はただ当時の知識人として月並みな口を利いていたに過ぎない」と「哀調」を否定しきっているからである。「作者を、本当に動かし導いたものは、……彼自らはっきり知らなかった叙事詩人の伝統的な魂であった。彼自ら知らぬ処に、彼が本当によく知り、よく信じた詩魂が動いていたのであって、『平家』が多くの作者達の手により、或は読者等の手によって合作され、而も誤らなかった所以もそこにある。『平家』の真正な原本を求める学者の努力は結構だが、俗本を駆逐し得たとする自負なぞ詰らぬ事である。流布本には所謂原本なるものにあるよりも美しい叙述が屢々現れる。『平家』の哀調、惑わしい言葉だ。このシンフォニイは短調で書かれていると言った方がいいのである。一種の哀調は、この作の叙事詩としての驚くべき純粋さから来るのであって、仏教思想という様なものから来るのではない」

そこでの小林さんの『平家』哀調説批判を執拗に非難する学者もいるが、「『平家』の人々はよく笑い、よく泣く。……誰も徒らに泣いてはいない。空想は彼等を泣かす事は出来ない。通盛卿の討死を聞いた小宰相は、船の上に打ち臥して泣く。泣いている中に、次第に物事をはっきりと見る様になる。もしや夢ではあるまいかという様な様々な惑いは、涙とともに流れ去り、自殺の決意が目覚める。とともに突然自然が眼の前に現れる、常に在り、而も彼女の一度も見た事もない様な自然が」。ここでの小林さんの詩魂は全開していると思う。

私事ながら、私は関門海峡に面した安徳帝を祀る赤間神宮の近くで生れ育ったので、「先帝、今年は八歳。……『これはいづちへぞや』と仰せられければ、御ことばの末をはらざるに、二位殿、『これは西方浄土へ』とて、海にぞ沈み給ひける」の条りは周囲の風景とともに蘇ってくる。

最終の二篇「西行」と「実朝」は「文學界」にともに二回分載された中篇で、この作品集「無常という事」の土台にもなっている。西行が平安後期から鎌倉前期を、実朝が鎌倉前期を生き、源平合戦もあった大動乱期に、この日本文学史上不世出の二人の天才歌人が現れたのは、歴史上の一つの奇蹟と言えるかも知れない。

「西行」は後鳥羽上皇が彼を「生得の歌人」と称えた賞讃から始まるが、小林さんは「鋭い分析の力と素直な驚嘆の念とを併せ持つのはやさしい事ではないが、西行に行着く道は、そう努める他にはないらしい」と自問自答しながら、それを実施していく。

「西行は何故出家したか……西行研究家達は多忙なのであるが、僕には、興味のない事だ。凡そ詩人を解するには、その努めて現そうとしたところを極めるがよろしく、努めて忘れようとし隠そうとしたところを詮索したとて、何が得られるものではない。……月並みな原因から非凡な結果を生み得た詩人の生得の力に想いを致すであろう」と述べる。

「惜むとて惜まれぬべき此の世かは身を捨ててこそ身をも助けめ」で二十三歳の青年武士の清新な表現が始まって、「年たけて又こゆべしと思ひきや命なりけりさ夜の中山」で「五十年の歌人生命を貫き、同じ命の糸が続いて来た様が、老歌人の眼に浮ぶ。無常は無常、命は命の想いが、彼の大手腕に捕えられる。……彼の門出の性急な正直な歌に、後年円熟すべき空前の内省家西行は既に立っているのである」。「生得の詩人達の青年期を殆ど例外なく音ずれる、自分の運命に関する強い或は強過ぎる予感」が実現したのも、小林さんは寿いでいる。又「この人の歌の新しさは、人間の新しさから直かに来るのであり、特に表現上の新味を考案するという風な心労は、殆ど彼の知らなかったところではあるまいか」との感慨は、後の『モオツァルト』にも通じているように私は思うが、小林さんの好む天才の質をよく窺わせる。

「世をすつる人はまことにすつるかはすてぬ人こそすつるなりけれ……思想を追おうとすれば必ずこういうやっかいな述懐に落入る鋭敏多感な人間を素直に想像してみれば、作者の自意識の偽らぬ形が見えて来る。西行とは、こういうパラドックスを歌の唯一の源泉と恃《たの》み、前人未到の境に分入った人である。……彼の風雅は芭蕉の風雅と同じく、決して清淡という様なものではなく、根は頑丈で執拗なものであった」と小林さんのヴィジョンはさらに深まっていく。

「世の中を思へばなべて散る花のわが身をさてもいづちかもせん……如何にして歌を作ろうかという悩みに身も細る想いをしていた平安末期の歌壇に、如何にして己れを知ろうかという殆ど歌にもならぬ悩みを提げて西行は登場したのである。……陰謀、戦乱、火災、饑饉、悪疫、地震、洪水、の間にいかに処すべきかを想った正直な一人の人間の荒々しい悩みであった。彼の天賦の歌才が練ったものは、新しい粗金《あらがね》であった。……彼の歌に於ける、わが身とかわが心とかいう言葉の、強く大胆な独特な使用法も其処から来る。『わが身をさてもいづちかもせん』という風には、誰も詠めなかった。……彼は、歌の世界に、人間孤独の観念を、新たに導き入れ、これを縦横に歌い切った人である」。こういう叙述にも小林さん自身「人間孤独の観念」をいかに大切にしていたかが伝わる。

「風になびく富士の煙の空にきえて行方も知らぬ我が思ひかな……これを、自讃歌の第一に推したという伝説を、僕は信ずる。……一西行の苦しみは純化し、『読人知らず』の調べを奏でる」。西行の孤独を「読人知らず」までに純化されるとする評言は他には見当らないだろうと思う。「西行は遂に自分の思想の行方を見定め得なかった。併し、彼にしてみれば、それは、自分の肉体の行方ははっきりと見定めた事に他ならなかった。願はくは花の下にて春死なんそのきさらぎの望月《もちづき》のころ　彼は、間もなく、その願いを安らかに遂げた」。小林さんの詩魂はこの有名な遺言歌をめぐっても、見事に結晶している。

最後の「実朝」にはまず芭蕉が登場する。弟子に「『中頃（中世）の歌人は誰なるや』と問われ、言下に『西行と鎌倉右大臣ならん』と答えたそうである。……僕には、何か其処に、万葉流の大歌人という様な考えに煩わされぬ純粋な芭蕉の鑑識が光っている様に感じられ、興味ある伝説と思う。……僕等は西行と実朝とを、まるで違った歌人の様に考え勝ちだが、実は非常によく似たところのある詩魂なのである」と、芭蕉の既成観念に捉えられぬ、非凡な感受性を、小林さんは紹介している。

源実朝は承久元年（一二一九年）正月二十七日夜、鎌倉の鶴岡八幡宮で兄頼家の子公暁に暗殺された。数え年で二十八歳の時である。

小林さんはそれに至るまでの「頼朝という巨木が倒れて後は（この時実朝は八歳であった）、幕府は、陰謀と暗殺との本部の様な観を呈する」実態について、史家が編者の曲筆とする「『吾妻鏡』

の文学は無論上等な文学ではない。だが、史家の所謂一等史料『吾妻鏡』の劣等な部分が、かえって歴史の大事を語っていないとも限るまい」と述べ、「実朝の悲劇を記した『吾妻鏡』の文を読んでいると、その幼稚な文体に何か罪悪感めいたものさえ漂っているのを感じ、一種怪しい感興を覚える。僕の思い過ごしであろうか。そうかも知れない。どちらでもよい。僕は、実朝という一思想を追い求めているので、何も実朝という物品を観察しているわけではないのだから」と「実朝」の執筆動機を率直に明らかにした。それから実朝の諸歌への小林さん自身の感想が次々と開示されていく。

その最初の歌は「紅のちしほのまふり山のはに日の入る時の空にぞありける」で、「何かしら物狂おしい悲しみに眼を空にした人間が立っている。そんな気持ちのする歌だ。歌はこの日（実朝渡宋計画失敗の日）に詠まれた様な気がしてならぬ。事実ではないのであるが」と実朝の想いを追う。次は「萩の花くれぐれ迄もありつるが月出でて見るになきがはかなさ」を「僕の好きな彼の歌の一つ」と述べ、次に有名な「箱根路をわれ越えくれば伊豆の海や沖の小島に波の寄るみゆ」が引かれる。

「大きく開けた伊豆の海があり、その中に遥かに小さな島が見え、又その中に更に小さく白い波が寄せ、又その先きに自分の心の形が見えて来るという風に歌は動いている。こういう心に一物も貯えぬ秀抜な叙景が、自ら示す物の見え方というものは、この作者の資質の内省と分析との動かし難い傾向を暗示している様に思われてならぬ」。私はこの一節を高校在学中の模擬試験問題で初めて読んだ時、解答を忘れる位その精妙な文脈に感嘆したのを懐しく思い出す。

それからしばらくして、小林さんは子規の文章の前に立止り、「『実朝といふ人は三十にも足らで、いざ是からといふ処にてあへなき最期を遂げられ誠に残念致候。あの人をして今十年も活かして置いたならどんなに名歌を沢山残したかも知れ不申候』(「歌よみに与ふる書」)。恐らくそうだったろう。子規の思いは、誰の胸中にも湧くのである。恐らく歴史は、僕等のそういう想いの中にしか生きてはいまい。歴史を愛する者にしか、歴史は美しくはあるまいから。……実朝の横死は、歴史という巨人の見事な創作になったどうにもならぬ悲劇である。……彼は殺された。併し彼の詩魂は、自分は自殺したのだと言うかも知れぬ。一流の詩魂の表現する運命感というものは、まことに不思議なものである」と、小林さん自身の詩魂もまた歴史への運命感へと広がっていく。

終りは「金槐集」の最後の歌、「山は裂け海はあせなむ世なりとも君にふた心わがあらめやも」を引いて、「この歌にも何かしら永らえるのに不適当な無垢な魂の沈痛な調べが聞かれるのだが、彼の天稟が、遂に、それを生んだ、巨大な伝統の美しさに出会い、その上に眠った事を信じよう。ここに在るわが国語の美しい持続というものに驚嘆するならば、伝統とは現に眼の前に見える形ある物であり、遥かに想い見る何かではない事を信じよう」とある。これは『無常という事』全篇の集結点をも示しているだろう。

「近代の超克」の構成

「近代の超克」は昭和一七年十月号の「文學界」に載った。「文學界」という文芸雑誌は実に長い歴史を持っている。明治二六年に創刊され、中断の後昭和八年文化公論社と文圃堂に受けつがれ、小林さんと林房雄を中心に編集されていたが、昭和一一年七月号から文藝春秋社が発行所になると、河上さんが中心となり、「編集後記」も書いている。「生れて初めて編集というものをやった。部屋住みが急に世帯を持たされたようなもので、嬉しいような面倒臭いような、まではいいが、人の働きを見透されているようで、てれ臭いような、変なものである」と初々しい感想を伝える。

河上さんの編集方針については、小林さんの『無常という事』の時と同様に、やはり中村光夫が『今はむかし――ある文学的回想』（昭和四五年十月、講談社刊）で精確な評価をしている。

「否応なく統制の方向にむかっていた当時の社会の動きに、氏があえて希望を託していたことはたしかで、このような態度は、氏の善意と正直に疑う余地がないため、人々に絶望から身をおこす元気を、少なくもある時期には、あたえるものでした。『文學界』にひと癖ある作家や思想家が、これだけ集まったのは、ほかに身のおきどころのない時勢の悪さにもよるでしょうが、その悪い時勢のなかで、積極的に生きようとする精神が、そこに感じられたためでしょう。……氏の理想家としての面目が、この時期ほどはっきりでたことはありません」と回想している。

「近代の超克」の「超克」とは「困難を乗りこえ、己れに打ち克つこと」（『大辞林』）の解でいいと私は思う。「文化総合会議」と題した座談会にはお二人の他ほぼ同世代の十一人、西谷啓治、諸井三郎、三好達治、吉満義彦、亀井勝一郎、鈴木成高、林房雄、菊池正士、中村光夫、下村寅太郎、津村秀夫が東京に集まった。河上さんは「予め提出すべき論文の執筆を乞い、集まったものを印刷に付して出席者に配布、検討に資した。会議は昭和十七年七月二十三・四日の酷暑の中を八時間に亘って挙行された」と単行本『近代の超克』の「結語」に記している。

第一日は「西洋に於ける近代」を話し合っている。吉満義彦の「神を見失ったヨーロッパ文化が、吾々の接触した所謂近代ヨーロッパ文化だったのです。随ってヨーロッパ精神が如何に再び神を見出すかということと、近代ヨーロッパ文化の影響で神を見失った日本の思想文化の中で、再び神を如何に見出すかというような問題とは、内的に関連して来るように、つまり宗教的の範疇において共通するものがあるように思われます」という発言があり、「われわれの近代」の章では亀井勝一郎は「僕の希求するのは近代をのりこえる力ありとすれば、神への信だという他にない。神々の再誕こそが現代思想の中心問題だと思っております。神は在ると自分で確信をもって言えるようになるというのが僕の生涯の念願でもあるわけです」と発言したが、戦後の『日本人の精神史研究』はその到達点となった。「近代日本の音楽」に移ると、諸井三郎が「ヨーロッパ人は、近代の超克ということに対しては、少くとも音楽に関する限り、一先ず手の出しようがないと考えているのですよ。だからわれわれ、光は東洋にある――ということを信じていますよ。……理屈では言えないのですけれど、ヨーロッパの音楽に於てベートーヴェン以上の音楽はどうしても発見し得ないのです。今日迄の行方から将来を予見して、どうしても一遍は低下するのじゃないかという気がするのですがね」という発言に対して、小林さんは「そりゃ僕は大賛成だね」と答えている。

第二日目になると、河上さんが「今日は日本の方へ入って行こうと思うのです」と口火を切り、「差当り全体を通じての一般論で、小林君に発言して貰いたいと思います」と問いかけると、小林さんは「僕は一般論というものは好まぬから、自分の個人的な経験を御参考の為にお話します」と精細に語り始める。「本当の西洋の近代の思想というもの、或は近代の文学というようなもののある儘の相とはどういうものか、それを見極めようとする精神が現れて来たのはつい近頃の事なのだと思う。……漸く緒についた時に、政治的危機が到来した。そこでなんとか日本的原理というものを発見しなければならん……その難かしさが、こういう座談会を開かせたのではないか、と言って了えばそれまでだが。僕は、西洋の近代文学者の中で、一番問題に豊富な大きな作家を見付けて、それを徹底的に調べることの必要を考えドストエフスキーを見付けたのです。……ドストエフスキーという人は近代のロシヤの社会とか、十九世紀のロシヤの時代というものを表現した人じゃないのです。寧ろそういうものと戦って勝った人なのです。……西洋の近代は悲劇です。だから立派な悲劇役者はいるのである。これをあわてて模倣した日本の近代は喜劇ですよ。……どういう社会的な或は歴史的な条件がある文学を成立させたかということを如何に調べても、それは大文学者が勝って捨てた滓、形骸を調べるに過ぎず、勝った精神ということを如何に調べても、それは大文学者が勝らは近代にいて近代の超克ということを言うのだけれど、どういう時代でも時代の一流の人物は皆その時代を超克しようとする処に、生き甲斐を発見している事は、確かな事と思える。その点に眼を据えようとすると、当然今迄の僕らが非常に影響されて来たところの歴史観をどうしても根本から変えてゆかなければならぬ事になって来るのです。近代の史観というものを、大ざっぱに言えば歴史の変化に関する理論と言えると思うのですが、これに対して歴史の不変化に関する理論というものも可能ではないかと考えるのです。……歴史力に関するダイナミックに足をとられて、歴史力のスタチックというものを忘却している処に近代人の弱さがあるのではないかと僕は考えて来たのです。……歴史を常に変化と考え或は進歩というようなことを考えて、観ているのは非常に間違いではないかという風に考えて来た。何時も同じものがあって、何時も人間は同じものと戦っている――そういう同じもの――というものを貫いた人がつまり永遠なのです。そういう立場で以て僕は日本の歴史、古典というものを考えるようになって来たのです」。小林さんのこういう発言が「近代の超克」の根本問題を衝いているのは間違いないと私は思う。『無常という事』もこの発言と非常に深いところで結びついている。

吉満義彦は「自分が哲学といいますか、そうした方面から逆に小林君と同じ結論に達しているのですがね。……私も生物的な進化論の問題とは別に進化論的の物の考え方を否定したいと思うのは、精神的の世界に於ては『進化』の思想は嘘だという事が愈々はっきりしてくるように思われたからなのです。霊魂の実在ということはそういうことにあるのじゃないか」とつけ加えている。

次いで「文明と専門化の問題」に入り、亀井勝一郎は「明治の開国はちょうどヨーロッパの十九世紀――つまり向うの末期文化の時代だったのだが、明治以後の文明の特色の一つとして、僕の痛感することは一口に言えば全人性の喪失ということです」と言い、逆の事例として水産技師だった内村鑑三の全人性を挙げている。「明治の文明開化の本質」では、歴史学者の鈴木成高が「明治時代の日本人のヨーロッパに対する理解が非常に部分的で皮相的であった、根柢にまで徹しないところがあったと思う。それが非常に悪かった。それだから私はそういう文明開化を克服する為に……もっとヨーロッパに徹した理解をもつということも必要ではないかと思う」というと、林房雄が「それは非常に良いことでありましょう」と応じている。「我々の中にある西洋」では西谷啓治が「日本の過去の文学、古典を読んでみようかという気が起ったが……芭蕉とか万葉とかを除いては殆んど訴えるものがない。……それに反して西洋文学のものは、自分の為に書かれたものといったような感じを持って読んだ」という述懐に対して、小林さんは「ああ、それは大きな問題ですね。……西洋のものは面白かった。……古典というものは皆読まなかった。……西洋のものが非常に面白かったのは、意見が面白い、批判や解釈や分析が面白かった、……そういうものについて行く所まで行った。……そうすると今度は文学とか思想というようなものを頭では考えないで、段々肉体で感ずるようになってくる。そうすると……段々文学というものが、形で見たり触れたりして感ずる美術品のように見えてくる。……それに触れることが一番大事なことである。……肉体で触れるのだ。頭で理解するのではない。そういう風な所まで僕等が成熟して来ないと古典というものは分らない」と言う。そして最後に「近代の超克ということを僕等の立場で考えると、近代が悪いから何か他に持って来ようというようなものではないので、近代人が近代に勝つのは近代によってである。僕等に与えられて居る材料は今日ある材料の他にない。その材料の中に打ち勝つ鍵を見つけなければならんということを僕は信じています」と現実を見据えて、足が地に着いている。

「アメリカニズムとモダニズム」では津村秀夫が「機械文明の方向は無制限に人間生活のスピード化を追っているが、この方向には危険があると思われる」と言ったのに対して、鈴木成高が「そのスタンダードが高い、平均が高い、そこにアメリカの特徴があるわけだと思う。強味と弱味の両方が……」と返しているが、小林さんは後半で「機械的精神というものはないですね。精神は機械を造ったかも知れんが、機械を造った精神は精神ですよ」と断言している。最終の「現代日本人の可能性」では、三好達治の「現在、その指導的枢要の位置にある当路の役所などから出ている出版物が、牽強附会だったり独創力に欠けていたりするのは迷惑だと思うのです。……彼らが口癖のように雄大とか荘厳とかいっていることは、もっと違った風に、僕らには美しくも又微妙にも考えられるのだが。……そういう目の先の意図が非常に浅薄に見え透いていて、その為に古典の読み方、解釈の仕方が甚だ軽率で……そういう点をやはり我々は指摘しなければならないと思うのだ」という発言に対して、河上さんは「その点について僕は楽観的なんだ。……古典が面白くなったのは、要するにドストエフスキーやボードレールを読んだからで、あれは昔の罪だったなどと僕は決して思わないね。そういう西洋文学から人間に対する興味というものが湧いて来て、だんだん年と共に人間というものが、とにかくこの程度まで解って来、それで漸く古典の中に非常にしっかり描かれている人間の姿が目に映じて来たんですから……」と言い、小林さんも「僕としては、古典に通ずる途は近代性の涯と信ずる処まで歩いて拓けた様に思うのです」と受けている。そして結末の部分では林房雄が少年航空兵を讃美するのに対し、三好達治が「軍人教育の精神的の強さというものは、友情の感覚が非常に強いのですよ、……僕は幼年学校を終えて士官学校を少しやって途中で止したから、そういう経験を持っているのですが……その団結の裡にある友情は非常に強いのだ。……そういう精神の強さなんだけれど、それは環境的のものだから、そういう条件が除かれれば破壊するのだけれど、又易しいのかもしれないのです」と言うが、西谷啓治は「健康な精神美だけれど、あれが国民全体の精神美になり得るためには、国民がいろんな毒に対する免疫性というものを持った上でなければいけないところがある、そこが難しいところだと思うんですがね」で全体の発言は終っている。

最後に司会者の河上さんは「問題を多岐にわたらせ過ぎたのが、私の失敗でした。……とにかくこれで十分『総合会議』の体をなす内容は収穫があったと思います」と閉会の辞を述べた。「問題を多岐にわたらせ過ぎたのが、私の失敗」という河上さんの反省は、私の永年の編集者体験からすると、その通りだと率直に言わざるを得ない。しかし素人編集長なればこそ、これだけ存分に語らせたのは「収穫」とも言えるだろう。

私はここまで「近代の超克」を詳しく辿ってきたが、最後にこの会議でのお二人の対比を記したい。司会者の河上さんが小林さんに一般論で始める日本への発言を促すと、小林さんは「僕は一般論というものは好まぬから、自分の個人的な経験を御参考の為にお話します」と応じる。ここにお二人の対比が最もよく現れていると、私は思う。それは社会への姿勢にも通じ、代表作『吉田松陰』、『本居宣長』まで一貫している。

『現代の超克』を読む

中島岳志と若松英輔の共著『現代の超克』（平成二六年八月、ミシマ社刊）は「日本人が近代に置き去りにしてきたいくつかの問題について、実際に『読む』ことを通して考えていきます」と述べて、柳宗悦、ガンディー、小林秀雄、福田恆存を取上げた後、最終章に『近代の超克』が来るが、ここではその『近代の超克』の再検討のみ取上げてみたい。

この二人が最も重視するのはこれまでも度々登場した吉満義彦である。彼がこの座談会のために提出した論文「近代超克の神学的根拠――如何にして近代人は神を見出すか」を再検討する。「近代人は無邪気な無信仰者じゃない。信仰を失った悲劇人なのです。そこで見失った神を自意識を通じて再び見出さねばならない。それまでは救われない不安を本質とする悲劇人なのです」「自然的人間は宗教的人間と実存的に一である。自然に帰ること人間本性に帰ることが神に帰ることとならねばならぬというのが僕の主張なのです」と吉満の言葉を引き、この座談会に出席した、西谷啓治をはじめとする京都学派の「無の立場」に反発したことを示す。そして京都学派は西洋的二元論の克服と言うが、そういう考え方には承服できないとして、「無の立場を今仰《お》っしゃるようにミスティク（神秘家）の立場に通ずるものとする時には、そこに立派に有神論の立場が宗教体験として考えられ得るのではありませんか」という吉満の主張を、共著者の二人は「無の立場といっても結局、超越的なものを前提にしているのではないかというわけです。それが吉満の立場で、これはすごく重要な対立点だと思います」と共鳴している。

さらに「『文学者と哲学者と聖者』と題する一文が吉満にあります。この表題はそのまま彼の境涯を表しています。吉満は、文学と哲学と宗教を、生き、考え、書くことで架橋し、そこに新しい地平を開こうとした人物です。……吉満義彦は、一九〇四年に徳之島に生まれ、四五年十月に四十一歳で亡くなっています。若き日に父をはじめとした親族の死を相次いで経験した彼は、生と死、さらにいえば生者と死者という問題に遭遇します」

「『近代の超克』で語られる内容として、アクチュアルなのが科学の問題です。……この議論をリードしているのも吉満です。吉満は近代の科学的な真理の探究と形而上学は一致するといいます。それを『精神のロゴス的形而上的探究』といっています。そこにおいて、自然学と形而上学の真理の関係が見えてくる。それが吉満の議論です」

さらに「『近代の超克』においても、『世界』あるいは『世界史』という術語がさまざまな位相で語られている。この一語をめぐっても吉満の得意な視座が鮮明に現れます。……『私はここに世界史の地理学的表面的考察ではなく、歴史の言わば地質学的内面実存の考察を致す立場である』……自分は三次元、四次元という違う次元でものごとを展開している、と言うのです。……『近代の超克』が刊行されたおよそ二年後に吉満は亡くなります。彼の問いは投げ出されたまま、今日に至ってもなお、十分に深められてはいないのです。『近代の超克』とは、過去の問題ではない。むしろ、今日の日本、ことに震災後の日本に突きつけられた問題だといえます」で吉満論は終っている。

続いて小林秀雄に移るが「小林秀雄は座談会で、幾度となく『歴史』をめぐって発言します。……歴史というのは、頭で考えるものではなく、交わるものだという小林の経験だった。そうした原経験がないままに、どうやって『近代』の実相を知ることができるのか、その本当の姿を知らずに『超克』などできようか、というのが小林秀雄の視座でした。『歴史』は、小林にとっては『永遠』の異名です。……小林にとって『読む』とは、それを書いた者を通路に、そこで描かれている世界で生きてみることだった。こうした経験に裏打ちされた実感は、小林秀雄の作品に充溢しています。彼にとって本居宣長を書くとは、文字どおり宣長と対話することだった。読むことは情報をため込む作業なのか、永遠に与《くみ》する経験か、現代が前者に傾きつつあるのは言うまでもありません。しかし、プラトンの時代はもちろん、宣長の時代まで、ある本を読むことを許されることは、もっとも高次な意味における神聖な儀式だった。また、読むことは書くことに劣らない、叡智の伝承において欠くことのできない営みであると考えられていたのでした」と、小林さんの「歴史」と「読む」を通じて、見事に「現代の超克」を行っている。

そして最後に登場するのが河上徹太郎である。若松は「座談会での河上にはさほど注目するべき発言はなかったように感じられます。しかし、その後、『近代の超克』という問題をもっとも意識的に考えたのは河上だったかもしれません。その成果は彼の主著の一つである『日本のアウトサイダー』に結実します。ここで河上は、宗教、神秘哲学はもちろん、マルクス主義、アジア主義の問題を包括しながら、中原中也、河上肇、岡倉天心、内村鑑三、岩野泡鳴などを論じながら、近代精神とその超克を論じていきます。人はときに自らの認識が明らかに不十分であることを感じながら発言を続けることがある。しかし、文学者、それも一流の文学者あるいは哲学者は、それを放置するようなことはしない。自分のなかで成熟させ、深化させます。ほかの人が忘れても、自分は自分の未熟な言葉を覚えているというのが優れた表現者である証拠なのかもしれません。河上を考えるとき、『近代の超克』と『日本のアウトサイダー』は、十余年を経て書かれた書物の上下巻のように読まなくてはならないと思います。そこにあるのは、修正ではありません。深化であり、成熟です。……『近代の超克』の座談会は答えを出してはいません。しかし、きわめて重要な問いがラディカルな対立の中で示されています。重要なのは、この座談会を『失敗だった』と片づけるのではなく、積極的な『誤読』も含めて、今の時代の中で問い直すことです。そのための豊饒な素材が、この座談会には含まれています。……ポール・ヴァレリーが言うように、湖に浮かぶボートは後ろ向きに進む。私たちは前に進もうと思えば思うほど、過去に目を向けなければならない存在なのではないでしょうか」で、『現代の超克』は終っている。

私は『現代の超克』を長い引用だけで紹介したが、豊饒な素材が含まれている『近代の超克』の後世の問題提起が実に七十二年ぶりに今日のものとして再検討されたのを慶びたいのである。

『様々なる意匠』と『自然と純粋』

『様々なる意匠』の世界

小林さんは昭和四年九月、二十七歳の時「改造」の懸賞評論に応じ、「様々なる意匠」で二席に入選し、文壇に登場した。第一席は宮本顕治の「敗北の文学」で、小林さんは第一席間違いなしと思って、その賞金分を借金して当てが外れたという挿話を残している。

私は今度初めて「敗北の文学」を読んだが、平野謙の「今日芥川龍之介の死を『敗北の文学』と規定した宮本の評論と、現代文学のさまざまなレッテルを知的伝統の欠如による精神上の虚妄として高踏的に批判した小林の評論をよみくらべたら、精緻な完成度においても本質的な問題提起においても、小林論文のたちまさっていたことは明らかである」（昭和四二年、筑摩書房刊『現代日本文学全集　別巻1現代日本文学史』所収）という逆転評価にも、「この二人の指示した進歩的と芸術的の二方向は、その後の昭和文学史の進路を決定した」（「新潮日本文学辞典」、「宮本顕治」）という記述にも、私は共に共感する。

「敗北の文学――芥川龍之介氏の文学について」は、筆者が第一席当選二年後に共産党に入党したことが示しているように、わが国のプロレタリア文学の理論を、芥川の死に触発されて、様々に忠実に展開している。彼は芥川の初期から晩年までの主要作品には悉く言及しているが、処女作「羅生門」の憂愁から遺稿の「或阿呆の一生」の狂気まで、「小ブルジョア・インテリゲンチャの痛哭をそこに漲らせている」と規定し、「我々はいかなる時も、芥川氏の文学を批判し切る野蛮な情熱を持たねばならない。……『敗北』の文学を――そしてその階級的土壌を我々は踏み越えて往かなければならない」で終っている。この論全体には一種の聡明さが漂っているが、それが宮本顕治をして戦後の日本共産党の中枢たらしめたのは納得できると、私には思えた。

小林さんの「様々なる意匠」の執筆動機は明白である。「私は、ここで問題を提出したり解決したり仕様とは思わぬ。私はただ世の騒然たる文芸批評家等が、騒然と行動する必要の為に見ぬ振りをした種々な事実を拾い上げ度いと思う。私はただ、彼等が何故にあらゆる意匠を凝らして登場しなければならぬかを、少々不審に思う許りである。私には常に舞台より楽屋の方が面白い。この様な私にも、やっぱり軍略は必要だとするなら、『搦手から《からめて》』、これが私には最も人性論的法則に適《かな》った軍略に見えるのだ」。この「搦手から」だけが有名になり過ぎたが、小林さんは文芸批評の意匠を、「生き生きとした嗜好」と「潑剌たる尺度」で解き放ちたかったのである。それによって小林批評の生命力の永続性を実現させた、と私は思っている。

具体的には、「印象批評」とはボードレールの文芸時評がその「御手本」で、「彼の批評の魔力は、彼が批評するとは自覚する事である事を明瞭に悟った点に存する」とする。

次いで「マルクス主義文学」は政策論的意匠で一番単純明快に見えるが、「時代意識を持て」というものの、「時代意識は自意識より大き過ぎもしなければ小さすぎもしないとは明瞭な事である」とする。又「芸術の為の芸術」とは「自然は芸術を模倣するというが如き積極的陶酔の形式を示すものではなく、寧ろ、自然が、或は社会が、芸術を捨てたという衰弱の形式を示す」とする。

続いて「芸術論」に入るが、「観念的美学者は、芸術の構造を如何様にも精密に説明する事が出来る、なぜなら彼等にとって結局芸術とは様々な芸術的感動の総和以外の何物も意味してはいないからだ。……然し芸術家にとって芸術とは感動の対象でもなければ思索の対象でもない、実践である。作品とは、彼にとって、己れのたてた里程標に過ぎない」とする。

「象徴主義《サンボリスム》」は「(ポオ、ボオドレエルを経て)マラルメの秘教に至ってその頂点に達した。……而もなお、彼等が言葉の形像のみによって表現さるべき音楽的心境があると信じた処に、彼等の不幸があり、或は彼等の栄光があった」とする。

終りに近づくと、マルクス主義文芸批評家を取上げ、「諸君の脳中に於いてマルクス観念学なるものは、理論に貫かれた実践でもなく、実践に貫かれた理論でもなくなっているではないか。正に商品の一形態となって商品の魔術をふるっているではないか。商品は世を支配するとマルクス主義は語る、だが、このマルクス主義が一意匠として人間の脳中を横行する時、それは立派な商品である」と言う。

最後に「新感覚派文学」と「大衆文芸」を取上げる。「所謂『新感覚派文学運動』なるものは、観念の崩壊によって現れたのであって、崩壊を捕えた事によって現れたのではない。それは何等積極的な文学運動ではない。文学の衰弱として世に現れたに過ぎぬ」と手厳しい。「これと凡そ反対な方向をもつと少くとも私に思われるものは『大衆文芸』というものである。『大衆文芸』とは人間の娯楽を取扱う文学ではない、人間の娯楽として取扱われる文学である。……而も今日『大衆文芸』が繁栄する所以は、人々は如何にしても文学的錯覚から離れ得ぬ事を語るものである。……最も素朴な文学的観念の現代に於ける最大の支持者たる『大衆文芸』に敬礼しよう」で終っている。

そして付記として、「私は、今日日本文壇の様々な意匠の、少くとも重要とみえるものの間は、散歩したと信ずる。私は、何物かを求めようとしてこれらの意匠を軽蔑しようとしたのでは決してない。ただ一つの意匠をあまり信用し過ぎない為に、寧ろあらゆる意匠を信用しようと努めたに過ぎない」と、ここで本篇中最強の逆説をしたためた。

「様々なる意匠」を表題作として、単行本が世に現れたのは昭和九年五月、改造社が出した「文芸復興叢書」の一冊だけである。そこに表題作以下二十篇が収録されているが、当時三十二歳の小林さんが自らの初期評論集として選択したと思うので、そのなかから私が強く関心を覚えた数篇を選び、言及していきたい。

まず最初に挙げたいのは「志賀直哉」(「思想」昭和四年十二月号)である。「世の若く新しい人々へ」という副題がついているが、それは「今日新時代宣伝者等」に足許を掬われないようにという忠告でもあろう。

「志賀直哉氏の問題は、言わば一種のウルトラ・エゴイストの問題なのであり、この作家の魔力は、最も個体的な自意識の最も個体的な行動にあるのだ。……強力な一行為者の肉感と重力とを帯びて、卓《すぐ》れた静物画の様に孤立して見えるのだ」という評言は志賀文学の本質を最も簡潔に言い当てている。「『和解』に於いて、子供が死ぬ個所の描写の異常な精到緻密を見て、ああいう場合にも作者の観察眼がくるわない事を訝《いぶか》るが、氏の様な資質が、ああいう場合、ああいう事件を観察すると思って見るだけでも滑稽な事である。恐らく氏にとっては、見ようともしない処を、覚えようともしないでまざまざと覚えていたに過ぎない。これは驚く可き事であるが、一層重要な事は、氏の眼が見ようとしないで見ている許《ばか》りでなく、見ようとすれば無駄なものを見て了うという事を心得ているという事だ」と述べている。私は今度「和解」を再読して、この名作の核心を衝いていると思った。この小林さんほどの志賀文学への肉迫はそれ以後も現れていない。永年の不和から和解する時の父子の涙ながらのやり取りも清潔である。

小林さんは「志賀直哉」執筆の前年、長谷川泰子と別れ、奈良市の離れを借りて、近くの志賀邸によく出入していたが、門下の者が集って鋤焼を食べている時、大酒を飲んでいたのは尾崎一雄と自分だけだったそうで、「我々は志賀門の愚連隊だったよ」と苦笑しながら語っていたのも思い出される。

次いで「横光利一」（「文藝春秋」昭和五年一月号）を取上げたい。「様々なる意匠」で「新感覚派文学」を「文学の崩壊に過ぎぬ」とした小林さんも「（横光）氏の持って生れた粘著ある、肉感的な、純潔な心情は、『機械』に於いて最も逆説的に生まに語られた」と絶讃し、「『機械』は世人の語彙《ごい》にはない言葉で書かれた倫理書だ。……主人は世人の所謂お人好し、軽部は常識人、屋敷は理論家、この三つの傀儡《かいらい》は、各々極端な典型として作者にあやつられる。だが作者は『私』を決してあやつり切ってはいない。そんな余裕は、恐らくこの作の制作過程にはないのだ。武器として主人は底抜けの善良をもち、軽部は暴力をもち、屋敷は理論をもつ、これらの武器を『私』は観察しつついじめられ、如何なる反抗も示すまいと覚悟した人物だ。無抵抗が唯一の積極的な反抗であると覚悟した人物だ」

私は「機械」を読み、横光利一の清新な誠実さを認めたが、これには又小林さん自身の倫理感が底に据わっているのも感得できた。

「マルクスの悟達」(「文藝春秋」昭和六年一月)は小林さんの弁証法的唯物論である。この論評については、昭和三二年刊新潮社版『小林秀雄全集　第一巻』の河上さんの「解説」がやはり最も理解が深いと、私には思えるので、それを転用しておきたい。

「小林としては、唯物論的傾向がすべて許せなかったというのでは決してない。のみならず、肉体も精神に対すればこれを物質の一つと見做すことが出来る訳だから、感覚し得る窮極の存在として物質を現実の最も確実な拠り所とすることは、彼のリアリズムの理論に符合するのである。既に『物質への情熱』という表題が示す如く、わが国古来の感覚的な唯心論などから見ると、彼は遥かに唯物論者である。この点『マルクスの悟達』の中にはっきり現れている。(然し勿論当のマルキストには、この微妙さが分る筈がない。)……『例えばここで叩かれているマッハという、最も複雑な贋物の頭は、レニンと同程度に明快であるという事実だ。レニンの眼にマッハが贋物と見えたそもそもの理由は、マッハの小癪な学者根性に関するのであって、二人の間の理論の関係などというものはほんと言えば喧嘩上必要だった文字に過ぎぬ。』即ちこの引用文が示すように、レニンは小林にとって真物であり、達人であって、又小林がマルキシズム文学者を『叩き』たくなったのは、その学者根性であり、マルキシズムは『喧嘩上必要だった文字に過ぎ』ず、これが理論として間違っているとは、必ずしもいっていないのである」

「マルクスの悟達」で小林さんがマルクス、エンゲルス、レーニンの「三天才」を実に深く読んでいるのに驚くが、殊にレーニン礼讃は、私も直接聞いたことがある。

次に「谷崎潤一郎」（「中央公論」昭和六年五月）を取上げたい。小林さんは最初に佐藤春夫の谷崎論を「白眉」と絶讃して、それから逃れることは難しいと断っているが、自分の谷崎論を遺憾なく発揮した、異色作である。まず「ポオとボオドレエルの影響」を受けたと言われるが、二人と違うのは谷崎の「批評精神の欠如」であり、「マゾヒズム、フェチシズムの世界を書いた傑作」も「死の影もない、絶望の影もない、その味いは飽く迄も健康で、強靭である」とその差違を指摘している。

そして「氏ほど現世の快楽が深刻な意味をもっている作家は他にない。氏は、征服によらず享楽によってこの世をわがものとする種類の作家であり、たとえ、悉くの思想が氏にとって無力であり、或は思想とは、言わば言語影像を喚起する単なる力であり、……こういう狭隘な範囲におしこめられた思想の力は、自ら独特な意味をもって来る。一と口で言えば、弱さの哲学が生れて来るのである。ここに、氏の独創の本質があるのだ、と私は信ずる。……その絶対的な柔軟は、選ばれた稟質《ひんしつ》にだけ許されるもので、重要な点は、氏がこれを悪魔まで、異端者まで、引張って来なければならなかった弱さにある、逆に言えば、氏が、この極端な柔軟がこの世で必ず敗北する事を確信する強さにある」と二十九歳の小林さんは瑞々しい逆説を駆使して、谷崎潤一郎の「独創の本質」を追跡している。さらに「痴人の愛」を「痴人の哲学の確立である。……進んで敗北を実践して来た氏の悪魔が辿りついた当然の頂である。生ま生ましい感動が、これ程静かに語られた事はない。……氏は確信をもって語っているのだ、痴人こそ人間である、と。氏の『此の人を見よ』である」と記し、この独創的谷崎論を閉じている。

私はこの女主人公の容貌を描いた本文を最後に引いておきたい。

「間もなく胸に浮かんで来たのは、さっきのナオミの、あの喧嘩をした時の異常に凄い容貌でした。『男の憎しみがかかればかかる程美しくなる』と云った、あの一刹那の彼女の顔でした。それは私が刺し殺しても飽き足りないほど憎い憎い淫婦の相で、頭の中へ永久に焼きつけられてしまったまま、消そうとしてもいっかな消えずにいたのでしたが、どう云う訳か時間が立つに随っていよいよハッキリと眼の前に現れ、未だにじーいッと瞳を据えて私の方を睨んでいるように感ぜられ、しかもだんだんその憎らしさが底の知れない美しさに変って行くのでした」

ここまで単行本『様々なる意匠』から選んで言及してきたが、最終篇は「故郷を失った文学」(「文藝春秋」昭和八年五月)にしたい。

小林さんはこの始めの方で、「私は人から江戸っ児だといわれるごとにいつも苦笑いする。何故かというと、そういう人が江戸っ児という言葉で言い度い処と、私が理解している江戸っ児という言葉との間にあんまり開きがありすぎるからだ。……言ってみれば東京に生れながら東京に生れたという事がどうしても合点出来ない」と述懐した後、次のような印象的な挿話を挟んでいる。

「いつだったか京都からの帰途、瀧井孝作氏と同車した折だったが、何処かのトンネルを出たころ、窓越しにチラリと見えた山際の小径を眺めて瀧井氏が突然ひどく感動したので驚いた。ああいう山道をみると子供の頃の思い出が油然と湧いて来て胸一杯になる、云々と語るのを聞き乍ら、自分にはわからぬと強く感じた。自分には田舎がわからぬと感じたのではない、自分には第一の故郷も、第二の故郷も、いやそもそも故郷という意味がわからぬと深く感じたのだ」

瀧井孝作の晩年の大作『俳人仲間』を私が担当し、郷里飛騨高山から出郷するまでを、十四年かかって完成したが、この「源泉」への感動は終生純粋に保たれていたと私は思う。

この文章の後半は、「私達が故郷を失った文学を抱いた、青春を失った青年達である事に間違いはないが、又私達はこういう代償を払って、今日やっと西洋文学の伝統的性格を歪曲する事なく理解しはじめたのだ。西洋文学は私達の手によってはじめて正当に忠実に輸入されはじめたのだ、と言えると思う。こういう時に、徒らに日本精神だとか東洋精神だとか言ってみても始りはしない。何処を眺めてもそんなものは見附かりはしないであろう、又見附かる様なものならばはじめから捜す価値もないものだろう。谷崎氏の東洋古典に還れという意見も、人手から人手に渡る事の出来る種類の意見ではあるまい。氏はただ私はこういう道を辿ってこういう風に成熟したと語っているだけだ。歴史はいつも否応なく伝統を壊す様に動く。個人はつねに否応なく伝統のほんとうの発見に近づくように成熟する」で終る。

小林さんがこれを書いたのは三十一歳だったが、その二十一年後、五十二歳の時に「栗の樹」(「朝日新聞」昭和二九年十一月)を書く。その終りの方のみ引用しよう。

「私の家内は、文学について、文学的な興味などを示した事がない。用事のない時の暇つぶしに、たまたま手許にある小説類を、選択なく読んでいるが、先日、藤村の『家』を読み、非常な感動を受けた。だが、これも、彼女は信州生れで、信州の思い出が油然と胸にわいたがためである。彼女は、毎日、人通りまれな一里余りの道を歩いて、小学校に通っていた。その中途に、栗の大木があって、そこまで来ると、あと半分といつも思った。それがやたらに見たくなったのだが、まさかそんな話も切り出せず、長い事ためらっていたが、我慢が出来ず、その由を語った。私が即座に賛成すると、親類の手土産などしこたま買い込み大喜びで出掛けた。数日後還って来て『やっぱり、ちゃんと生えていた』と上機嫌であった。さて、私の栗の樹は何処にあるのか」

この名エッセイのライトモチーフは、「故郷を失った文学」の瀧井孝作の感動と地続きである。小林さんは前文を「歴史はいつも否応なく伝統を壊す様に動く。個人はつねに否応なく伝統のほんとうの発見に近づくように成熟する」で終えたが、小林さんの「私の栗の樹は何処にあるのか」という自問自答は、晩年の十一年半をかけて「新潮」に連載し、翌年刊行した『本居宣長』でその答えを出している、と私は思う。

『自然と純粋』の構成

河上さんの第一評論集『自然と純粋』は、三十一歳の時、芝書店から、意匠青山二郎、題字河上アヤで出版された。勁草書房版『河上徹太郎全集』第八巻の「年譜」によれば、「芝さん……町内のつきあいなので、夕食後よく目黒キネマの横町で安酒を酌み交した。……そんな席での気紛れが実現したのがこの『自然と純粋』である」（はじめての本――「自然と純粋」）。

『様々なる意匠』と同様に、私が関心を抱いた作品を、全体が三部でよく構成されている「エッセイ」「作家と作品」「音楽論」の各項目から取上げていきたい。

「エッセイ」の項ではまず「自然人と純粋人」（「作品」昭和五年六月）を挙げたい。『ドストエーフスキー全集』（昭和四四年、河出書房新社刊）を全訳した米川正夫の「解説」によれば、『カラマーゾフの兄弟』達の長子ドミトリイ（ミーチャ）は無意志、欲望の放縦、情的資質を、次男のイヴァンは智、誇り、貪婪な生活欲を、三男アリョーシャは精神的、宗教的傾向を、私生児スメルジャコフは奴隷的卑屈と毒念を（父から）伝えられたとされているが、河上さんの独創は、「ミーチャもアリョーシャも共に現実家なのだが、その差違は前者が自然人であるに対し、後者は純粋人なのである。私にはこの対立ほど人間の中で峻厳なものはないように思える。……例えば赤い林檎を見て、『この林檎は赤い。』といった場合、自然人は純粋にそれだけを意味しているに対し、純粋人は『その陰は紫だ。』という意味を必然的に含んでいるのである。……ドストエフスキーの芸術の人生論的意義並びにその独創性はここにある。ミーチャの乱行の物語をアリョーシャは驚きも恐れも怒りもせず、只悲しげに聞く。ミーチャはアリョーシャを決して軽蔑しないで、『俺をほんとに判ってくれるのはお前だけだ。』という。この時両人は対立している二概念ではなく、アリョーシャはミーチャのミーチャ的な理想型である。即ち倫理的にいえば純粋は自然より高級であり、アリョーシャはミーチャよりも『正しい意味で現実家』である」と展開している。ここに初めて現われた、河上さんの対比列伝はそれ以降の河上批評の基調となったと言ってもいい、と私は思っている。

終りの方で「『蓼喰う虫』によって沼の底の藻のように落ち着いた純粋性を人物の周りに蕩漾せしめた谷崎潤一郎氏、『機械』によって痴呆のように確実な人間心理の交錯を書いた横光利一氏に、私は如何程讃辞を呈していいか知らないのである。……こういう書き下ろしの純粋小説が現れ出したことは索莫たる我が文壇に何物か望みを嘱せしむるものがある功は甚大である」とすぐにそれは現われている。

次に「古典性について」(「文藝春秋」昭和七年五月)を取上げたい。

森鷗外の創作を高く評価して、わが国の文学の古典性の問題を追究した、河上さんでなければ捉えられない、貴重な短文と私には思える。

「一体氏を単なる翻訳家、外国文学の輸入者とするのは大きな間違いで、氏の真価は創作にあるのだと私は思う。……名篇『山椒大夫』なんか読むと、これこそ小説の典型だという気がする。所で古典という言葉は、元来こんな場合に使う言葉じゃあるまいか。……所で我々現代の日本文学にたずさわる者が古典と称するものは何であろう。単に年代的に古いという意味で源氏物語や西鶴や芭蕉を挙げるとしても、これらの普遍性即ち超時代性はその個性の偉大さから来たのであって、その様式は全く風俗史的なものであり、決して小説構成の抽象的な典型になったり、人間と人間とが出会った時の純粋な図式であったり、その言葉が数多の傍系的命題を産み得る規範を持っていたりすることはないのである。これはゲーテやシェイクスピアと比較して見ると思い半ばに過ぎるであろう。……つまり在来の日本の文人気質は文字に甘え言葉に酔う態度に終始しているに対し、鷗外は言葉に最小限度の効用しか与えず、それによって小説構成に関する最大限度の可能性を得んとした」と鷗外を称えている。

さらに「最近の偉才」として、「志賀直哉、横光利一、牧野信一、堀辰雄、梶井基次郎、嘉村礒多」を挙げながら、「その文壇に一地位を占めるユニックな点を見ると、然し尽く何か日本的なもの、つまり味とか、感受性とか、そうでなければ後天的な文体などを、我が物とすることによって可能なのである。そして彼等が立派であるのは、その作品の中に渾然とローマンの要素があるためではあるが、それもこの独自な感受性を機縁として成り立っているのであって、決して純粋に本格的な小説構成は見られない」と批評する。

さらに通俗小説と芸術小説の批判が続く。「通俗或は大衆小説が芸術眼のある人を満足させないとすれば、それは古典性の欠除に由来しているのであって、つまり人物なり場面なりを作者が明確に設定しないで、いわば読者となれあいでその想像を逞しくするように役立つような文字を並べて、それで興味を釣るからである。そして芸術小説が限られた知識層しか獲得出来ないのは、古典の朗らかさがなくて作者の体臭がじかに鼻につくからである」としている。

そして「要するに古典精神があれば、心境小説と本格小説の区別も、通俗小説と芸術小説の対立もなくなるのである。然し我々は不幸にもそれについて立ち還るべき故郷を持たない。だから強いて求むればそれは鷗外の精神であろうと、偶ま読後に受けた感想を一寸述べる次第である」と、この卓論を終えている。

他に「羽左衛門の死の変貌についての対話」は、『自然と純粋』中での逸品で、「大岡昇平、吉田健一との師弟関係」の章で吉田健一の「最大級の絶讃」を紹介したが、あれ以上の讃辞は私の能力では及ばないので、省かせていただく。

「作家と作品」の項では「小林秀雄『オフェリヤ遺文』」を取上げたい。その作品は昭和六年十一月「改造」に掲載された小林さんの小説だが、河上さんの批評は「作品」昭和七年一月号に載り、原題は「小林秀雄へ――『オフェリヤ遺文』読後感」である。この原題の方がお二人の親密性を率直に伝えていると思われる。

「僕は書斎の窓から、萌え始めた庭の新緑をボンヤリ眺めていると、いつも案内なしに僕の部屋へはいって来る君がいつの間にか側に立っていて、『東京の新緑は変に濁ってやんな。』と頓狂な声を出した。振り向いて「暫くだったな。」というと、『小笠原へ行って、昨日帰って来た。』という。それから君は一種独得の魅力で小笠原の話を始めるのだ。当時の君の話には何よりも色彩の鮮さがあった」と追想するが、「年譜」によれば小林さんが小笠原を旅したのは東大仏文科入学直後の大正一四年四月で、二十三歳の時である。「君は向うへ行って、発狂物語が書きたくなったという。……その後僕は待つともなく発狂物語を待っていた。然し仲々出来なかった。又出来そうにもなかった。随分長い間君は全然筆を断っていた。恐らく君は、発狂を発見してこれを我が身の肉とすべく唯生きていたのだろう。……やがてこの立場を裏書するような作品、『女とポンキン』が出来た。……これはいい得べくんば既に発狂物語である。然し持続状態としての発狂ではなく、発見としてのものである。……『私』と女とポンキンと呼ぶ犬とが半島の尖端に居る。ふと気がつくとポンキンが一匹の山かがしを見つけてこれにじゃれている。女は『ポンキン！　いけません！』とたしなめる。『私はこの瞬間女の涙に光った、蒼白い、一生懸命な顔を、本当に美しいと思った。』こんな逆説的な虚構な情感ってあったものじゃない。然しこれ程普遍性を持った健全さと、従って真実な笑いを伴った事実もないのだ。……この素朴な逆説は、君の生活上の痛ましい宿命であり、ひいては君が評論家として成功する所以でもある」と河上さんでなければ書けない、若き日の小林秀雄像を描く。

「こうして君はこの状態の円熟を徐ろに待っていた。然し事実は突然別の方向に向った。その時君の不幸な放浪時代が始ったのだ。僕はこの事件をここで述べる気はない。(これは小林さんが長谷川泰子を中原中也から奪い、同棲した後、別れた事件を指している)……一般に事件は合理主義的な人間存在を素朴実在的にする。……君の発狂は合理主義を脱して素朴実在的に居直った。……元来発狂というものは、自己証明の本能的欲望がその作用と作用との間に錯乱を来したものであるからには、君の場合に於ける発狂は正気よりも更に健全なものである。……君の発狂はここに完成され、従ってそれは、君の感受性の一状態として、任意の『オフェリヤ』の中に代置することが可能になった」と「オフェリヤ遺文」完成の由来を明かにする。

新潮社版「小林秀雄全集」第二巻(昭和三一年刊)の河上さんの「解説」では、「『おふえりや』は夢であり、心理的幻想である。このイメージは息苦しい程持続している。そしてこのオフェリヤは大体シェイクスピアのそれだが、それなら彼女はこの時もう発狂しているのであり、そうなると狂人の心理は息苦しい程持続しているといえるであろう。……この真理は小林が当時身を以て会得したことであり、そしてこれだけ美しくこの作品で実証してくれれば、人にも納得出来るのである」と書いているが、私はこの作品を読み、死にゆくオフェリヤの女性像をこれほど精細微妙に描き出していく、小林さんの小説家としての潜在力にも改めて敬服したと告げざるを得ない。

「音楽論」の項は「シュウベルトの抒情味《リリシズム》」（「月刊楽譜」昭和三年九月号）にしたい。小林さんはよく「音楽は河上だよ」と呟いていたが、これは簡潔なシューベルト論の傑作である。「一言でいえば彼は音楽の散文家ではなく、音楽の詩人である。詩人の夢は迅速だ。彼は散文家のように自分の舞台の書割という空間関係を傍に定着している暇がない。これがシュウベルトが歌曲に於て成功した所以だ。彼には構成というものが無い。彼は抒情するか然らずんば無である。……ピアノの『ワンダラー・フワンタジー』を見るに、彼がその中で抒情的で無い部分は全く和声学の練習書の例題に一寸匂いをつけたようなものだ」。さらに「ベートーベンの浪漫主義もハイドン式の外的構成への意識的な反逆であったが、然し人間的な『劇的』な構成であった。然しシュウベルトはあらゆる構成への反逆で、その底にある最後の造型性を見出したのである。だから彼の音楽上の後継者はシューマンやメンデルスゾーンであるとしても、彼の魂は寧ろショパンの熱情に一脈通じるものがあるのではあるまいか?」と西洋音楽史的に、むしろショパンに通じるとするところに、河上さんの持つ、音楽への非凡な感受性と造詣が窺える。

私はコロムビア社の友人を伴って河上邸に向う時、LPを携えていったものだが、或る時ルドルフ・ゼルキンのシューベルト「ピアノ・ソナタ変ロ長調、遺作（D960）」を持参した。そして翌週銀座で会うと、「あれはよかったな、特に第二楽章のアンダンテが」と言われた。続けて「西行の『願はくは花の下にて春死なんそのきさらぎの望月《もちづき》のころ』だね」と言われたのを、河上さんが亡くなってからよく思い出した。

小林さんの「ランボオ」、河上さんの「ヴェルレーヌ」

小林さんはランボー論を三回書いているが、最後の「ランボオⅢ」（「展望」昭和二三年三月号）で、「僕が、はじめてランボオに、出くわしたのは、廿三歳の春であった。その時、僕は、神田をぶらぶら歩いていた、と書いてもよい。向うからやって来た見知らぬ男が、いきなり僕を叩きのめしたのである。僕には、何んの準備もなかった。ある本屋の店頭で、偶然見つけたメルキュウル版の『地獄の季節』の見すぼらしい豆本に、どんなに烈しい爆薬が仕掛けられていたか、僕は夢にも考えてはいなかった」と書き出す。小林さんのその時から四半世紀にわたる批評活動の底流にそのランボーがあったのである。当の出合いの翌年「ランボオⅠ」（「仏蘭西文学研究」大正一五年十月）が書かれた。その後の小林さんはそれを「見るも厭です」と斥けているが、年若い文学青年の多くはこのランボー論に酩酊した。私もその一人である。

「十六歳で、既に天才の表現を獲得してから、十九歳で、自らその美神を絞殺するに至るまで、僅かに三年の期間である。……ランボオの出現と消失とは恐らくあらゆる国々、あらゆる世紀を通じて文学史上の奇蹟的現象である」と始め、「十九歳で文学的自殺を遂行したランボオは芸術家の魂を持っていなかった、彼の精神は実行家の精神であった、彼にとって詩作は象牙の取引と何等異る処はなかった、……我々は彼の絶作『地獄の一季節』の魔力が、この作品後、彼が若し一行でも書く事をしたらこの作は諒解出来ないものとなるという事実にある事を忘れてはならない。……彼は美神を捕えて刺違えたのである。恐らく此処に極点の文学がある」と記して「酩酊の船」を訳出する。

われ、非情の河より河を下りしが、
船曳《ふなひき》の綱のいざない、いつか覚えず、
罵《の、し》り騒ぐ蛮人は、船曳等《やつら》を標的《まと》にと引っ捕え、
彩色《いろ》とりどりに立ち並ぶ、杭に、赤裸《はだか》に釘附けぬ。

船員も船具も、今は何かせん、
ゆけ、フラマンの小麦船、イギリスの綿船よ。
わが船曳等の去りてより、騒擾《さわぎ》の声も、はやあらず、
流れ流れて、思うまゝ、われは下りき。

この訳出には、若々しい詩魂が凝集しているようで、今でも私は昂奮する。
河上さんの「ヴェルレーヌ」は、昭和一〇年六月芝書店刊『叡智』翻訳の「あとがき」で、昭和二二年加筆された。
河上さんは「この詩集は、客観的に見ても中世紀以来の最も偉大な宗教詩であり、改宗の理論書」としている。

「私が題名《Sagesse》を殊更『叡智』と訳したのは著者が聖寵の下なるこの概念を意識して他の『人間的な知恵』《Sagesse humaine》だの、『科学』《Science》だのと区別して用いていることへの心遣いからである。……彼の改宗の理論とは如何なるものであろうか？……すべての改宗は、あのポーロがダマスクの途上電撃の下にキリストの姿を認めて口にした、おお神よ。という一言以外にはない。然らばヴェルレーヌの見神は如何にして行われたか？　彼はそれを到る所に見た。……眼前の風物の中に見た。

　空は屋根の彼方で
　　あんなに青く、あんなに静かに、
　樹は屋根の彼方で
　　枝を揺がす。

　鐘はあすこの空で、
　　やさしく鳴る。
　鳥はあすこの樹で、
　　悲しく歌う。

ああ、神様、これが人生です、

つつましく静かです。
あの平和な物音は
街からきます。

就中、この小唄にある見神は見事である。屋根の向うの澄んだ空の一角を凝視して、そこに間違いのない神の姿を発見した彼は、ダマスク途上のポーロに比すべき視覚作用を持ったというべきだ。彼はこれ等の現象の背後に神の観念を認めたのではない。彼の眼にはこれ等のものの溶け合った強烈な幻想《イリュージョン》しかないのだ」

この河上さんの詩の訳は小林さんと対照的に、信仰者の静けさがあるが、やはり名訳である。ヴェルレーヌはランボーとの深交が破れ、彼へのピストルの発砲で入獄するが、「前掲の、屋根の彼方の青い空は、獄中で恐らく運動場をぐるぐる散歩させられた時に見たものに違いない」と河上さんはつけ加えている。

私が結末に小林さんのランボー訳と河上さんのヴェルレーヌ訳を持ち出したのは、お二人の文学の出発はこの二天才詩人への耽溺から始まり、それが中原中也との付合いでさらに深化していき、お二人の文芸評論の底流となったことで、その批評精神に自由な伸びやかさをもたらしたのは看過できないと思うからである。

お二人の登場以前の文芸批評は、概念的な講壇調か、公式的なプロレタリア文芸批評か、状況を見ての印象批評等で動いていた。お二人で育まれて、批評自体が初めて文学作品となり、その作品群の内実が生命力を帯びて、今も我々を覚醒させ続けているのを伝えたかったからである。お二人の業績がわが国で初めて生れた創造的批評たる所以でもある。

最晩年の作品と逝去

「本居宣長補記」と「正宗白鳥の作について」

小林さんの「本居宣長補記」は『本居宣長』刊行の二年後、「新潮」昭和五四年一月号から四回断続連載をして、同五五年六月号に完成した。小林さんが七十七歳から七十八歳にかけて、『本居宣長』の完成後なお書き残したい事柄を著し、昭和五七年七月に新潮社から単行本として刊行された。

まず冒頭に、田中美知太郎の講演に触発され、プラトンの『パイドロス』と『本居宣長』の共通性を説く。ギリシャの古代哲学者に、宣長の基本的な考えが直ちに通じるという発想の飛躍に、小林さんは何の躊躇もしない。パイドロスがソクラテスに向い、「このような神々の物語を、事実あった事とお信じになるか」と質問するが、ソクラテスには気に入らなかった。その問いに宣長は全く同じ考えを示している。熊沢蕃山が「神代の伝説《ツタヘゴト》の神《アヤ》しさ」を「つたなき寓言」と説くのをきっぱりと斥け、それでは神書の「そこひなき淵のさわがぬことわり」には到達できないとした。小林さんはこの二人の共通性は「哲学の文章」だと言う。

さらにソクラテスは、エジプトの技術の、特に文字を発明する神様が、この発明はエジプトの智慧と記憶力との増進の秘訣だといったところ、王の神様は「文字の発明の御陰で、誰も記憶力の訓練が免除されるから、皆忘れっぽくなる。……自分達の内部から、己れの力を働かせて思い出すという事をしなくなる。……君の弟子達は、確かに、君の御陰で、親しく教えられなくても、物識りにはなる。何も知らない癖に、何でも知っているとうぬぼれるようになる。学者にならず、えせ学者になったような」と答えたという話をする。

宣長の方は「古へより文字を用ひなれたる、今の世の心をもて見る時は、言伝《コトヅタ》へのみならんには、万《よろづ》の事おぼつかなかるべければ、文字の方はるかにまさるべしと、誰も思ふべけれ共《ども》、上古言伝へのみなりし代の心に立かへりて見れば、其《その》世には、文字なしとて事たらざることはなし。……文字は不朽の物なれば、一たび記し置つる事は、いく千年を経ても、そのまゝに遺《ノコリ》たるは文字の徳也。然《さ》れ共文字なき世は、文字無き世の心なる故に、言伝へとても、文字ある世の言伝へとは大に異にして、うきたることさらになし。今の世とても、文字知れる人は、万の事を文字に預くる故に、空にはえ覚え居らぬ事をも、文字しらぬ人は、返りてよく覚え居るにてさとるべし。殊に皇国《みくに》は、言《コト》霊《ダマ》の助くる国、言霊《コトダマ》の幸《サキ》はふ国と古語にもいひて、実に言語の妙《たへ》なること、万国にすぐれたるをや」（くず花）。

「以上の文を、ソクラテスの言うところと注意して比べてみると、二人の考えの中心部は、しっくり重なり合っているのが見えて来るだろう。……彼の哲学者としての自覚からすると、出来るだけ率直に、心を開いて人々と語るのが、真知を得る最善の道であった」と小林さんは確言している。

又日本語の成立に関しては、「長い間、口誦《こうしょう》のうちに生きて来た古語が、それで済まして来たところへ、漢字の渡来という思いも掛けぬ事件が出来《しゅったい》した。言わば、この突然現れた環境の抵抗に、どう処したらいいかという問題に直面し、古語は、初めて己れの『ふり』をはっきり意識する道を歩き出したのである。私達は、漢字漢文を訓読という放れわざで受け止め、鋭敏執拗《しつよう》な長い戦いの末、遂にこれを自国語のうちに消化して了った。漢字漢文に対し、このような事を行った国民は、何処《どこ》にもなかった。この全く独特な、異様と言っていい言語経験が、私達の文化の基底に存し、文化の性質を根本から規定していたという事を、宣長ほど鋭敏に洞察していた学者は、他に誰もいなかったのである」と宣長の天才を讃えている。

さらに小林さんは『本居宣長』で「『真暦考』の文章に触れなかったのは心残りであった。これを機会に、この研究について述べることにする」と告白したのはそこに「補記」の重要点があることを示していよう。

「『真暦不審考弁』を見ると、宣長は、相手の天文暦数の大家に向って、唐国《からくに》の暦法の定まりに泥《なず》む愚を説いている。近頃のオランダの暦法など見てはどうか、驚いて目を廻すであろうと言っている。科学的認識を曇らせるどころの段ではない。陰陽五行説と馴《な》れ合って渡来した暦法などに比べれば、余程純粋な科学的認識に基いたオランダ暦の方が、遥かに自分の信じている『真暦』に近いと、彼は見ていたと言ってもよい。原始の体験は、これを知的に整える末梢《まっしょう》の経験を包みこそすれ、これに制圧はされまい。両者の衝突の如きは、宣長の思考の上では起り得なかった、それもよく感じられると思う」と宣長の古学の進取性をも捉えているところが面白い。

そして「其月《ソノツキ》の其日《ソノヒ》と定むるは、正《タダ》しきに似たれども、凡《すべ》て暦の月次日次《ツキナミヒナミ》は、年のめぐりとはたがひゆきて、ひとしからねば、去年《コゾ》の三月《ヤヨヒ》の晦《ツゴモリ》は、今年は四月《ウヅキ》の十日ごろにあたれば、まことは十日ばかりも違《タガ》ひて、月さへ其月にあたらぬをりもあるなれば、中々《なかなか》に其日にはいとうとくなむあるを、かの上つ代のごとくなるときは、其人《ソノヒト》のうせにしは、此樹《コノキ》の黄葉《モミヂ》のちりそめし日ぞかし、などとさだむる故に、年ごとに其日は、まことの其日にめぐりあたりて、たがふことなきをや。さればこは、あらきに似て、かへりていと正《タダ》しく親《シタ》しくなむ有ける」と宣長独特ののびやかな名文で、中国の制度にならった暦法の批判をしている。

その他小林さんはさまざまに「補記」を行っているが、この敢行で「心残り」は満たされたのではなかろうか。

最後に蛇足かも知れないが、高橋英夫『疾走するモーツァルト』（昭和六二年、新潮社刊）のなかでの筆者と私（S氏）との会話をつけ加えておきたい。

「S氏はまた私に言った。『小林秀雄の作品の中に、澄んだ明るさをたたえたものがあることに、もっと目を向けていく必要がありますね。たとえば最晩年の『本居宣長補記』。これはほんとに晴れやかです。心が鬱屈するとあれを読み返すんですが、いいですね』

『私もそうです。『補記』の中で一番忘れがたいのは古代人の暦の観念を語ったあたりで、そこを読むと、よく晴れた冬の日に白く光った道を歩いてゆくような陶酔を覚えますね。中国から伝わった暦法以前の暦の状態――これがあえていえば小林秀雄の祝祭性ではなかったかという気がします』」

筆者のこの一言は小林さんの求心力をよく示唆していると思う。

「正宗白鳥の作について」は『本居宣長補記』刊行の前年、「文學界」に昭和五六年一月号から断続連載され、同五八年五月号で絶筆となり、未完である。昭和五八年五月『白鳥・宣長・言葉』（文藝春秋刊）に全文収録された。

まず戦後早々の昭和二三年十一月に「光」に掲載された、白鳥と小林さんの対談「大作家論」についての白鳥の随筆「座談会出席の記」の辛辣な言葉から始まる。白鳥は小林さんの酔態ぶりを「生酔い本性たがわず、泥酔者真実を吐露すると云ったような感じがして、素面の時には遠慮して云わないような事をつけつけと云うので、私も普通の座談会と異なり、得るところもあり、面白く思われる事もあった。しかし、次第にうるさくなった。酔っ払いは自分に勝手なことを云うだけで人の事を理解しようとはしないのである」と記し、速記録の表紙に「内容浅薄」と書き、小林さんは徹底的に訂正した、と書く。それから白鳥論が始まるが、『文壇的自叙伝』と『自然主義文学盛衰史』をいずれも傑作と評価する小林さんほど白鳥を高く買った存在はいないのではないかと私は思った。「正宗氏の文章は、実に裸である」という小林さん流の最大級の讃辞がいきなり現れるが、『文壇的自叙伝』が出る前に、トルストイの家出問題をめぐって白鳥と小林さんが激しく論争をしたのは有名である。「論争をするとは、人生如何に生くべきかという、自力で自分流にしか入り込めない汲尽せぬ難題に、知らぬ間に連れ込まれる事だったたからだ。お互に、これをよく感じ取っていたからである」とも省みている。

『文壇的自叙伝』を、小林さんは批評文学の傑作と言い、「文学とは何かという深い疑いが、正宗氏の心を領していたのであった」と評し、『自然主義文学盛衰史』に提出されている問題は「『事実は小説より奇なり』という問題に帰する」と言う。「この奥の深さが何処まで辿れるかは、問題を受取る各人の個性や力量に属するからだ」とも述べている。

白鳥は自然主義作家の中で島崎藤村を最も重じていた。「絶えず人生行路の艱難を書く藤村を『艱難の化身』と呼んでいる……『藤村の数巻の自伝小説を読み続けると、生きることの艱難が我々の胸にも浸込んで来るのである。……艱難が人間の形を帯びて待伏せしているのである。……藤村の『家』には、生きる事の煩わしさ、苦しさが、他の作家よりも、板についているといった感じがする。上っ調子のところもなく、性急なところもなく、生の苦悩を見詰め見詰め、静かに溜息を吐いているといった感じがする』」と白鳥は藤村に執着し、「日本の自然主義作家と作品の一むれは、世界文学史に類例のない一種特別なものと云うべく、……人に面白く読ませようと心掛けないのも、この派の特色であった」と自然主義文学批判を自ら批判していると、小林さんは指摘する。

さらに白鳥が心酔した内村鑑三に及ぶが、小林さんは白鳥の長篇評論『内村鑑三』も人物評論の傑作としている。白鳥は「(内村の『基督信徒の慰』を)今度久振りに読返して、これは内村の作品として最も傑れたものではないかと思った」と書く。小林さんは「内村は、正宗氏が恐らく一番敬愛した人だった。……『私の知れる限りに於て、明治以来の人物のうちでは特殊な風格を具えた天才らしい男子であった』という言い方になった。……論点は、『日本のキリスト教徒のうちで、特殊の風格のある奇異の信者であり、奇異の伝道者であった』内村という人間の真相という問題に絞られている」とも記している。さらに「内村教授不敬事件」に及ぶ。「教育勅語拝読の式場で、ちょっと頭を下げるか下げないかというような事は、内村に言わせれば、世の習慣に属する『敬礼』の形式を出ない。……人間何を『崇拝』すべきかという事になれば、それはまるで違った人生の大事であり、『基督信徒の慰』の言い方を借りれば、わが心霊の貴重なる自立の性に属する問題である。私を非難する轟々たる世論が頼んだ万人の証拠と、私一人の自立した確信といずれが重いかを、私は問うたと内村は言う。この時、内村の魂の奥深く人知れず行われた自問自答の孤独を、正宗氏は、己れの批評家の魂の営みの孤独に照して、わが事のように会得したのであった」とやはり小林さんの批評家魂は深い読みを伝える。

続いて小林さんの最後の河上徹太郎論が現れる。「大分以前の事になるが、河上徹太郎君が、『日本のアウトサイダー』と題して、岡倉天心、内村鑑三、河上肇の三人を列伝風に書いた事がある。(昭和三四年)一読、非常な興味を覚えたので、当時雑誌に連載していた時評風の文に早速取り上げた。……何を措いても、先ず私の心を捕えたのは、三人の人物像のいかにも鮮明な姿であった。其処には、河上君が、内村の言葉に倣い、自分の試みるところは『他なし、この三人の明確なる人格の明確なる紹介なり』と言っている趣があった。……人格という実を直撃せんとする道を貫く事は、特に心理学の濫用が人格概念を解体させている今日のような状況では、容易な事ではないと考えられたので、その感想の一端を述べたのであった。其後、『吉田松陰』が書かれた。これは晩年の河上君の人物論の傑作だが、その序で、十年前の『日本のアウトサイダー』の着想は、遂にここまで来たと言っている。私は、予感していたところが敢行されたと思ったのである」。その後は白鳥から離れ、ストレイチイ、フロイト、ユング、ヤッフェと自由連想風な叙述が続き、「自ら強調し追求して来た内的経験の純粋性というものに、苦しむ事になる、追い詰められる事になるのが、だんだんと明らかになって来る、そんな書簡を読まされる始末となっては、ヤッフェも亦《また》追い詰められて、ユングの『自伝』の解説を、『心の現実に常にまつわる説明し難い要素は謎や神秘のままにとどめ置くのが賢明』」で、絶筆となる。ヤッフェはユングの『自伝』の解説者だが、絶筆に記された「自ら強調し追求して来た内的経験の純粋性というもの」は偶然ながらいかにも小林さんらしいと、私は思う。

『愁い顔のさむらいたち』と『歴史の跫音』

『愁い顔のさむらいたち』は昭和五〇年三月に文藝春秋から刊行され、『歴史の跫音』は「新潮」に昭和五〇年五月号から断続連載して、昭和五二年二月に新潮社から刊行された。河上さんが七十三歳から七十五歳にかけての時期である。

前者の「あとがき」には「周東の武士たちの史歴は、……私が郷里岩国へ帰る毎に近在の史蹟を訪れ、郷土史家大岡昇氏の案内でその蘊蓄ある説明と周到な資料聚集に頼りながら一緒に愉しいレジャー・ハイキングをして歩いた記録である。……私としては歴史としてよりも紀行文として読んで頂いた方が嬉しいような文章である」。後者は「著者の言葉」で「出来れば本書を紀行文として読んで戴きたい。それは私の本懐であり、全文旅の楽しみでこれを書いた。その上で私は、先祖の流した血の上に私の血の匂いを嗅いだ。彼らの行動や愚行の中にただならぬ私の性癖を露わに感じた。その挙措を私の趣味で彩った。これは私の私小説でもある」と述べている。

私はこの二著から殊に河上さんの資質がよく出ていると思える作品を一篇ずつ選んで紹介しておきたい。

『愁い顔のさむらいたち』は八篇から成るが、歴史小説家とは資質を異にする、河上さんの批評力が生彩を放っている「攘夷のハムレット—赤根武人—」をまず取り上げよう。

「新潮日本人名辞典」から略記すると、赤根武人は「周防大島郡柱島の医者の子となり、高杉晋作のあと奇兵隊総督として馬関戦争でも活躍したが、藩内の討幕派と意見を異にし、幕府と萩藩恭順派との間を取り持とうと策動中、捕えられ処刑された」とあるが、河上さんは「彼の『性格的』な慎重さ」を見抜く。高杉の後第三代奇兵隊総督に就任するが、山県有朋は「四国軍艦砲撃の一日、戦局未だ決せざるに総督の馬標先ず影を没す。ここに於いて赤根の威信全く地に墜ち殆んど一人の心服するものなし」と意見書に記した。

しかし河上さんは「武人は恐らくこの時攘夷の空しさを知ったのである。……方法論的に攘夷という方策に懐疑的になったのである。……この前提によって武人のそれからの言動は辻褄が合って来るのである。……藩内国内の内戦を止《や》めること、そこに攘夷の目的とする夷国への抵抗も含まれている。彼はこのことに直進した。彼は決して卑怯者ではなかった。……この誤解が昂じて彼は斃れるのである。……武人は事件や運命の違いを構わずいうと、性格の或る断面にハムレット的なものがあるのを感じるのである。……懐疑派的行動主義者という近代的解釈によるそれである。『To be or not to be.』それが彼の長府口で山県に会った時の感慨である。……私がいうのは彼の攘夷精神の生死の問題である」と赤根武人の内面にハムレットを生かして、鋭く立入る。「しかし武人最大の汚名は、彼が幕府方に内通し、その手先になって長藩のスパイや後方攪乱に当ったというのにある。……そこで彼は心《しん》からの同志……と商人に扮して（大阪に）潜入後捕えられ、……京都の牢へ送られた。牢内での取調べは厳しかったが、やがて証拠不十分で釈放されることになった。……しかし身辺は危険で……彼が柱島で逮捕される時……出る所へ出ていうことがあるから同行するのだといって悠々詩を一つ賦して出掛けたというが、藩政府は裁判にもかけず処刑してしまった。……一夕、武人の悲運について語り合いながら、私はふと『どうも防州人は長州人にしてやられますね。』というと、大岡（昇）さんはうなずき、二人の防州人は笑ったのであった」と結ばれる。

『歴史の跫音』の方は五篇の史伝的作品で成り立っているが、私が一篇を挙げるなら、前にも述べたように「大内家の崩壊」にしたい。この一篇は河上さんが抱懐している、わが国の歴史や文化への洞察力から豊かな収穫をもたらされている、と思えるからである。

「大内氏は室町期を通じて西国に覇を唱えた極めて異色ある守護大名である。……必ずしも上に臣服していない。……室町期の（武士道の内容）は仏教的だけど徳川期のは儒教的である。……思えば諸行無常とは仏の救いとは殺生なものである。下剋上もそこから来ている。……儒教のモラルはストイックだ。秩序を尊び、生を重んじる。そこへ眼をつけた家康は賢明である」と室町期と徳川期の時代精神とを比較する。さらに「京都は武家には鬼門である。……大内も山口を意識的に『小京都』に仕立ててゆく情熱がその自滅の原因である」とも述べている。

「大内は百済の琳聖王子が祖先であると公言し、それを誇りにしている。……このエキゾティシズムが大内の第一の異色とすれば、第二のそれは、厚東氏を滅ぼした弘世以降歴代共先ず例外なく勇将でかつ文化人であることである。大内文化の優秀性、進歩性、また貴族趣味は、……大内一族を輝かしい明るいものに見せるのである。……しかしすべての点で最も大内氏らしい個性的な存在は、最後の義隆であろう」と定め、義隆の自刃により大内家が崩懐した過程を追っていく。そして義隆の菩提寺で義隆の画像を見た河上さんは「今回の山口旅行で最も印象深いものであった。……義隆は四十五歳で自刃しているから晩年近いものであろう。白んぶくれの顔で、豊頰、その眼はうるんでいて充足した表情といえるがまたたるんでいるともいえる。……この男をどう評価すればいいのか私はと惑いするのだが、そこが彼の個性でもあろう」と評する。

義隆は陶晴賢の謀反で山口から逃れ、九州に落ちのびようとしたが、「大内家最後の主君ともあろう者が波に呑まれて滅んだとあっては名折れだから、大寧寺まで行き心静かに腹を切ろうといって船を返したのであった」。

大寧寺に着くと、和尚が迎えた。義隆に殉じた冷泉隆豊の辞世の歌は「見よやたつ煙も雲も半天《なかぞら》に／さそひし風のをとも残らず」で、河上さんは「大内家の運命も忠臣隆豊の恨みも見事に籠められて、いい歌である」と讃えている。そして「忠節な冷泉隆豊があれほど義隆をかばって起ったのは彼の優柔不断のためであるなら、武断派の陶晴賢がこの主君を攻め殺したのもその煮え切らなさに愛想をつかしてである」と忠臣逆臣の心理をも探る。

「義隆は仏前に三拝した後、腹一文字に搔き切ると、隆豊は『哀レ《アツパ(ママ)》御自害ヤ』といって御首打落し、障子蔀を打重ね、香の火を活《くわっ（ママ）》と吹きつけた。……（隆豊は）味方が尽く討死したので、今はこれまでと経蔵にはいり、立ったまま腹を十文字に切り破って臓を天井へ投つけ、喉を突いて壮烈な死を遂げた」と『陰徳太平記』にはある。

父の大内義興が義隆に遺した遺言では「その頃の守護大名はいつも隣邦と事を構えていなければ自国が立ちゆかず、義隆の文弱好みを見抜いていたのだろう」と河上さんは注する。「義隆の生き方は……尼子との敗戦以来すっかり戦争ぎらいになり、専ら『文』の側に傾く」のだが、冷泉隆豊の諫言には「和歌ノ会、蹴鞠ノ遊ニ日ヲ暮シ……茶ノ厚薄、古器ノ善悪ノ翫ビノミヲシ給フコソ口惜シケレ」とある。「（陶）晴賢も隆豊と同意見の諫言をしているのである。彼の謀反はただ野心や反逆心の発露ではなく、もともと大内家を思い、武威の衰えを憂える動機から発している」のである。「陶の叛意は、忠臣冷泉豊隆は夙にこれを憂え、今のうちなら間に合うから兵を起して陶を誅すべきだと進言するのだが、彼は動かない。……そして毎日をずるずると遊宴のうちに過していた。だから乱が勃発するや、一たまりもなく崩れ去ったのである」とも記している。

それから防長で最も美しいとされている山口市にある瑠璃光寺の塔の印象を、河上さんは書き残す。「この独特の軒の反《そ》りはこれも朝鮮だとこじつけたくなるものだが、毛利より大内が似合う遺物である。……この五重塔は、堺で戦死した兄義弘の菩提を弔うために弟の盛見が建てたもので、……二人の魂の籠ったこの塔は、美しい松山を背景に、大内家のユニークな事蹟の象徴として山口随一の風致である」と述べているが、私もここを訪れると、いつも「大内家の崩壊」に想いを致している。

それから河上さんの叙述は結末に向う。

「この一家の不幸の象徴が義隆である。つまり一家の没落は義隆の不幸不運であって、彼の責任ではない。……今や結論をいえば、この暗い影の主はやはり足利だといえよう。足利は彼らの敵でもあるが、また憧れでもあり、治世のモデルでもあった。彼らは足利の亡霊にとり憑かれたのだ。すると京都に魅せられた弘世や義弘がその責任者で、義隆はその尻拭い、或いは被害者・受難者なのである。

そして大内文化の根の浅さは、それが東山文化の模倣、というよりも、そのカリカチュアなのである。だから義隆が生真面目な『末世の道者』であるにしても、時にその姿勢が何かの拍子にカリカチュアに見えるのである。

但し私がカリカチュアといったのは、義隆の身につけたダンディスムの形容であって、それが偽だといっているのではない。彼のひたむきな求道、好学、数寄にも関らず、彼は何れの道にかけてもそのオーソドクスとは無縁のものである。そこに到る途が阻まれていることが、彼の性格、境遇、時代による宿命である。

彼は一代のダンディである。ボードレールは『ダンディスムは落日である。傾く太陽の如くに、壮大であり、熱がなく、憂愁に満ちている』と頽廃の美を称えているが、義隆の辿った運命は形の上では正にこの通りである。

だから私にいわせれば、義隆という人はその一家の豪奢な文化を身に装い、才智に事を欠かないながら、その演じた役割は、心にない《マルグレ・リュイ》『道化』であるといいたいのである。

これは悪口やひやかしではない。彼の性格ではなくて、彼の不幸なのである。彼は暗君でも、また芝居にある『一条大蔵卿』のような『つくり阿呆』でもない。道化とは、人生の一つ裏の真実を、悲しい、美しい虚構で演じる道者のことをいうのである」と河上さんにしか書けない、歴史と文化の粋を窮めて、独自の結びになっている。

最後に書かれた小品

小林さんが最後に「新潮」に寄稿したのは昭和五七年一月号に掲載された「『流離譚』を読む」である。八十歳の時で、亡くなられる前年だった。

『流離譚』は安岡章太郎が「新潮」に六年がかりで連載して、この前年に完結、翌年八月に刊行された、作者の歴史小説の代表作である。小林さんは連載中、時折感想を洩らされていたので、私が「読後感を慫慂」したのである。今度久しぶりに読み返し、小林さんの登場人物の細部に至るまでの洞察力に改めて感服した。

天誅組形成者の吉村寅太郎が負傷、彼を運んだ人足の井筒庄七は老人になっても、吉村の「辛抱せよ、辛抱を押したら世は代わる、それを楽しめ」といった言葉がどうしても忘れられない。「人生無常という言葉は、……歴史に養われている私達の尋常な歴史感情の裡には生きている」と受ける条りなど晩年の小林の歴史に向う姿勢はますます透徹している。又「軍艦とともに渡来した新しいキリスト教には、……内に沈んで、目立たぬ底流を作るクリスチャンも現れた。……此の流れに、作者は、寄り添うようにして、作の表面から、身を隠して了う」ことに注目する。そして親戚の娘の臨終に臨んだ母親が讃美歌を口ずさむのを「作者は十字架へ向って歩く二人の足どりを辿る。他にどうしようがあろうか。逆の道は、作者には開かれてはいない」と書いて、この小品を終えているが、その後安岡章太郎はカトリックに入信したので、秋山駿が、小林さんの感知能力に驚嘆した、と私に語ったことがある。

河上さんの最後の寄稿は「新潮」昭和五五年二月号の「退屈」で、この年の九月に七十八歳で亡くなった。この号は「創刊九百号記念号」でもあり、「展望と回顧」というコラム欄に載った。「退屈」は自身の病身をモデルにして、近代医学批判を通じての、痛烈な現代文明批評である。「近代医学は人体を機械と見る。だからその故障は機械的に検査する。すべてデータは人工的に試験でデッチあげられ、そのための苦痛は母体の負わねばならぬ所である。……心はまるで無機的に空虚で、苦しみや窮迫を越えている。この心の空洞は、従来人間が経験した病苦という体験を超えた、人工的な、架空なものである。そのどん底で私は考えている。……見舞に来た友人が、退屈だろうという。しかし退屈とは何か？　ボードレールの倦怠は幾多の詩華を生んだ。倦怠とは何れ情熱が燃え上って発生する感情である。しかし私の心の空洞にはそんな生気はない。私の病室は七階で陰鬱な中庭の空洞に面し、どんな時にも日が射さないのだが、この十一月の寒空に蚊が一匹窓からはいって来た。そして瘠せさらぼえた腕を刺してそれがかゆいのだから笑い話にもならない。私の病気は、……やがてそれにふさわしい人工的な療法で癒されていった。……私は三月の後、『自宅外泊』の許可を得て、今日初冬の一日庭のまだ青い芝生と、枯れた雑木林の前に立っている」と述べているが、私がその芝生でお目にかかった時、心なしか自分の最期を見据えているような面持をしていた。

お二人の逝去

お二人の逝去は河上さんが先立ったので、河上、小林の順で思い出を辿りたい。

「年譜」（新潮社刊『河上徹太郎著作集』第七巻）によれば、昭和五五年三月十五日、「銀座の酒場（ソフィア）で二著（『厳島閑談』と『史伝と文芸批評』）の出版記念を兼ねた快気祝いの会を開く。当夜、すでにがんセンターより再入院が命じられていた」とあるが、野々上慶一の『思い出の小林秀雄』（平成一五年二月、新潮社刊）で、「（河上さんに）『慶坊、おれは死ぬんだよ』と言われた。はじめ私は、河上さんは冗談を言っているのだと思った。しかし眼に光るモノを見て、驚き、困惑した。……坂本君もただならぬものを感じたわけである。『野々上さん、河上先生のこと小林先生にお知らせしましょう。おふたり会ってもらいましょうよ。御一緒してください。万事、手筈は私の方でやります。』私は、これは有難いことだと思ったので、『そうしてください、よろしく頼みます』と即座に答えた。……四月四日に、銀座の『辻留』で、四人で会って（河上さんは特別の許可を得て、がんセンターからやって来た）、一杯やったのである。……私としては、ふたり共、イノチあるうちに、なんとか会せたく、……こんな書き方をすると、なにか取りとめがないが、私は両氏と何回一緒に飲んだか数え切れないが、この夜のことは生きてる限り忘れることはあるまい。曾てないおだやかで清冽な酒席だった。……（東京カテドラルでのカトリック葬の）告別式の際、小林秀雄は葬儀委員長として挨拶したが、開口一番に、『今年の春、河上君と一杯やりました。これが今生の別れとなりました……』と、この夜のことに触れていたのを、私は思い出す」。小林さんが河上さんに向って、「君のガンは」と率直に語りかけていたのを私も思い出す。さらに「年譜」には「九月二十二日、国立がんセンターにて死去」とあるが、亡くなられる四、五日前に私がお見舞いに行くと、河上さんは冷蔵庫からギネスを出してきて、飲むように言われた。自分ではすでに飲めないのに、人の飲みっぷりを楽しんでいる。最期が近づいても余裕のある人物だなと感嘆したものである。

小林さんは河上さんの通夜の時、御棺に近づかなかった。あの夜の河上さんの顔が灼きついていたためである。その後岩国で市民葬があった際、小林さんは郡司勝義と訪れた。前日、遺骨埋葬の鍬入れをしていた時の光景が私に蘇る。やはりお二人は実に勁い友情の持続力を具えていたのである。

この年の十一月には、小林さんは夫人、今日出海夫人、郡司、私などとともに山口市の中原中也文学碑を再訪し、三日ばかりの旅をした。それが小林さんとの最後の旅になるとは、同伴者の誰しも知らなかったのだが、短いが楽しい旅だった。

小林さんの「年譜」（新潮社刊、『小林秀雄全作品　別巻4号』）によれば、昭和五七年三月三十日、「尿道痛、血尿のために川崎市立川崎病院に入院。膀胱腫瘍と診断される」とある。その朝郡司勝義の急報で、私もすぐ病院にかけつけたが、加療中のため会えなかった。その後私は遠慮して見舞いに行かなかったが、或る日突然小林さんから電話をもらった。すぐ来るようにとのことで伺うと、ベッドの傍らに「新潮」の同年六月号があった。単行本『本居宣長補記』の高橋英夫の書評「古代を見る明るさ」を喜ばれ、同号での川端康成文学賞受賞作、色川武大の、白寿に近い父への奇体な共感を描いた『百』を絶讃した。この時小林さんの表情ではこの病院は居心地がよさそうに思えたが、その後訪れた大岡昇平から自分のいない処で、夫人に「大岡を頼むよ」と告げたと聞いて、小林さんは口にしないが、覚悟のほどは固めているかも知れない、と私は思った。偶然は重なるもので、当夜小人数での川端賞受賞のお祝いの会が行われ、ついさっきの小林さんの言葉を色川武大に直接伝えると、絶句してしまった思い出も蘇る。

「年譜」の「六月一日、東京信濃町の慶應義塾大学病院に転院」以後は御家族だけで看病され、出版社の担当者の見舞いはできなくなったので、小林さんから色々話を伺った、あの日が小林さんの私の見納めになろうとは思いも寄らなかった。続いて「七月一日、膀胱全摘出の手術を受ける」は、私も言い伝えで聞き及んでいた。

「九月二十九日、退院、自宅で静養」から再入院までの半年間には、私も思いがけぬ挿話を聞き及ぶことがあった。吉井画廊会長吉井長三からは、自分が所有しているが、小林家に預けてある、セザンヌの小品『森』を、小林さんはいつも手にして持ち歩いていると聞いたことがある。この絵はセザンヌ特有の緑色の樹が全面に描き出され、傍らには岩らしきものが続き、間を水が流れている、といった構図だが、緑の陰翳が実に深い。

私は久しぶりに『近代絵画』の「セザンヌ」を読み返したが、「彼の眼は、自然の拡がりより、自然の奥行に向けられ、瞬間の印象より、持続する実体を捕えようとした。そうして出来上ったセザンヌの絵の独特の魅力は、建築的という言葉で、普通言われているが、それは、やはり音楽的だと言っても差支えないと思う。セザンヌは大変音楽を愛した人だ」という、この絵の本質を衝いている批評にも出合った。小林さんはこの小品を手にしながら、最晩年、自問自答を繰返していただろう。

『父の肖像――芸術・文学に生きた「父」たちの素顔』（平成一一年十月、かまくら春秋社刊）に白洲明子（小林秀雄長女）の「習作・メニューヒン」という文章が載っているが、次の挿話は大変感銘深い。「亡くなる前年の暮、『今晩テレビで、メニューヒンあるわよ』と母に言って、父母の家を後にした翌朝、『一緒に聞いたわよ』と涙声で母から電話がありました。その夜、母は『メニューヒンがありますから、聞きながらお休みなさい』と二階の寝室のドアを開けておいたそうです。すると、いつの間にか食堂まで下りて来て、最後迄母と一緒に聞いたそうです」。メニューインが三十一年前来日して、小林さんが感銘を新聞に書いた時、その過激さに驚く評もあったが、あの感銘は胸中の深所で流れ続けていたのである。小林さんの批評がいつも深所を貫いていることを、これも証している。

「年譜」に基づくと、「昭和五八年一月十三日、風邪をこじらせ、鎌倉市御成町の佐藤病院に入院。二十六日、慶應義塾大学病院に移る。二十七日、人工透析。二月二十七日、容体悪化。三月一日、午前一時四十分死去」。

私はその時のことを「文學界」平成二〇年三月号の「特集小林秀雄没後四半世紀」に寄稿した。「小林先生が亡くなられて早くも四半世紀が経ったと知って、真っ先に思い浮かべたのは、真夜中に慶應大学病院を新潮社出版部の池田雅延君とともに訪れ、御遺族のお許しを得て最後の対面をした時の光景である。ベッドの上での実に安らかなお顔を見、私は何か巨きなものによって自分の魂が抜き取られたような想いがした。今考えると、『本居宣長』の終り近くに書かれている、『死』という『どう知りようもない物、宣長の言う、『可畏き物《カシコキモノ》』に、面と向って立』っていたのだろう、先生の死に直かに立ち合うことによって」。この感慨は今も全く変らない。

三月二日、密葬の時、私は大岡昇平と遺骨埋葬の箸を取り合った。「三月八日、東京の青山斎場で本葬。葬儀委員長、今日出海。永井龍男、大岡昇平、中村光夫、福田恆存が弔辞を捧げた。法号、華厳院評林文秀居士」（「年譜」）。

この年、「新潮臨時増刊　小林秀雄追悼記念号」を「編集者菅原国隆、発行者坂本忠雄」の奥付で出したが、八万部刷ってすぐに売切れた。四十四人の多種多様な寄稿文を読み返すと、日本の文学愛好者にとって、小林さんの文章がいかに支えになっているかが自ずと知られる。

出発に立ち戻って

私が高校時代の模擬試験で小林さんの「実朝」の文章に出合い、続けて河上さんの諸作に接したのは、高校末期からだった。今回お二人の作品の世界に改めてつき合ってきて、ふと当時愛読した『小林秀雄河上徹太郎集』（角川書店刊『昭和文学全集13』収録）に立ち戻ってみたくなった。この本の最初には「筆蹟」と題して、次の言葉が書かれている。小林さんのは「批評トハ無私ヲ得ントスル道デアル」であり、河上さんのは「心貧しき者ひとり新しき道を拓く」である。

私はこの連載で、たびたび小林さんの求心力の世界と河上さんの遠心力の世界を比較してきたが、この「筆蹟」はまさにこの二つの世界を象徴するものだろう。その当時は読むばかりでおよそ夢みてもいなかった、お二人に出会い、様々な原稿を書いていただき、亡くなられる直前までおつき合いをして、今回それを自身で辿り直せたという幸運を心から感謝しつつ、擱筆することにしよう。

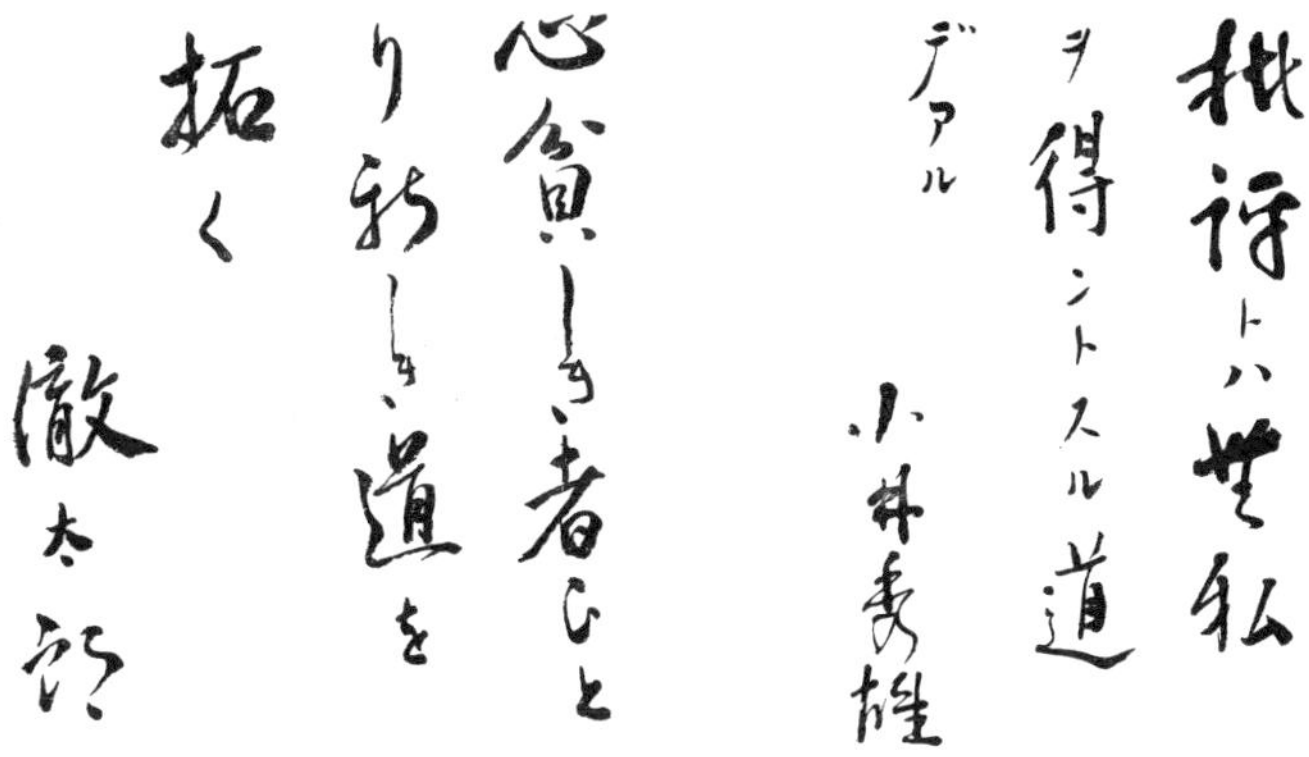

『昭和文学全集 13　小林秀雄河上徹太郎集』（角川書店、昭和 28 年）より

小林秀雄（昭和四十六年十一月、「新潮」創刊八〇〇号記念鼎談にて。写真提供：新潮社）

小林秀雄　略年譜

一九〇二（明治三十五）年

四月十一日、東京神田で、父豊造、母精子の長男として生まれる。二年後妹冨士子（高見澤潤子）が生まれる。

河上徹太郎（昭和四十六年十一月、「新潮」創刊八〇〇号記念鼎談にて。写真提供：新潮社）

河上徹太郎　略年譜

一九〇二（明治三十五）年

一月八日、長崎市で、父邦彦、母ワカの長男として生まれる。河上家は岩国藩に仕えた士族。父邦彦は日本郵

一九一五（大正四）年　13歳

三月、白金尋常小学校卒業。四月、東京府立第一中学校入学。一期上に富永太郎、蔵原惟人。

一九二〇（大正九）年　18歳

三月、府立一中卒業。

一九二一（大正十）年　19歳

三月二十日、父豊造没（四十六歳）。四月、第一高等学校文科丙類入学。十月、盲腸周囲炎、神経症のため休学。母精子肺患のため、鎌倉に転居。

一九二二（大正十一）年　20歳

十一月、小説「蛸の自殺」を同人誌「跫音」に発表。志賀直哉に送り、賞賛の手紙を受け取る。

一九二四（大正十三）年　22歳

二月、母、妹と豊玉郡杉並村馬橋に移転。七月、小説「一ツの脳髄」を同人誌「青銅時代」に発表。十二月、富永太郎、永井龍男らと同人誌「山繭」創刊。富永太郎を介して、青山二郎を知る。

一九二五（大正十四）年　23歳

二月、小説「ポンキンの笑い」を「山繭」に発表。三月、一高卒業。四月、東京帝国大学文学部仏蘭西文学科入学。同期に今日出海、中島健蔵、三好達治ら。富永太郎を介して、中原中也、長谷川泰子を知る。十月、伊豆

船の技師、母ワカは日本キリスト教会の信徒。

一九〇八（明治四十一）年　6歳

四月、父邦彦の転任により、神戸奥平野に移り、市立諏訪山小学校に入学。

一九一四（大正三）年　12歳

四月、兵庫県立神戸第一中学校入学。同窓に今日出海、白洲次郎。

一九一六（大正五）年　14歳

四月、父邦彦の転任により品川区五反田に転居し、東京府立第一中学校三年生に転入。同窓に富永太郎、蔵原惟人、一期下に小林秀雄。

一九一九（大正八）年　17歳

九月、第一高等学校文科甲類入学。同級に池谷信三郎、村山知義。野球部に在籍し、ピアノの勉強も始める。

一九二〇（大正九）年　18歳

九月、二年に進級せず、病弱を理由に休学。この頃から、ロシア革命で亡命してきたデンマーク人ジョージ・ロランジにピアノを師事する。

一九二三（大正十二）年　21歳

四月、東京帝国大学経済学部入学。

一九二四（大正十三）年　22歳

十二月、音楽評論家門馬直衛の推薦で「月刊楽譜」に

大島に旅行、帰郷後盲腸炎のため、入院、手術。十一月十二日、富永太郎没（二十四歳）。同月下旬、長谷川泰子と杉並町天沼に同棲、その後鎌倉、逗子、再び東京に転居。

一九二六（大正十五・昭和元）年　**24歳**

十月、「人生斫断家アルチュル・ランボオ」（「ランボオＩ」）を「仏蘭西文学研究」第一号に発表。

一九二八（昭和三）年　**26歳**

二月、大岡昇平を知る。三月、東大卒業。卒論は「Arthur Rimbaud」。長谷川泰子と別れ、大阪に行き、その後関西を放浪。

一九二九（昭和四）年　**27歳**

春、帰京、北豊島郡滝野川町田端に住む。九月、「様々なる意匠」が懸賞評論二席に選ばれ、「改造」に掲載。十二月、「志賀直哉」を「思想」に発表。

一九三〇（昭和五）年　**28歳**

四月、文芸時評「アシルと亀の子」を「文藝春秋」に発表。以後、一年間連載。翻訳ランボー『地獄の季節』を白水社より刊行。

一九三一（昭和六）年　**29歳**

七月、初の評論集『文芸時評』を白水社より刊行。この頃、神奈川県鎌倉町佐介通に転居。

「音楽上に於ける作品美と演奏美」を発表。

一九二五（大正十四）年　**23歳**

この年、ロランジが帰国したため、ドイツから上野音楽学校に招聘されたレオニード・コハンスキーにピアノを師事。

一九二六（大正十五・昭和元）年　**24歳**

三月、東大卒業。引続き、同大学文学部美学科に在籍したが、三か月で退学。この頃、小林秀雄を介して、中原中也を知る。

一九二七（昭和二）年　**25歳**

十月、諸井三郎、今日出海らと楽団「スルヤ」結成。

一九二八（昭和三）年　**26歳**

五月、小林秀雄宅で大岡昇平を知る。十二月、大島アヤ（大島圭介男爵孫女）とカトリック教会で結婚。

一九二九（昭和四）年　**27歳**

四月、中原中也、村井康雄、大岡昇平らと同人誌「白痴群」創刊、編集人となり、「ヴェルレーヌの愛国詩」を発表。六月、「白痴群」第二号に翻訳ヴァレリー「レオナルド・ダ・ヴィンチ方法論序説」を発表。

一九三〇（昭和五）年　**28歳**

四月、「白痴群」第六号で終刊。五月、同人誌「作品」創刊され、井伏鱒二、深田久弥、永井龍男、堀辰雄、三

一九三二（昭和七）**年**　**30歳**

四月、明治大学文芸科講師に就任。九月、小説「Xへの手紙」を「中央公論」に発表。この頃、鎌倉町雪ノ下に転居。

一九三三（昭和八）**年**　**31歳**

五月、文芸時評「故郷を失った文学」を「文藝春秋」に発表。この頃、鎌倉町扇ケ谷に転居。十月、林房雄、武田麟太郎、川端康成らと「文學界」創刊（文化公論社）。

一九三四（昭和九）**年**　**32歳**

四月、『続々文芸評論』を芝書店より刊行。五月六日、森喜代美と結婚、鎌倉町扇ケ谷四〇三番地に転居。九月、「『白痴』についてI」を「文藝」に連載開始（翌年七月まで）。十月、翻訳ヴァレリー『テスト氏』を野田書房より刊行。

一九三五（昭和十）**年**　**33歳**

一月より「文學界」の編集責任者となり、「ドストエフスキイの生活」同誌に連載開始（三七年三月まで）。五月、「私小説論」を「経済往来」に八月まで連載。十一月、『私小説論』を作品社より刊行。

一九三六（昭和十一）**年**　**34歳**

一月、「作家の顔」を「読売新聞」に発表し、トルス

好達治らとともに同人となる。六月、「作品」第二号に「自然人と純粋人」を発表。この年、青山二郎を知る。

一九三一（昭和六）**年**　**29歳**

この年、英国から帰国した吉田健一を伊集院清三の病気見舞いで知る。

一九三二（昭和七）**年**　**30歳**

五月、初めて「文藝春秋」の月評欄を担当。七月、父邦彦病没。九月、第一評論集『自然と純粋』を芝書店より刊行。

一九三四（昭和九）**年**　**32歳**

一月、シェストフ『悲劇の哲学』を阿部六郎との共訳で芝書店より刊行。四月、建設社版『アンドレ・ジイド全集』全十二巻の企画に参加、ジイド紹介の先導者の一人となる。十一月、第二評論集『思想の秋』を芝書店より刊行。

一九三五（昭和十）**年**　**33歳**

六月、翻訳ヴェルレーヌ『叡知』を芝書店より刊行。

一九三六（昭和十一）**年**　**34歳**

一月、雑誌「文學会」に同人として参加。九月、翻訳アーサー・シモンズ『現実派作家論』を芝書店より刊行。十月、評論集『現実再建』を作品社より刊行。

一九三七（昭和十二）**年**　**35歳**

トイの家出をめぐって正宗白鳥と「思想と実生活」論争が始まる。十二月、翻訳アラン『精神と情熱に関する八十一章』を創元社より刊行。この頃より、創元選書の企画に参与。

一九三七（昭和十二）年　**35歳**

一月、『菊池寛論』を「中央公論」に発表。三月六日、長女明子生まれる。六月、「『悪霊』について」を「文藝」に十一月まで連載（未完）。十月二十二日、中原中也没（三十歳）。

一九三八（昭和十三）年　**36歳**

二月、「志賀直哉論」を「改造」に発表。三月、四月「文藝春秋」特派員として中国へ渡り、杭州で火野葦平に芥川賞を渡す。五月、「杭州」（「文藝春秋」）等の紀行文を発表。六月、明治大学教授に就任。十月から十二月、岡田春吉と朝鮮、満州、華北を旅行。十二月、『文学』を創元社より刊行。

一九三九（昭和十四）年　**37歳**

一月、二月、「満州の印象」を「改造」に連載。五月『ドストエフスキイの生活』を創元社より刊行。

一九四〇（昭和十五）年　**38歳**

一月、「アラン『大戦の思い出』」を「改造」に発表。五月、『文学2』を創元社より刊行。この年、「文芸銃後

八月、軽井沢滞在中に中原中也より辞世のような手紙を受け取る。十月二十二日、中原中也没（三十歳）。

一九三八（昭和十三）年　**36歳**

十二月、音楽評論集『音楽と文化』を創元社より刊行。

一九三九（昭和十四）年　**37歳**

一月、日本文芸家協会評議員となる。六月、評論集『事実の世紀』を創元社より刊行。十月、翻訳編纂ジイド『芸術論』を第一書房より刊行。

一九四〇（昭和十五）年　**38歳**

七月、評論集『道徳と教養』を実業之日本社より刊行。十月、日本文学者会常任委員に就任。

一九四一（昭和十六）年　**39歳**

三月、翻訳パウル・ベッカー『西洋音楽史』を創元社より刊行。十月、評論集『文学的人生論』を実業之日本社より刊行。

一九四二（昭和十七）年　**40歳**

五月、文学報国会発足、評論部門幹事長に推され、やがて審査部長となる。十月、「文學界」で「近代の超克」座談会の司会を務める。

一九四三（昭和十八）年　**41歳**

四月、国際文化振興会のために以後二か月中国に滞在。八月、中村光夫、吉田健一、山本健吉、西村孝次による

運動」朝鮮、満州班に参加、各地で講演。

一九四一（昭和十六）年　**39歳**

三月、四月、「歴史と文学」を「改造」に連載。八月、文芸月評「林房雄の『西郷隆盛』其他」を「朝日新聞」に発表。これが最後の文芸時評となる。九月、『歴史と文学』を創元社より刊行。九月、「『カラマアゾフの兄弟』」を「文藝」に十七年九月まで連載（未完）。

一九四二（昭和十七）年　**40歳**

三月、「戦争と平和」を、四月、「当麻」を、六月、「無常といふ事」を、七月、「平家物語」を、八月、「徒然草」を「文學界」に発表。九月、胃潰瘍のため入院。十月、「文學界」で「近代の超克」座談会。十一月、十二月、「西行」を「文學界」に連載。

一九四三（昭和十八）年　**41歳**

二月、五月、六月、「実朝」を「文學界」に連載。十二月、大東亜文学者大会計画のために翌年六月まで中国に滞在。その間、南京で「モオツァルト」執筆開始。

一九四四（昭和十九）年　**42歳**

四月、雑誌統廃合のため「文學界」廃刊。

一九四六（昭和二十一）年　**44歳**

二月、「近代文学」で座談会「コメディ・リテレール——小林秀雄を囲んで」。『無常といふ事』を創元社より

同人誌「批評」に参加。

一九四四（昭和十九）年　**42歳**

四月、雑誌統廃合のため「文學界」廃刊。

一九四五（昭和二十）年　**43歳**

二月、日華協会発足し、文化局長に就任。五月二十五日、空襲で自宅焼失し、都下南多摩郡鶴川の白洲次郎宅に寄寓。十月、「配給された自由」を東京新聞に発表。

一九四六（昭和二十一）年　**44歳**

六月、新夕刊新聞文化部長に就任。

一九四七（昭和二十二）年　**45歳**

四月、白洲次郎宅から小石川の細川護立宅内に仮住まい。六月、「文學界」再刊、同人に加わる。十月評論集『戦後の虚実』を文學界社より刊行。十一月、川崎市柿生の新居に転居。

一九四八（昭和二十三）年　**46歳**

九月、翻訳ボードレール『赤裸の心』を角川書店より刊行。十二月、『作家論』を日産書房より刊行。

一九四九（昭和二十四）年　**47歳**

七月、『読書論』を雄鶏社より刊行。十一月、『近代文学論』を創元社より刊行。同月、小林秀雄とともに岩国へ帰郷。

一九五〇（昭和二十五）年　**48歳**

刊行。五月二十七日、母精子没（六十六歳）。八月、明治大学教授を辞任。この頃、水道橋駅ホームから転落、湯河原で静養する。十二月、青山二郎らと「創元」編集、「モオツァルト」を発表。

一九四七（昭和二十二）**年** **45歳**

三月、「ランボオⅢ」を「展望」に発表。

一九四八（昭和二十三）**年** **46歳**

四月、創元社取締役に就任。六月、鎌倉町雪ノ下三九番地に転居。九月、『ドストエフスキイ』（アテネ文庫）を弘文堂より刊行。

一九四九（昭和二十四）**年** **47歳**

十月、『私の人生観』を創元社より刊行。

一九五〇（昭和二十五）**年** **48歳**

九月、第一次『小林秀雄全集』全八巻が創元社より刊行開始。

一九五一（昭和二十六）**年** **49歳**

一月、「ゴッホの手紙」を「芸術新潮」に連載開始（翌年二月まで）。三月、第一次『小林秀雄全集』（創元社）で芸術院賞受賞。

一九五二（昭和二十七）**年** **50歳**

五月、「『白痴』についてⅡ」を「中央公論」に連載開始（翌年一月まで）。六月、『ゴッホの手紙　書簡による

九月、『小林秀雄全集』全八巻（創元社版）の「ドストエフスキー」の解説執筆。

一九五一（昭和二十六）**年** **49歳**

一月、『現代音楽論』を河出市民文庫より、『ドン・ジョバンニ』を細川書店より刊行。

一九五二（昭和二十七）**年** **50歳**

一月、『文学手帖』をダヴィッド社より刊行。四月、井伏鱒二、三好達治と旅行し、岩国に帰郷。

一九五三（昭和二十八）**年** **51歳**

八月、英国外務省の招きで、福原麟太郎、池島新平、吉田健一とともに渡英。

一九五四（昭和二十九）**年** **52歳**

一月、『私の詩と真実』を新潮社より刊行、二月、同書が読売文学賞受賞。五月、吉田健一とともに長岡、新潟、佐渡に講演旅行、以後毎年吉田健一との北陸旅行が恒例となる。七月、『わが旅わが友』を人文書院より刊行。

一九五五（昭和三十）**年** **53歳**

六月より『横光利一全集』全巻解説を、九月より『小林秀雄全集』（新潮社版）全巻解説をはじめる。

一九五八（昭和三十三）**年** **56歳**

四月、新宿で不慮の輪禍にあい、足を骨折、臥床中に

伝記』を新潮社より刊行。十二月、今日出海と翌年七月まで、ヨーロッパ旅行に出発。

一九五三（昭和二十八）**年** **51歳**

一月、『ゴッホの手紙』により読売文学賞受賞。

一九五四（昭和二十九）**年** **52歳**

三月、「近代絵画」を「新潮」に連載開始（翌年十二月まで。五七年一月以降は「芸術新潮」で五八年二月まで）。

一九五五（昭和三十）**年** **53歳**

九月より、第二次『小林秀雄全集』（新潮社版全八巻）刊行開始。

一九五八（昭和三十三）**年** **56歳**

四月、『近代絵画』（豪華版）を人文書院より刊行。五月より「感想」（ベルグソン論）を「新潮」に連載開始。十二月、『近代絵画』により野間文芸賞受賞。

一九五九（昭和三十四）**年** **57歳**

六月より「常識（学生時代…）」を編集部により「考えるヒント」のタイトルを付して「文藝春秋」に連載開始。十二月、日本芸術院会員となる。

一九六一（昭和三十六）**年** **59歳**

十月、東京創元社取締役辞任。

一九六三（昭和三十八）**年** **61歳**

「日本のアウトサイダー」の構想を練る。

一九五九（昭和三十四）**年** **57歳**

九月、『日本のアウトサイダー』を中央公論社より刊行。

一九六〇（昭和三十五）**年** **58歳**

一月、『日本のアウトサイダー』により新潮文学賞受賞。四月より、読売新聞で文芸時評を開始（六四年十二月まで）。

一九六一（昭和三十六）**年** **59歳**

四月、日本芸術院賞受賞。十一月、文化勲章選考委員に任命される。

一九六二（昭和三十七）**年** **60歳**

十一月、日本芸術院会員になる。

一九六五（昭和四十）**年** **63歳**

一月、『アポリネールの恋人』を垂水書房より刊行。四月、『文学的回想録』を朝日新聞社より刊行。

一九六八（昭和四十三）**年** **66歳**

三月、母ワカ没。十二月『吉田松陰――武と儒による人間像』を文藝春秋より刊行。同月、同作品により野間文芸賞受賞。

一九六九（昭和四十四）**年** **67歳**

五月、石川淳、井伏鱒二、小林秀雄編纂による『河上

六月、ソ連作家同盟の招きで安岡章太郎、佐々木基一とソビエト（当時）旅行に出発し、十月帰国。十一月、文化功労者として顕彰される。

一九六五（昭和四十）年　**63歳**

三月、長女明子、白洲兼正（白洲次郎、正子の次男）と結婚。六月、「本居宣長」を「新潮」に連載開始（七六年十二月まで）。

一九六七（昭和四十二）年　**65歳**

六月、第三次『小林秀雄全集』（新潮社版全十二巻、補巻一）刊行開始。十一月、文化勲章受章。

一九七六（昭和五十一）年　**74歳**

一月、鎌倉町雪ノ下一ノ一三ノ二〇に転居。

一九七七（昭和五十二）年　**75歳**

十月、『本居宣長』を新潮社より刊行。

一九七八（昭和五十三）年　**76歳**

五月、『新訂小林秀雄全集』（新潮社版全十三巻、別巻二）刊行開始。十月、『本居宣長』により日本文学大賞受賞。

一九七九（昭和五十四）年　**77歳**

一月二十七日、青山二郎没。四月、『感想』を新潮社より刊行。

一九八〇（昭和五十五）年　**78歳**

徹太郎全集』全八巻を勁草書房より刊行開始。

一九七一（昭和四十六）年　**69歳**

三月、新潮社刊『有愁日記』により日本文学大賞受賞。

一九七二（昭和四十七）年　**70歳**

十月、文化功労者に、十二月、岩国市名誉市民に選出される。

一九七五（昭和五十）年　**73歳**

十一月、勲二等瑞宝章を受章。

一九七七（昭和五十二）年　**75歳**

八月三日、吉田健一没。

一九七九（昭和五十四）年　**77歳**

七月、宮島口の旅館で「厳島閑談」のためのインタビューを受ける。同月、小林秀雄との最後の対談「歴史について」に出席。八月、岩国市在住の縁戚塩屋徹を養子として入籍。

一九八〇（昭和五十五）年　**78歳**

二月、絶筆「退屈」を「新潮」に発表、同月『厳島閑談』を新潮社より、『史伝と文芸批評』を作品社より刊行。九月二十二日午後三時五分、国立がんセンターにて死去。

（編集部編）

五月、岡山で「正宗白鳥生誕百年記念」に参加、講演「白鳥の精神」。

一九八一（昭和五十六）年　**79歳**

一月、「正宗白鳥の作について」を「文學界」に連載開始（十一月まで、未完。七回目の原稿が絶筆となった）。

一九八二（昭和五十七）年　**80歳**

一月、「『流離譚』を読む」を「新潮」に発表。四月、『本居宣長補記』を新潮社より刊行。

一九八三（昭和五十八）年　**81歳**

三月一日午前一時四十分、慶應義塾大学病院にて死去。

（編集部編）

あとがき

私は「不易流行」という言葉が好きで、「新潮」の「創刊一〇〇〇号記念号」（昭和六三年五月号）の編集で、「文学の不易流行」という座談会を催しましたが、お二人の文芸批評の基幹もここにあるように思います。

「新潮日本語漢字辞典」によれば、これは「蕉風俳諧の理念。俳諧の本質を永続性と流行性の相反する二つの要素でとらえたもの。両者は根元において一つになるという。」と説かれていますが、お二人の作品群の永続する生命力も「両者は根元において一つ」になっているからではないでしょうか。

私は小林さんと初めて一対一で話し合った時、当時「新潮」に連載されていた井伏鱒二の随筆についての私の編集者としての読みの浅さを徹底的に叱責されました。それ以来、文学者の生原稿を読む時は、単に眼で字面を追うばかりでなく、耳を澄ませてその文章の底に流れている語調とリズムをできるだけ注意深く聴き取ることを努めて自らに課しました。

それがどれほどの成果をあげているかは分りませんが、まず「三田文学」での連載を薦めて下さった当時の編集長若松英輔氏にお礼申上げます。久しぶりにお二人の全集を読み返して、元文芸編集者としての感想や追憶を自在に記せたのは仕合せでした。

併せて毎回原稿を渡す前に読後感を述べてくれた妻の貞枝と、校正で非常にきめ細かく拙稿の不備を指摘して下さった山崎徳子さんと、この単行本の担当者佐藤聖氏に深謝致します。

二〇一七年二月

坂本忠雄

初出　「三田文学」二〇一四年冬季号から二〇一六年秋季号まで十二回連載。

著者紹介
坂本忠雄（さかもと ただお）
1935年生れ。慶應義塾大学文学部独文科卒。1959年、新潮社に入社。元「新潮」編集長（1981年から14年間）。著書に『文学の器―現代作家と語る昭和文学の光芒―』（扶桑社、2009年）がある。

小林秀雄と河上徹太郎

2017年4月20日　初版第1刷発行
2017年8月1日　初版第2刷発行

著　者――――坂本忠雄
発行者――――古屋正博
発行所――――慶應義塾大学出版会株式会社
〒108-8346　東京都港区三田2-19-30
TEL〔編集部〕03-3451-0931
〔営業部〕03-3451-3584〈ご注文〉
〃　03-3451-6926
FAX〔営業部〕03-3451-3122
振替　00190-8-155497
http://www.keio-up.co.jp/
装　丁――――中島かほる
印刷・製本――株式会社精興社
カバー印刷――株式会社太平印刷社

Printed in Japan ISBN978-4-7664-2422-5